KB013025

최강자 남주의
라이벌을 그만두었더니

III

최강짜 남주의
라이벌을 그만두었더니

유나진 장편소설

✦ III ✦

블라썸

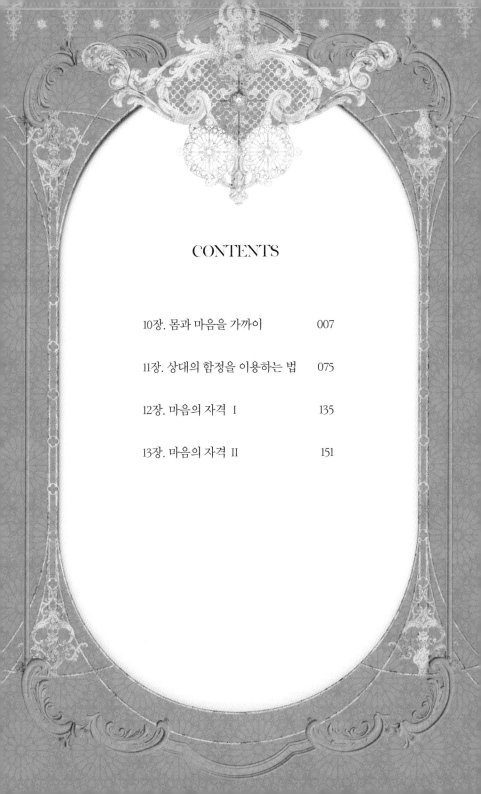

CONTENTS

10장

몸과 마음을
가까이

이건 정말 예상하지 못한 상황이었다.

나는 그저 신나서 이안에게 두 가지 사실을 말하러 온 것뿐이었다.

첫째, 세 번째 흑마법의 기원은 칼론 황태자도 모른다.

둘째, 신전의 협력자가 신력을 악마에게 바치는 형태로 흑마법의 기원을 알아낸 듯하다.

내 생각에도 내가 너무 기특해서 온 건데 이렇게 갑자기 침대에 메다꽂히는 결말이라니. 침대에 아주 불편하게 엎어져 있기에 취했나 싶어 한 번 찔러 봤다가 이게 무슨 봉변이란 말인가.

"뭐야."

이안의 붉은 눈이 섬뜩하게 가라앉아 있었다. 평소보다 훨씬 더 갈라져서 쇳소리처럼 들리는 목소리였다. 닿지는 않았지만 가까이 겹쳐진 몸이 주는 위압감이 엄청나서 나는 마른 침을 삼키고 말았다. 숨소리마저 섞일 거리에서 그가 못마땅한 듯한 표정으로 나를 내려다보았다.

"이제는 자는 중에도 기습인가?"

냉기가 뚝뚝 떨어지는 말투였다. 생각해 보니 그동안 오랫동안 듣지 못했던 어조이기도 했다. 그런데 나로서는 정말 억울하기 그지없었다. 아니, 어제만 해도 한방에서 잘 자 놓고서는 갑자기 살짝 건드렸다고 이런 반응일 건 또 뭔가.

"정말 지겹군, 아나벨 나디트."

"……뭐?"

나는 어이가 없어서 그대로 내 팔목을 잡아 누르고 있는 이안을 멍하니 올려다보았다. 아나벨 나디트라니? 그러고 보니 막 씻은 것 같은 비누 향기 때문에 처음에는 눈치채지 못했지만, 술 냄새가 심하게 풍기고 있었다. 큰아버지와 함께 마셨다는 술에 완전히 취한 것이 틀림없었다. 독주라면서 나를 쫓아내더니 꼴좋다고 한소리 하려다가, 지금 그 꼴좋은 인간에게 꼼짝 못하고 있는 내 꼴도 말이 아니었기 때문에 입을 다물고 말았다.

"내가 오늘은 정말 상태가 좋지 않아. 그러니……."

이안은 천천히 몸을 일으키며 차갑게 말했다.

"……너와 똑같은 네 오라비에게로 꺼져라."

리어드까지 언급하다니. 내가 아는 이안은 절대로 이렇게 비상식적인 방법으로 사람을 엿 먹일 인간이 아니었다. '네 오라비'라는 말에 상황 파악이 바로 된 나는 어이가 없어서 피식 웃었다. 지금…… 술에 취해서 자기 혼자 과거로 돌아간 상황 아닌가.

'무슨 이런 어이없는 주사가 다 있어?'

과거에, 그러니까 우리 둘이 서로를 굉장히 혐오할 때 말이다. 물론 지금 나는 그를 혐오하지 않지만…….

"어차피 네가 백날 노력해도 나를 이길 수는 없으니까."

이안의 말에 자존심이 팍 상한 내 표정이 굳었다. 충분히 인정하고 있는 사실이라고 해도 저런 말을 당사자에게 직접 들으면 기분이 나쁜 법이었으니까. 굳이 실력을 깎아내린다면 나 역시 과거로 돌아가 줄 의향이 있었다.

"알아, 안다고!"

나는 팩 소리를 질렀다.

"그래도 오르지 못할 나무라면 한 대 쳐 보기라도 해야 할 거 아니야!"

"너는 그 마음가짐이 잘못된 거야."

이안이 나무라듯 눈을 흡떴다.

"천 리 길도 한 걸음씩 걷는다는 심정으로 열심히 노력해서 실력을 갖춘 다음 덤빌 생각을 해야지."

"꺼져, 이 젊은 꼰대야! 천 리 길을 한 걸음씩 어느 세월에 걸어? 말이라도 사주고 훈계질을 하든가!"

나는 뻔한 소리를 늘어놓고 있는 그에게 신경질을 내며 대꾸했다.

"너한테는 내가 지렁이 같은 존재겠지. 하지만 지렁이도 밟으면 꿈틀!"

"……."

팩 쏘아붙이다가 나는 갑자기 깨달았다. 원작대로 온갖 불법적인 루트까지 동원해가며 꿈틀거려 봤자 예정된 결과가 무엇이었던가. 이미 피하기는 했지만 원래 내게 예정되어 있던 것은 감옥 엔딩이었다. 정신을 차린 나는 결국 없어 보이는 마무리를 지었다.

"……꿈틀거리다가 죽겠지……."

"알면 됐군."

그가 지척의 거리에서 한심하다는 눈빛으로 말했다.

"많이 봐주고 있으니 알아서 자중해."

"봐준다고? 네가 나를? 그게 말이…… 되는구나."

실제로 8년간 이안이 나를 봐준 건 사실이었다. 아무리 귀찮아도 크게 부상을 입히지는 않았으니까 말이다. 생각해 보니 다음 날 찾아오지 못하게 다리 같은 걸 하나 부러트려도 될 일이었는데.

"너 말이야."

이제야 깨달은 묘한 친절 아닌 친절에 기분이 이상해졌다. 그래서 나는 벌떡 상체를 일으켜 그의 멱살을 잡아채 얼굴을 가까이 가져다 댔다.

"내가 그렇게 싫어?"

"그럼 좋겠어?"

물론 이안은 조금도 물러서지 않고 냉담하게 받아쳤다. 정말 일말의 망설임조차 없는 단호함이었다.

"너처럼 막무가내로 달려들어 패악을 떠는 사람을 좋아할 정도로 나는 비상식적인 인간이 아냐."

알고 있는 사실인데도 뭔가 마음이 싸하게 아파 왔다. 과거의 시점에서는 '네가 싫다'라는 대화조차도 하지 않았기 때문에 이렇게 직구를 맞은 것은 처음이었다. 나는 차마 대답하지도 못하고 아랫입술을 물었다.

우리 둘 사이에 침묵이 오갈 동안, 그동안의 일들이 알싸하게 밀려왔다. 솔직히 당연하다고 생각했는데 요새 내가 좀 뻔뻔해져서 그 사실을 잊어버렸다. 갑자기 전생이 기억나서 자아가 뒤죽박죽되어 버렸다고 해도 나는 그를 정말로 해치려고 했던 사람이었다. 그런데 함께 훈련을 하고, 황궁에 갈 때 에스코트를 받고, 미묘한 분위기의 마차를 같이 타면서 묘하게 이상한 호감 비슷한 게 생겨 버렸다. 심지어 카론다에 와서는 더 심해졌다. 1박 2일이지만 가짜 애인 행세를 하면서 묘하게 친근해진 것이다.

나를 살뜰하게 챙기는 그의 행동이, 나와의 협력을 당연하게 여기던 그 모습이 아무렇지도 않아졌다. 그래서 내가 그를 너무 가까이 생각해 버렸다. 그리고 그래서…… 다 맞는 말인 걸 알고, 지금의 이안은 과거의 이안이라는 걸 알면서도 서운했다.

'나는 정말…… 정말 못됐다. 내가 괴롭혀 온 상대인데도 섭섭해하다니. 정말 너무 염치없고 뻔뻔해.'

내가 아무 말도 없이 그의 붉은 눈을 노려보고만 있자 그가 말했다.

"이젠 정말 네가 지긋지긋하다."

더 이상 이안과 말을 섞을 이유가 없었다. 이 분위기에서 새로 알아낸 정보를 말할 것도 아니고, 그가 말을 하면 할수록 내게는 상처였고 또 그게 나는 이상했다. 얼마 전까지만 해도 서로의 불운을 바라던 사이였는데, 대체 왜, 왜 이렇게 마음이 쓰라린 건지…….

이제 그냥 방으로 돌아가기로 결정한 내가 그의 먹살을 힘없이 놓아주는데 이안이 낮게 덧붙였다.

"아무리 내가 네게 첫눈에 반했다고 해도."

나는 이안을 멍하니 바라보았다. 시간이 멈춘 것만 같았다.

'이, 이게 무슨 일…….'

이안이 나한테 첫눈에 반했었다니 생각조차 못 해 본 일이었다. 그러니까 그때 큰아버지한테 말했었던, 처음 봤을 때의 검을 쥔 모습이 아름답고 어쩌고 그게 다 사실이었나. 그런데 내가 너무 개차반이라서 곧바로 마음을 접고 무관심해진 것이었다. 이안은 외양과 첫인상만으로 사람을 판단하는 사람이 아니었기 때문이다.

'지극히 상식적인 결말이긴 한데…….'

나는 눈앞의 이안을 보고 귀 끝까지 벌게졌다. 그리고 멍청하게 중얼거렸다.

"어, 음. 잘했어. 자고로 사람은 내면을 보고 판단해야 하는 법이니까. 앞으로도 그런 훌륭한 태도로 이성을 대해야 돼. 알겠니?"

일단 지금은 이안과 함께 흑마법의 배후 같은 것을 토론할 때가 아니었다. 이안은 물론 나 역시도 이제 제정신이 아니었기 때문이다.

"그럼 나는 이만 원하는 대로 꺼질게. 잘 자렴."

"잠시만, 네가 이대로 얌전히 간다고? 대체 무슨 꿍꿍이야?"

이안이 내 팔을 황급히 잡으려고 했지만 훌쩍 피했다. 지금은 그의 눈을 마주칠 자신이 없었다.

"내 생각 그만하고 처자. 꿈에서 좋아하는 여자랑 뽀뽀하기 직전에 깨라, 이 망할 놈아!"

그래서 나는 일단 옛날처럼 저주를 퍼부었다. 그러고는 급히 방으로 돌아가려다가, 문득 생각나서 한마디 던지고는 문을 쾅 닫았다.

"아, 진짜 망하지는 말고! 일단은 같은 편이니까!"

다행히 그는 쫓아오지 않았다.

황급히 씻고 침대에 누웠는데도 머릿속이 복잡했다. 이안은 생생하게 기억하고 있는 것 같은 그 첫 만남을 아무리 상기해 보려고 해도 잘 떠오르지 않았다. 그냥 어떻게든 이겨야 한다는 오기와 귀족적인 차림새에 대한 열등감, 패배했을 때의 좌절만 생생했다. 이안을 마주하기 직전 하필 리하르트와 엘번을 마주치는 바람에 잔뜩 열이 받아 있었기 때문이었다.

'열넷…… 뭐, 운명처럼 결승전에서 마주친 여자한테 눈이 번쩍 뜨일 나이이기는 하지만.'

어차피 8년 전 이야기인데, 왜 이렇게 몸이 간질거리는지 모를 일이었다.

나는 그날 밤 난생처음으로 꼬박 밤을 새우다시피 했다. 어쩌다가 선잠이 들어도 잘 기억나지 않는 검술 대회에서의 첫 만남 장면의 꿈을 꾸는 바람에 눈을 번쩍 뜨곤 했다. 그리고 그동안 내가 패배하고 나서 씨근덕거리며 쓰러져 있을 때 측근들과 나누던 대화까지도 산발적으로 떠올랐다.

"이안 님, 귀찮지 않습니까? 저렇게 무례한데 그냥 크게 부상을 입혀서 다시는 검을 집지 못하게 하시죠."

"됐어. 그냥 보내라."

그때에는 이안이 너무 신사적이고 오만한 기사라 나를 악당 취급도 안 해 주는 줄 알았다. 그래서 미친 듯이 안하무인으로 달려든 것이다. 지금 생각해 보자면 그의 무관심이 나를 더 펄펄 뛰게 했을 수도 있었다.

"이안 님, 스토커로 고발해 버리죠. 접근 금지 정도는 나오지 않겠습니까?"

"무시하고 대충 보내."

하지만 만일 그가 내게 한눈에 반한 전력이 있었다면…… 어쩌면 그동안 그 렇게 나를 꼴 보기 싫어하면서도 크게 처벌하지 않은 데에는 그런 작용도 있지 않았을까.

'아니…… 속마음 들킨 건 이안인데, 왜 내가 잠을 못 이루느냐 말이야.'

나는 뒤척거리면서 싱숭생숭한 마음을 누르려고 애썼다.

물론 그런 건 누른다고 눌러지는 것이 아니었다.

다음 날, 큰아버지는 우리를 불러서 마지막 아침 식사를 대접했다.

"아나벨?"

큰아버지는 숙취에 좋은 매콤한 토마토스튜를 내오면서 물었다.

"나와 소공작님은 어제 독주를 마셔서 그렇다고 치지만, 넌 얼굴이 왜 그래?"

"그, 그러게요. 잠자리가 바뀌어서 그런가…….."

이안이 옆에서 물을 마시다가 무심하게 말했다.

"그럴 리가. 그제 밤에는 완전 잘 자던데. 혹시 창문 열고 잔 거 아닌가?"

솔직히 창문이 열렸는지 닫혔는지 확인한 적이 없었기 때문에 나는 뜨끔하 여 대답을 하지 못했다.

"그저께 보니까 딱히 확인도 안 하고 바로 침대에 눕던데. 자기 전에 방 상태 를 점검하는 건 기본 중의 기본……."

"혹시…… 그저께 두 분이서 정말 한 침대에서 주무신 건 아니겠지요."

이안의 잔소리는 큰아버지의 정색에 막혀 버렸다. 큰아버지 본인이 이런 상 황을 만든 것이니만큼 뭐라고 말은 못 하지만 상당히 찝찝한 듯했다.

"아니에요! 따로 잤어요!"

나는 황급히 부인하고 나서 은근슬쩍 이안에게 물었다.

"그, 그러는 너는…… 어제 혼자라서 잘 잤나 보지?"

"잘 잤다기보다는 술에 너무 취해서."

이안은 얄미울 정도로 담담한 목소리로 대답했다.

"방에 어떻게 도착했는지도 잘 기억나지 않는군."

결국 이안은 아무것도 기억하지 못하고 잘만 잤다는 얘기였다. 새삼 알게 된 과거의 일로 잠을 설친 건 나뿐이었다는 뜻이기도 했다.

'뭐, 다 옛날 일인데. 나도 얼른 잊자. 잘됐네.'

물론 잘됐다고 생각하면서도 뭔가 억울한 건 어쩔 수 없었다.

큰아버지가 어깨를 으쓱하며 말했다.

"하지만 독주치고는 숙취가 적지 않습니까? 그래서 좋은 술인 것이지요."

"그런 것 같군."

둘이 어제 마셨던 술에 대해서 얘기하는 동안 나는 침묵을 지켰다. 아무래도 이안의 눈을 마주치는 것이 좀 어색했다. 얼른 카론다에서 벗어나면 이 이상한 마음이 없어질까 싶었다.

"맡겨 주십시오. 걱정 마시고 조심히 귀환하시길 바랍니다."

아침 식사를 끝내고 떠날 때가 되자, 큰아버지가 이안에게 결연하게 말했다.

"죄인들은 황실에서 기사단이 올 때까지 잘 감시하고 있겠습니다."

"네, 부탁할게요."

나는 빙긋 웃으며 큰아버지를 향해 인사했다.

큰아버지는 고개를 절레절레 저으면서 덧붙였다.

"라넬라가 그런 극악무도한 범죄자였다니. 멍청하지만 참 착한 애라고 생각했는데……."

나는 눈을 깜빡이며 물었다.

"멍청했어요?"

"똑똑한 척을 하고 싶어 했지만 머리가 좋은 편은 아니었지. 그런 건 숨길 수가 없잖아."

하긴 어젯밤에 은근히 많은 정보를 토해 낸 것을 보면 아주 똑똑한 것 같지는 않았다. 그리고 배짱도 좋게 수도로 올라와 어머니의 의상실을 들락거린 것을 보면 주도면밀하지도 못했다.

"로버트 황자님께도 감사 인사 전해 드리렴. 이 외진 남부에서도 은근히 지지율이 높은데, 그 이유를 알겠구나."

"지지율이 높다고요?"

"그래. 진정으로 제국민을 생각하는 황족이라고. 여기까지 신경 써 주시는 걸 보면 맞는 말이었군."

제국민과 황좌를 동시에 진정으로 생각하는 황족이었지만, 그 말까지는 하지 않았다. 얼굴 한 번 보지 못했지만 이제 내 적은 칼론 황태자였다. 그리고 그 인간을 처단하기 위해서 어떻게 해서든 로버트를 도와야 했다.

로버트가 라넬라 일당을 워프로 데려오지 않고 친히 기사단을 시켜 데려오라는 데에는 여러 가지 이유가 있었다.

첫 번째 이유는 그들이 제국을 관통하는 사이 이 이슈를 전국에 퍼트리려는 목적이었다. 두 번째로는 이참에 황실 기사단에서 칼론의 잔당들을 뽑아내려는 것이었다. 아무리 황실 기사단의 통제권이 칼론에게 있다고 해도, 흑마법에 동참한 자를 수송하는 의무를 저버린다면 즉시 기사단에서 퇴출당할 것이기 때문이다. 그래서 혹시라도 몰래 그들을 놓아주거나 죽이려는 움직임이 있다면 역으로 쳐 낼 심산이었다. 지금 우리에게 필요한 일은 어떻게든 그의 꼬리를 잡는 것이었기 때문이다.

"최대한 괴롭히시고요. 그동안 저는요……."

그리고 내게도 나름대로의 목적이 있었다.

"가짜 가족들 밑에서 거의 대부분의 나날들을 냉동 이퍼 고기만 먹으면서 살아왔어요."

내 말에 큰아버지는 이를 벅벅 갈았다.

"냉동 이퍼 고기라니, 이런 미친……."

그러고는 맡겨 달라는 듯이 눈을 부라렸다.

"아사 직전까지 굴리마."

황궁 감옥에 가면 인권 때문에 나름 훌륭한 대접을 받는다. 그 감옥에서는 냉동 이퍼 고기보다는 나은 것을 줄 것이 뻔했다. 그러므로 오랜 시간 고통스러워하려면 철저히 괴롭힐 수 있는 사람 밑에 오랫동안 두어야 했다.

"그럼 부탁할게요, 큰아버지. 나중에 또 뵈어요."

"그래, 아나벨."

큰아버지는 빙긋 웃으면서 내 머리를 쓰다듬었다.

"수도에는 올라갈 생각이 없었지만, 네가 보고 싶어질 것 같구나."

그리고 은근히 아련하게 말했다.

"저 죄인들은 네 말대로 내가 직접 수도로 호송하도록 하마. 오스칼도 메릴린도, 그리고 네 남동생도 봐야겠다. 가족 같은 건 필요 없다고 생각했는데 나이가 드니 확실히 다르군."

큰아버지의 짙은 푸른색 눈이 나를 가만히 바라보았다.

"다 네 덕분이다, 아나벨. 카론다에 와 주어서, 내 조카로 와 주어서 고맙다."

나는 쑥스러워서 배시시 웃고 말았다.

"그러면 진짜, 안녕히 계세요!"

이안과 함께 워프를 하면서도 큰아버지의 마지막 인사가 떠올라 흐뭇했다.

워프를 하자 다시 수도의 시계탑 앞이었다. 그 짧은 순간에 엄청난 거리를 이동했다는 것이 믿기지 않아서, 마치 꿈을 꾼 것만 같았다. 시계탑 앞에 도착하자마자 수명을 다한 반지의 보석은 파삭, 하고 부서져 버리고 말았다.

"와, 이렇게 수명이 끝나네."

나는 몸통만 남은 반지를 빼낸 후 보석이 부서진 게 신기해서 이리저리 살펴보며 중얼거렸다.

"우리의 카론다 일정도 끝나고 말이야."

"그래."

이안은 동그란 안경을 벗으며 대답했다.

"너와 로버트 황자님의 연결도 끝이지."

"어? 음, 뭐…… 그렇지. 하지만 일이 다 끝났으니 보고하러 입궁해야 하지 않겠어?"

"음."

입궁이라는 말에 이안이 살짝 고민하다가 말했다.

"굳이 둘 다 갈 필요는 없지. 나 혼자서만 다녀오겠다."

"아, 그럴래?"

이안과 둘이 함께 황궁으로 이동하는 것이 벌써부터 어색했던 나는 반색했다. 혹시라도 그 이상한 데이트용 마차에 함께 타야 한다면 진짜 그 분위기를 감당할 자신이 없었다.

"그래. 너까지 황자님을 뵐 필요는 없으니까."

"그러면 몇 가지 말 좀 전해 드려."

"내가 모르는 것들이 더 있나?"

"응. 사실 어젯밤에 라넬라를 찾아갔었거든."

나는 이안에게 이런저런 설명을 덧붙였다. 어젯밤에 이야기했어야 했는데 이제야 하는 셈이었다.

"'흑마법의 기원'은 악마를 통해 알아낸 거래."

"악마…… 지난번에 황자님이 설명한 것과 유사하군."

"응. 나머지 하나는 신력을 바쳐서 알아내려고 했다더라. 신력이 모자라 실패했지만, 어쨌든 신전에 연결 고리가 있는 것 같았어."

이안의 표정이 심각해졌다.

"그것도 황자님은 예상하고 계시더군. 지난번에 신전을 언급하시기는 했지,"

아마 로노포디아 잡화점을 급습할 때 신전에 메시지를 뿌린 것을 뜻하는 듯했다. 물론 그때 선한 신념의 세시안느만 반응했을 뿐 딱히 꼬리를 잡지는 못했다. 신전의 협조자가 누구인지는 몰라도 상당히 신중한 성격인 것임에 틀림없었다.

"그리고 또…… 이건 내 생각인데."

나는 이안의 눈을 피하며 말했다.

"나를 죽이려고 고용했다던 그 외국인 실력자 말이야. 아마 암살은 아닐 거야. 이렇게 신중하게 움직이는데, 굳이 그런 꼬리 잡힐 일을 할 리가 없어."

"내 생각도 그래."

이안 역시 그 건에 대해서 열심히 생각한 듯 대답이 즉시 나왔다.

그의 말이 이어졌다.

"정상적이고 합법적인 죽음을 위해 정식 결투를 신청할 확률이 높지."

정확히 나와 같은 생각이었다. 아마 나를 끌어내는 방법은 리하르트와 엘번에게 도움을 청할 것이 뻔했다. 칼론은 나를 모르고, 그들은 어쨌든 그동안 나와 계속 얽혀 왔으니 말이다. 물론 이번 남부 일이 알려지면 그들이 보냈던 쪽지가 우리에게 들어왔다는 예측을 할 수 있을지도 모른다. 그것까지 생각하면서 다음 계획을 짜야 했다.

다행히도 그들이 절대로 모르는 것이 하나 있었다. 바로 내 실력은 '흑마법의 기원'을 파괴할 때마다 상상도 못 할 정도로 비약하고 있다는 것이었다.

"결투 신청에 대해 잘 대비해 놓는 게 좋을 것 같아. 그걸 이용해서 우리가 함정을 파도 좋고."

나는 차분하게 말을 이어 갔다.

"그리고 또 하나. 중요한 건데……."

사실 가장 중요한 말이었다.

"세 번째 '흑마법의 기원'이 뭔지는 그쪽도 잘 모르는 것 같아. 악마에게 바칠 신력이 부족해서 못 찾았다고 했어. 아마도 우리가 두 개나 파괴했으니 마지막을 찾고 있을 것 같아."

말하면서도 한숨이 나왔다. 제국의 황태자가 돈과 권력을 위해서 악마까지 끌어들이다니. 이 세상에 있는 방식으로는 안 되니 다른 세상의 사악한 것까지 끌고 온 것이다.

뭐, 물론 실력으로는 안 되니 온갖 나쁜 짓을 계획했던 내가 할 말은 아니었다. 전생이 떠오르고 자아가 통합되며 굉장히 반성하기는 했지만 말이다.

"우리도 찾아야겠지. 어쩌면 우리가 먼저 찾아야 할지도 모르고."

"모두 전달하도록 하지."

이안은 담담하게 말한 뒤 이어서 물었다.

"웨이드로스 공작저에는 바로 들어와. 나도 지금 공작저에 가자마자 바로 조치해 놓을 테니 말이야. 가족들에게는 직접 말할 수 있지?"

"어? 응……."

"이사하는 것까지는 챙겨 보기가 어렵겠군. 바로 입궁할 예정이라."

"입궁한다고?"

그러니까 바로 로버트에게 가서 이 모든 것을 말한다는 얘기였다.

"그래. 사안이 사안이니만큼 최대한 빨리 전달하는 것이 좋을 것 같아서."

"황자님도 놀라시겠다……. 아침 댓바람부터."

"네가 걱정하지 않아도 돼. 항상 아침 일찍 일어나시는 분이니까."

"흠."

나는 혀를 차며 대꾸했다.

"아침 일찍 일어나는 새가 과로사하는 법인데, 딱 그 꼴이네."

"어쨌든 걱정하지 말라는 얘기다."

이안은 민망스러울 정도로 내 말에 반응하지 않은 채로 화제를 돌렸다.

"아론과 오스칼이 웨이드로스 공작저에 고용된 몸이니 딱히 남들에게 둘러대기 어려울 것도 없을 거다."

아예 황자님을 언급조차도 하지 않겠다는 의지가 느껴질 정도였다.

"메릴린은 휴가 겸 어머니의 전속 의상사로 고용됐다고 하면 될 일이고."

'그럼 나는?'이라는 질문을 할 새도 없이 이안이 이어서 말했다.

"너는 내 어머니의 제자로 들어왔다고 하면 돼. 사실이잖아, 그건."

얼마나 철저하게 생각했으면 이렇게 바로바로 대답이 나오는 건지 놀라울 지경이었다.

"……아."

"사슴을 때려잡고 난 뒤 향상됐을 네 실력이 나도 궁금하군."

사실 나는 이미 어떤 점이 향상됐는지 알고 있었다. 왜냐하면 어젯밤, 이안이 나를 잡아채려고 했을 때 재빨리 피할 수 있었기 때문이었다. 만일 정상적인 상황이라면 한 번은 잡혔을 것이 뻔했다. 레슬리 님은 내가 민첩성 또한 이안에 비해 부족하다고 했는데, 그게 보완된 것이 틀림없었다.

"이제 네 달라진 실력을 매일 볼 수 있겠지."

이안은 팔짱을 낀 채 말했다.

"기대되는군."

"어, 그래."

나는 어색하게 대답했다. 당장 내일부터 웨이드로스 공작가에서 이안과 매일 얼굴을 마주할 생각을 하니 그것도 좀 민망했다.

"매일 찾아오더니 언젠가부터 발걸음이 좀 뜸했잖아."

이안이 눈을 가늘게 뜨고 말했다.

"내게 집착하는 초심을 되찾기를 바란다. 쓸데없는 사람 걱정하지 말고."

졸지에 로버트는 쓸데없는 사람이 되었다. 나는 부루퉁하게 대답했다.

"초심이라니. 나는 다시 태어났다고."

친부모를 찾고 나서 정말 새사람이 되기로 다짐했다. 하지만 어젯밤, '아나벨 나디트'라는 이름을 듣고 나니 가슴이 철렁했다. 내 신변에 엄청난 변화가 생겼지만, 내가 못된 짓을 하려고 했던 건 변하지 않는 사실이었다.

이안이 '지긋지긋하다'라고 말한 바로 그 사람이 나였다. 그러고 보니 내가 좀 뻔뻔하게 느껴지기도 했다. 처음에는 분명 이안을 다 구해 주고 나서 그와는 아예 상관없는 삶을 살려고 했는데…… 어쩌다 보니 이렇게 가족의 신변까지 맡기는 사이가 되어 버렸다. 레슬리 님에게 검을 받을 때 분명히 기사도를 아는 아이가 되기로 결심까지 했는데.

"있잖아, 이안."

나는 망설이다가 조심스럽게 말문을 열었다.

"……만일 신이 네게 소원을 물으면, 뭐라고 대답할 거야?"

이안에게 빚을 진 기분인지라 갚아 주려는 의도에서 물어본 것이었다. 내 뜬금없는 질문에 이안이 미간을 찌푸렸다. 하지만 잠시 생각하더니 나름 성실하게 대답해 주었다.

"세계 평화?"

"와, 진짜 모범적이고 재미없다."

나는 한숨을 푹 쉰 다음 재차 물었다.

"그런 대의적인 거 말고 너를 위한 소원은 없어?"

"글쎄. 나는 다 갖추고 태어나서."

슬프게도 맞는 말이어서 말문이 막혀 버렸다.

이안은 내 얼굴을 가만히 바라보다가 말을 이었다.

"그리고 혹시라도 갖지 못한 것이 있더라도…… 내가 최대한 노력해 보고 안 된다면 깔끔하게 포기해야 한다고 생각해."

정말로 모범적인 답안이었다. 깔끔하게 포기하지 못하고 질척대며 비열한 수를 썼던 내가 뜨끔할 수밖에 없는 대목이었다.

"특히 그게 사람에 관련한 것이라면."

"어? 음…… 그렇지."

나는 어설프게 대답했다.

"그, 그럼 대체 세계 평화는 왜……."

"누군가를 곁에 못 두는 건 어쩔 수 없지만, 그 사람이 안전하지 못한 건 정말 싫어서."

"아, 그래. 알겠어."

어쨌든 이안의 소원을 들어주기로 결심한 터였다. 재미도 없고 감동도 없었지만, 나는 일단 그 모범적인 대답에 열의를 불태우기로 했다. 어차피 세계 평화를 위해서라면 당연히 칼론부터 처치해야 했고 말이다. 내 목적과 이안을 위한 일이 같다니 아주 다행이었다.

"그럼 일단 로버트 황자님께는 네가 다 보고하는 걸로 하고…… 나는 얼른 가족들한테 가서 자초지종을 말해 볼게."

"좋아. 웨이드로스에서도 바로 이사를 도울 사람들을 보내겠다."

"아, 그리고 염치없지만 나도 이제 웨이드로스 훈련장을 써도 될까?"

"훈련장을?"

"응. 이제 성실히 훈련을 좀 해야지. 필요하다면 웨이드로스 기사단에 입적시켜도 되고."

이안은 기사단에 입적하는 것까지 언급하자, 놀랐다는 듯이 눈을 크게 뜨고 나를 바라보았다. 현재 기사단장은 이안이었으니 내가 이안에게 충성한다는 뜻이었기 때문이다.

"그렇게까지……."

"그렇게까지 해야 세계 평화가 올 것 아냐. 널 위해 그 정도는 할 수 있다고."

나는 한마디로 그의 입을 다물게 했다.

이안은 굳은 얼굴로 한숨을 푹 쉬더니 퉁명스럽게 말했다.

"네가 그런 말을 함부로 해 대니까 내가 잠을 못 자는 거야."

"웃기지 마."

실제로 지난밤에 잠을 못 잔 건 나였기 때문에 나는 즉시 응수했다.

"잠 못 잘 말을 하는 건 네 전공이거든?"

뱉고 나니 왠지 민망해져서 인사도 제대로 하지 않고 뒤돌아 집으로 향했다.

"그럼 이따 봐."

골목길을 돌면서 흘긋 본 이안은 망부석처럼 그대로 서 있었다.

"……무슨 말에 반응한 거지? 대체 뭐지?"

바보 같은 말을 중얼거리면서, 마치 무언가를 미친 듯이 상기하는 것 같은 얼굴로 말이다.

우리의 이사는 순식간에 이루어졌다. 아론과 부모님은 모든 것을 빠르게 받아들였다. 왜냐하면 로노포디아 잡화점에서의 사건이 있었기 때문이다. 나는 너무 구구절절한 신탁에 대한 내용만 빼고 모든 것을 솔직히 말씀드렸다.

"그러니까…… 그 흑마법의 배후가 황태자님 같다고? 그래서 우리가 위험에 처할 수도 있다고?"

"예……."

나는 눈을 내리깔며 면목이 없다는 듯이 웅얼거렸다.

"어쨌든 저는 표적이 되었고, 가족들에게는 죄송하지만……."

솔직히 죄송한 건 사실이었다. 갑자기 찾은 딸이 개망나니인 것도 기함할 일인데, 심지어 엄청난 위험에 빠져서 가족들의 사업에까지 피해를 끼친 셈이니.

"그러니까 누님께서 세계 평화를 위해 노력하겠다는 것 아닙니까."

아론은 씩 웃으면서 말했다.

"정말 자랑스럽습니다, 누님. 제가 또 웨이드로스 공작가에서 성장기를 보내서 꽤 정의롭답니다."

심지어는 내게 간곡히 부탁까지 했다.

"저도 그 일에 꼭 끼워 주시길 바랍니다. 세시안느도 자랑스러워할 거예요."

웨이드로스 기사단의 부관은 올바른 가치관을 갖고 있었던 것이다.

"우리 딸이…… 로버트 황자님, 이안 님과 함께 사악한 힘에 맞서서 싸우고 있단 말이냐?"

어머니는 걱정스러운 눈으로 내 손을 꼭 잡았다.

"나는 우리 딸만 걱정될 뿐 내 사업 같은 건 하나도 개의치 않아, 얘야. 너만 안전하면 돼. 그때 세시안느 성녀님이 말씀하신 것과 연관 있는 거겠지?"

"예……."

"왜 하필 우리 딸에게 그런 사명을 주셨을까 싶지만 널 찾게 해 주신 것도 신이니……."

엄청난 통찰력이 있는 말이었다.

"……아나벨……."

아버지는 이미 눈물을 뚝뚝 떨어트리고 있었다. 똑같은 얼굴의 큰아버지와는 완전히 다른 표정이어서 둘이 함께 서 있어도 구분이 가능할 것 같았다.

"우리가 힘이 되어 줄 수 없어서 미안하구나."

그러고 보면 아버지는 항상 일관적인 반응이었다. 자꾸만 자신이 부족해서 그렇다고 하는 것이 말이다.

"대단한 귀족가가 아니어서, 네게 이런 걱정이나 하게 만들고……."

"아버지, 저도 제가 이런 딸이어서 너무 죄송하다고 생각했는데요……. 아버지 말을 들어 보니 그러면 안 될 것 같아요."

나는 아버지의 눈물을 닦아 주면서 말했다.

"우리 서로에게 절대로 미안해하지 않기로 해요."

이런 면에서 나는 아버지를 닮은 듯했다. 솔직히 말하면 나는 내 부모님에게 딱히 도움이 된 적이 없었다. 딱히 잘해 준 것도 없었고 어느 날 갑자기 뚝 떨어진 딸이었다. 그런데도 우리 부모님은 정말 '딸이라는 이유' 하나만으로 내게 헌신적이었다. 그래서 나 역시 최선을 다해서 살고 싶었다. 이안이 말한 것이 무슨 뜻인지 알 것 같았다. 우리 가족이 나중에라도 나를 싫어하게 되는 건 어쩔 수 없지만, 무슨 일이 있어도 다치는 것은 정말로 싫은 그 마음 말이다.

"저는…… 아나벨 나디트는, 사실 그동안 정말 나쁜 마음으로 살았어요. 진짜 나쁜 애였어요."

나는 나도 모르게 그렁그렁한 눈으로 말했다.

"그런데 이제 진짜로 잘 살고 싶어요. 사랑하는 가족을 위해서 바르고 착하게 살 거예요. 미워하는 사람이 아니라 사랑하는 사람을 위해서 강해질 거고요."

어머니는 다시 한번 나를 꼭 안아 주었다. 그것으로 더 이상 서로에게 미안해하지 않는 우리의 웨이드로스 공작저행이 결정 났다.

이사는 순식간에 이루어졌다. 얼마 지나지 않아 웨이드로스 공작저에서 바로 엄청난 수의 사용인들을 보내 우리의 이사를 도왔기 때문이다. 정말 몸만 가면 되는 수준이었다.

"아니, 뭐 이렇게까지……."

내가 민망해하자 하녀 하나가 귀띔해 주었다.

"공작님도, 마님도 완전 환호하셨습니다. 두 분 다 '네게 이런 기대하지 못했던 센스가 있었다니 너무 감동적이다'라며 이안 님을 몹시 칭찬하셨어요."

"……대체 왜 그게 센스지?"

"마님께서는 오스칼 님에게 가끔 야식을 얻어먹을 수도 있겠다면서 너무 좋아하셨습니다. 공작님께서 왜 환호하셨는지는 저도 잘 모르겠습니다."

우리의 대화를 듣고 있던 아론이 무심하게 끼어들었다.

"아마 마님께서 환호하시는 게 좋아서 함께 환호하신 모양이지요."

그리고 그 말에 우리 모두 다 바로 납득해서 고개를 끄덕였다.

"그럼 우리는 진짜 몸만 가면 되는 건가?"

"예. 그냥 오시면 됩니다."

공작저에서 마차까지 보내 주어서, 우리는 정말 나들이하듯 거처를 옮기게 되었다.

"아아. 어쨌든 누님의 말에 따르면 이안 님은 안 계신 거네요. 황자님께 보고하러 황궁에 가셨다면서요."

아론은 느긋하게 말했다.

"오늘까지는 좀 느긋하게 생활해도 되겠어요. 이안 님께서 기사단에 복귀하시면 완전 빡세지거든요."

그에게 직접 춤 수업을 받았기 때문에 그 '빡셈'을 알고 있는 나는 조용히 고개를 끄덕였다. 그리고 얼른 아론이 탄 마차에 올라타려고 할 때였다.

"아나벨 양, 잠시만!"

저 멀리서 로버트가 말을 타고 무서운 속도로 달려오고 있었다.

"아니, 다들 어디로 가는 거지?"

로버트는 황당하다는 얼굴로 백마에서 훌쩍 뛰어내렸다. 물론 나 역시 그의 등장이 상당히 황당했다. 당연히 지금쯤 입궁한 이안에게서 카론다에 관한 보고를 듣고 있을 것이라고 생각했기 때문이다.

"아…… 제국의 별, 로버트 황자님을 뵙습니다."

웨이드로스 공작가의 마차에 올라타려던 우리 가족들은 모두 뻣뻣하게 굳어 있다가 황급히 예를 표했다.

"쓸데없는 격식은 그만두고."

로버트는 어수선한 레인필드 저택을 둘러보며 말했다.

"무슨 일 있나?"

그의 말에는 은근한 다급함이 묻어 있었다. 몹시 걱정했다는 듯이 말이다.

나는 눈을 깜빡이며 천천히 대답했다.

"당분간 웨이드로스 공작저에서 지내려고 해요. 가족들의 안전이 걱정돼서요. 그런데 황자님은 여기 왜……."

"아."

내 질문에 로버트가 그제야 당황한 표정으로 우물거렸다.

"그게…… 반지의 보석이 깨졌기에 수도에 도착했나 싶어서."

나는 어이가 없어 말문이 막히고 말았다. 반지의 보석이 깨져서 수도에 도착했나 싶으면 얌전히 기다리면 될 일이지 득달같이 여기에는 왜 온단 말인가?

'심지어 왜 웨이드로스 공작저에 안 가고 나한테 왔지? 아무래도 공작저보다는 평민 저택이 오기에 부담이 없었나?'

그러나 '하필 왜 귀찮게 둘 중 내게 왔니'라고 물을 수는 없는 일이었기 때문에 나는 그 질문을 꾹 참았다.

내가 대답하지 않자 로버트가 머쓱한 듯 나직이 덧붙였다.

"무사히 도착한 걸…… 눈으로 확인하고 싶기도 하고. 지난 이틀간 걱정을 꽤 많이 해서."

"하기야 보석이 시시각각 번쩍거려서 무슨 시간별 알람인 줄 알았어요."

나는 무난하게 대답했지만 조금 혼란스러워서 나도 모르게 그의 시선을 피하고야 말았다. 걱정을 했다니 뭐 저런 간지러운 말을…….

로버트 역시 그답지 않게 입술을 달싹거리기만 할 뿐 더 말을 잇지 않았다.

그때 우리 사이에서 눈을 굴리고 있던 아론이 재빠르게 끼어들었다.

"저는 부모님을 모시고 먼저 웨이드로스 공작저에 가겠습니다. 누님은 이야기 끝나고 천천히 오시지요."

현명한 개입이었다. 왜냐하면 이 자리에는 우리만 있는 것이 아니었기 때문이다. 어머니와 아버지는 '반지'라는 단어 하나에 벌써부터 혼란스러운 표정을 짓고 있었다. 지난번에 황족과의 결혼이니 어쩌니 했던 말들이 떠올라 나는 당장 아론의 등을 밀었다. 지금 내가 느끼기에도 분위기가 묘한데 가족들은 열 배 이상으로 심각하게 받아들일 것이 뻔했다.

"그래, 네가 얼른 모시고 가렴. 머리는 비우고, 입은 다물고."

"머리는 복잡하고 입은 나불거리고 싶어 죽겠습니다만."

"얼른 가렴. '꺼져'로 급이 올라가기 전에."

"누님은 공작저에 혼자 오실 수 있으시겠지요? 아, 생각해 보니 8년간 자주 혼자 오셨지요. 제가 바보 같은 말을 했습니다."

능숙하게 수습하는 척했지만 횡설수설하는 것을 보니 아론 역시 혼란스러운 게 틀림없었다. 하긴 다른 이도 아닌 황자의 등장이었으니 평정심을 유지하는 것이 더 어려운 일이었다. 그것도 로버트는 평민 사이에서 지금 주가가 엄청났다. 그저 그런 황족이 아니고, 평민 의회가 본격적으로 작업하여 '차기 황제'가 될 수도 있다는 말이 돌 정도였다.

"그럼 이따 공작저에서 봬요."

일단 나는 그렇게 가족들을 모두 보내고 나서 로버트와 어수선한 레인필드 저택의 응접실에 마주 앉았다. 대단한 것을 내오지는 못했어도 이삿짐을 싸던 하녀가 눈치껏 적당한 다과와 차를 내왔다. 심지어 하녀까지도 눈을 힐끔거리며 호기심 가득한 표정을 짓고 있었으니 곧 수도에 돌 소문이 뻔했다.

나는 이 사태가 원망스럽다는 듯이 한숨을 쉬며 먼저 말문을 열었다.

"안 그래도 이안이 보고하러 입궁한다고 했는데요."

"아아."

로버트는 민망하다는 듯 찻잔을 돌렸다.

"반지가 깨진 걸 보고, 걱정이 되어서 기다릴 수가 없더라고."

"뭐가 그렇게 걱정이……."

"반지는 워프로 왕복이 끝나도 깨지지만, 상대가 죽어도 깨지거든. 아나벨 양과 이안을 보냈으니 그럴 리 없다는 걸 알면서도 초조해서……."

"그래서 레인필드 저택에 말까지 끌고 오신 거예요?"

나는 어이가 없다는 듯이 반문하고 말았다. 이제 이 일로 로버트와 나의 염 문설은 더더욱 확실히 퍼져 나가게 될 것이 뻔했기 때문이다. 아무리 카론다의 일이 잘되었는지 궁금했다고 해도 이렇게까지 할 필요는 없었는데 말이다.

나는 속이 시끄러운 것을 애써 무시하며 화제를 돌렸다.

"뭐, 결론적으로는 모든 게 잘되지는 않았어요."

"응?"

"흑마법을 사용한 주동자들을 생포하기는 했는데, 칼론 황태자님과 연결 고 리는 찾지는 못했거든요."

나는 카론다에서의 일을 처음부터 상세히 설명하기 시작했다. 원래 이안의 역할이었지만 어쩔 수 없었다. 모든 것을 다 말하고, 레인필드 가문은 당분간 웨이드로스 공작가의 보호를 받기로 한 것까지 설명한 다음에야 로버트는 긴 한숨을 쉬며 고개를 끄덕였다.

"그렇게 된 것이군."

"네, 그렇게 되었답니다."

나는 참담한 목소리로 대답했다.

"그래서 황자님…… 아무래도 제 뇌세포가 더 이상 설렁설렁 일하면 안 될 것 같은 지경에 이르렀어요."

그동안 나는 군이 필요 이상의 생각을 하면서 살지 않았다. 왜냐하면 내 유 일한 적은 이안 웨이드로스였고, 그는 머리로 상대할 필요가 없는 사람이었기 때문이다. 정의롭고 상식적이며 예상 가능한 사람을 상대할 때에는 큰 계략 같 은 건 필요 없었다. 하지만 이제는 상황이 좀 달라진 것이다.

"원래는 이안에게 전하라고 한 말이지만요…… 일단 이렇게 손을 놓고 있을 수는 없잖아요?"

나는 로버트를 보면서 말을 이었다.

"그래서 적들의 함정을 이용해 보려고 해요."

"아나벨, 이 시섬에서 내가 한마디만 해도 될까."

"한마디 이상 하실 건 알고 있지만 뭐, 괜찮아요."

"……아나벨 양이 계략에까지 능하다면 정말로 반할 것 같다는 이야기야."

"아하."

로버트의 동그란 초록색 눈을 보면서 나는 안도의 한숨을 내쉬었다. 차라리 이렇게 대놓고 화제에 올리는 게 나로서는 더 편했다.

솔직히 여기까지 달려온 걸 보니 나를 좀 좋아하는 것 같다는 의심이 들기는 했다. 안 그래도 그것 때문에 아주 마음이 복잡했는데, 본인이 은근슬쩍 운을 떼어 주니 고마웠다. 물론 좋아하는 거야 본인 마음이니 내가 뭐라고 할 건 아니었다. 하지만 진짜 반하는 건 좀 곤란했다.

"아직 반하신 건 아니죠?"

"……글쎄."

열렬하게 달려들지 않는 것을 보니 아직 저 불씨를 꺼트릴 희망이 있었다.

"황자님. 모든 제국민들이 저희의 열애설을 수군거려도 저는 상관없지만, 그게 진실이 되면 아주 곤란해요."

"곤란하기까지 한 일인가?"

"그럼요."

나는 다급히 말했다.

"엉망진창인 과거에도 불구하고 제게 이상한 매력을 느껴실 수는 있겠죠. 이해해요."

"음……."

"뭐 사람 취향이야 천차만별이고 다양성은 존중해야 하니까요. 그렇더라도 마음 간수 잘 부탁드릴게요."

로버트가 나를 보면서 어이없다는 듯 피식 웃었고, 나는 진지하게 덧붙였다.

"황자님은 자기 관리가 뛰어나신 분이니 마음 관리도 잘하실 거예요. 제 믿음을 배신하지 말아 주세요. 저는 황위에 아무런 도움이 되지 않는 여자라는 걸 잊지 마시고요."

"여기서 황위 얘기가 왜 나오지?"

"황자님의 숙원은 사랑이 아니라 황위라는 걸 잊지 마시라고요."

로버트는 황위를 위해서 거침없이 달려가고 있는 야망의 남자였고, 그 사실이 이렇게 반가울 수가 없었다.

"부디 황자님께서는 목적에 맞는 계약 결혼으로 시작하셨다가 진정한 사랑을 깨닫는 그런 삶을 사시길 바랍니다."

아무리 내게 조금 호감이 생겼어도 그 점만 짚어 주면 크게 엇나가지는 않을 것 같았다.

역시 로버트는 순순하게 헛웃음을 지었다.

"나야 뭐 그렇다 쳐."

"그렇다 치는 게 아니고 진짜 그런데……."

그러면서도 끝까지 내게 떼지 않으며 유혹하듯 느릿하게 말했다.

"하지만 아나벨 양에게 내가 조금의 매력도 없다는 소리처럼 들리는군."

물론 그런 유혹에 넘어갈 내가 아니었다.

"그거야 당연하죠."

나는 정색을 하며 말했다.

"제 이상형은 마주친 지 1년이 지나면 인상이 흐릿한 남자거든요. 지극히 착하고 상식적이어서 있는 듯 없는 듯 스쳐 지나갈 수 있는 사람 말이에요."

그것은 내 지론이었다. 기억날 만한 특징이 없으려면 일단 거슬리는 것이 없어야 했다. 즉, 굉장히 무난하고 정상적인 사람이라는 뜻이었다.

"황자님은 누구에게나 기억에 오래 남는, 차기 황제감이라서 안 돼요."

내가 단호하게 말하자 로버트는 허탈하게 웃으면서 대답했다.

"음…… 기분 좋아해야 하나 말아야 하나 헷갈리는데."

"쓸데없이 헷갈리지 마시고, 얼른 황위에 미친 권력 추구 인간의 정체성을 되찾으세요. 제 의외의 매력에 흔들리면 안 된다고요."

그때였다. 갑자기 응접실 문이 벌컥 열렸다.

"……이안?"

황급하게 달려온 것 같은 이안이었다. 그는 나와 로버트를 한 번씩 번갈아 본 뒤 다소 굳은 표정으로 내 옆에 앉았다.

"입궁했더니 황자님께서 급히 출타하셨다고 하더군요."

"아, 맞아. 헛걸음했겠군."

이안과 로버트의 길이 엇갈렸을 것이라는 추론은 당연히 할 수 있었다. 그러나 이안이 여기 올 거라는 생각은 하지 않았다. 그냥 당연히 웨이드로스 공작저로 돌아갔겠거니 했는데.

이안은 로버트를 가만히 바라보다가 천천히 말했다.

"왠지 황자님께서 여기 오셨을 것 같아서 왔습니다."

"아, 뭐. 잘했어."

나는 가볍게 말했다.

"다 같이 얘기하면 효율적이지, 뭐. 타이밍도 좋았어. 막 앞으로의 일을 의논하려던 시점이었거든."

"그래, 지금까지는 별 얘기를 안 했다네."

로버트는 이안에게 친절하게 웃어 보이며 말했다.

"내가 아나벨 양에게 집적대기도 전에 차인 것 빼고는 말이야."

"……예?"

이안이 얼마나 크게 소리 질렀는지, 눈치껏 차를 한 잔 더 내오던 하녀가 넘어지고 말았다. 그 바람에 갑자기 뜨거운 차를 엎질렀고 응접실은 순식간에 아수라장이 되었다.

로버트는 이안의 손등을 두드리며 말했다.

"과거 일을 생각하면 네게는 친구로서 미안하게 생각해. 하지만 아나벨 양의 이상형에 도무지 맞지 않는다니 깔끔하게 포기해야 하지 않겠나."

뜨거운 차를 엎은 카펫을 치우랴, 괜찮다고 하녀를 다독이랴 정신이 없어서 나는 로버트의 이어진 말을 듣지 못했다.

"……그게 될지 모르겠지만."

응접실을 정돈한 후에야 우리는 다시 침착하게 마주할 수 있었다.

"황자님, 그게 무슨 말씀이십니까? 집적대기도 전에 차였다니요."

굳은 표정으로 건넨 이안의 질문에 내가 대수롭지 않다는 듯이 대꾸했다.

"말 그대로야. 내가 사랑에 빠져 야망을 소홀히 하지 말라면서 마음 관리를 잘 부탁드렸어."

그리고 이제 이 화제에 대해 얘기하지 않겠다는 결연한 표정으로 덧붙였다.

"지금 그런 일에 신경 쓸 때가 아니잖아. 나 죽이겠다는 외국인이 달려오고 있는데."

이제야 적의 형체를 어렴풋이나마 잡기 시작한 우리는 할 일이 많았다. 신전에 있는 칼론의 조력자도 색출해 내야 했고, 세 번째 '흑마법의 기원'도 먼저 찾아야 했다. 그래서 어떻게든 연결점을 모든 사람들 앞에서 폭로해야 했다. 원작에서는 3년 후에 모리엇의 뒤를 캐면서 그렇게 끝이 났으니까 말이다.

'모리엇을 죽였으니 그 끝을 기다릴 수도 없고…… 그래도 최대한 빨리 끝내 버려야지. 아마도 원작에서는 흐지부지되어서 찾지 못한 흑마법의 기원도 마저 찾고.'

하지만 가장 중요한 것은 나를 향한 살인 예고에 대비하는 것이었다. 우리는 지금 서로에 대해서 잘 모르는 채로 움직이고 있었다. 카론다의 소식을 듣는다면 칼론 역시 그가 보낸 쪽지를 우리에게 들켰을지도 모른다는 생각을 하고 있을 것이었다. 하지만 외국에서 나를 죽일 실력자까지 데려온다는데, 굳이 나 같은 평민을 대상으로 몸을 사릴 것 같지는 않았다. 서로가 제대로 격돌하는 첫 사건이니만큼 큰 그림을 그리고 신중하게 행동해야 했다.

나는 로버트를 바라보며 진지하게 말을 이었다.

"아마도 칼론 황태자님이 데려온다던 그 실력자가 제게 정식으로 결투 신청을 하겠죠? 많은 사람들이 보는 앞에서 말이에요."

"……그렇겠지."

로버트가 무겁게 고개를 끄덕였다.

"저는 그 결투 신청에 당연히 임할 예정인데, 조건이 있었으면 좋겠어요."

"뭔데?"

"무슨 일이 있어도…… 가족들 앞에서 결투를 하고 싶지는 않아요. 걱정할 테니까요."

아무리 내 계략의 일부라고 해도 위험한 상황이 생길 수도 있는데, 부모님을 불안하게 만들고 싶지 않았다.

"제 생각에는 칼론 황태자님이 꼭 그 광경을 보고 싶어 하실 것 같아서요."

내가 로버트에게 부탁하는 이유이기도 했다. 아무래도 같은 황족인 로버트가 칼론에 대해서 더 잘 알지 않겠는가. 칼론은 아마 아베데스 후작가 형제들에게 나에 대해서 물어보고 있을 것이 뻔했다. 서로 모르는 채 적이 되었으니 조금이라도 더 잘 아는 사람에게 조언을 구해야 했다.

"사람들이 북적거리고 황태자님의 동선과 겹치되, 자연스럽게 부모님은 절대 오지 못하는…… 그런 타이밍을 저희가 먼저 만들어 줘야 할 것 같은데요."

그러니까 상대가 파는 함정의 판을 우리가 마련해 주자는 말이었다. 그 함정을 우리가 제대로 이용할 테니 말이다.

"아."

로버트는 내 말에 반색을 하며 손뼉을 한 번 치기까지 했다.

"그런 거라면 아주 괜찮은 계기가 있지."

"오, 뭔데요?"

저렇게 극적인 반응이라면 정말로 기가 막힌 생각을 해낸 것이 틀림없었다.

"곧 황궁에서 나의 탄신 연회가 열리거든. 그 전에 칼론 형님은 도착할 테고 말이야."

내 얼굴을 바라보며 로버트가 활짝 웃었다.

"내 파트너로 초청해도 될까, 아나벨 레인필드 양?"

나는 감탄의 탄성을 내뱉을 수밖에 없었다. 이렇게 훌륭한 계책이 있을 수가. 황궁에서 열리는 탄신 연회라면 당연히 칼론이 참석할 것이다. 게다가 원래 평민들은 연회에 참석할 수 없다. 연회의 주인공이 특별히 초대한 경우가 아니라면 말이다. 그러니 가족들이 올 리가 없었다.

그것 가지고 요즈음 여기저기서 조직되고 있는 평민 의회에서는 말이 많았다. 시대가 어느 때인데 평민은 귀족과 섞여서 춤조차 못 추느냐고 말이다. 이 문제 가지고는 어떻게든 시끄러울 수밖에 없었다. 제국은 지금 자본으로 인해 신분이 흐릿해지는 경계에 서 있었다. 그러므로 옛 전통에 반하는 잡음이 계속해서 생길 수밖에 없었던 것이다. 하지만 지금 이 순간만큼은 그 전통이 감사하기까지 했다.

"잠깐."

내가 냉큼 고개를 끄덕이려고 할 때 이안이 미간을 찌푸리며 끼어들었다.

"그건 좀…… 문제가 있지 않을까 싶은데."

"무슨 문제?"

내 질문에 이안은 잠시 난감한 표정으로 머뭇거렸다.

나는 부루퉁하게 다그쳤다.

"뭐야? 왜 말을 못 해? 딱히 문제도 없는데 어깃장 놓은 것처럼."

이안은 흠칫 놀라더니 천천히 말을 꺼냈다.

"네가 황자님의 파트너가 된다는 건, 꽤 특별한 사이라는 뜻인데……."

"그게 뭐? 약혼 발표를 하는 것도 아니고 특별하면 안 돼? 어차피 연막인데."

"하지만 파트너는, 그러니까 춤도 계속 함께 춰야 하고……."

"뭐야? 왜 의미 없는 얘기만 해? 딱히 이유가 생각 안 나니까 아무 말이나 던지는 것처럼."

내가 틱틱거리며 쏘아붙이자 로버트가 끼어들었다.

"아니야, 아나벨 양. 생각해 보니 한 가지 문제가 있어. 이안이 날카로웠군."

그 말에 이안마저도 놀란 표정으로 로버트를 바라보더니 황급히 정색하며 동의했다.

"그렇습니다. 분명한 문제가…… 있습니다, 황자님."

이안은 그 분명한 문제를 분명히 모르는 게 틀림없었다. 대체 왜 저러는 걸까 고민하기도 전에 로버트가 뒤늦게 떠올랐다는 듯 혀를 차며 말했다.

"이안의 말대로 춤을 함께 춰야 해. 그것도 어설프면 안 돼. 하필 내가 연회의 주인공이다 보니."

"춤이요?"

"아나벨, 춤 배운 적 있어? 아무리 뛰어난 선생을 붙인다고 해도 열흘은 걸리지 않을까 싶은데."

그렇다면 그건 문제가 되지 않았다. 나는 해맑게 대답했다.

"출 줄 알아요!"

그 말에 이안이 황급히 끼어들었다.

"하지만 그건 고작 몇 시간……."

"제 움직임을 기가 막히게 잘 아는 사람에게 아주 빡세게 배워서 남들이 열흘 가르친 것보다 훨씬 더 효과가 좋았어요."

"그래도 절대적인 실력은 별로……."

"아마 상위 10% 안에는 들 거라고 그 스승님이 직접 그랬어요."

나는 이안의 딴지에 과거의 이안이 했던 말들로 조목조목 반박했다.

로버트는 내 말에 반색을 하며 물었다.

"아니, 그렇게 훌륭하면서도 인간미 없는 스승이 있었단 말이야?"

"네! 실력은 좋지만, 재미는 실종된 바로 그런 스승이 있었습니다!"

나는 뿌듯하게 웃으며 나를 상위 10%로 끌어올려 준 바로 옆의 스승을 바라보았다. 그런데 자랑스러운 표정을 짓고 있을 줄 알았던 이안은 오히려 완전히 얼굴이 굳은 상태였다.

"……하."

심지어 조금 망연해 보이기도 했다.

'이런. 왜 저런 불쾌함이 가득한 얼굴이지? 예전의 나를 보던 그 표정인데.'

순간 내 머릿속에 가설 세 개가 스쳤다.

첫째, 나와 춤을 추었던 밤이 너무 부끄러워 남에게 알리고 싶지 않다.

'그럴 수 있지. 이걸 시시콜콜 말하려면 단둘이 한방을 썼다는 것까지 알려야 하니.'

둘째, 자신의 친우인 로버트가 나같이 혐오스러운 여자와 파트너를 한다는 것이 마음에 들지 않는다.

'이건 기각. 그렇게까지 싫은 건 아니라고 몇 번 이야기를 들었으니까.'

셋째, 혹시…… 아주 혹시…… 내가 로버트와 춤을 추는 것이 그냥 싫다.

'가짜 연인 행세 이틀 했다고 지금 괜히 질투라도 나나? 아니면…….'

나는 이안의 굳은 입매를 바라보면서 마른침을 삼켰다.

'설마. 진짜 설마.'

내가 알기로 저건 정말로 못마땅할 때 짓는 표정이었다. 그동안 내가 많이 봐 왔던 얼굴이기도 하고 말이다.

'큰아버지의 말대로, 막무가내였다가 조금 잘해 주니까 내가 여자로 좋아지

기라도 했나?'

그러면 아까 로버트의 파트너 요청에 말도 안 되는 이유로 어깃장을 놓았던 것도 설명이 되었다. 물론 다른 상대도 아니고 이안 웨이드로스를 두고 이런 생 삭을 한다는 게 염치 없긴 했다. 그래도 아예 가능성이 없는 얘기는 아니었다.

'심지어 나한테 한눈에 반했다잖아. 열네 살 꼬마 때라고 해도.'

기억을 뒤져 보면 요즈음 나름 간질간질한 순간도 좀 있었다. 하지만 여기서 더 생각의 진도를 뺐다가는 속이 너무 시끄러울 것 같았다. 지금 나는 목숨의 위협을 받고 있는 상태였다.

'그런 복잡한 생각까지 하고 싶지는 않은데.'

지금 로버트의 마음도 싹을 잘라 낸 지 얼마 안 됐는데, 이안까지 생각하기에 는 버거웠다. 하지만 생각이라는 게 하기 싫다고 해서 멈춰지는 것이던가. 오히 려 합리적인 추론과 의심이 더 뻗어 나가기 시작했다.

'혹시 진짜…… 진짜 이안마저도 나를 좋아하는 건가? 설마 과거의 케케묵은 감정은 붕어 수준으로 까먹고?'

내 상식으로는 이 세상 모든 남자가 나의 이상한 매력에 빠졌어도 이안만큼 은 혀를 내둘러야 할 것 같았다.

'……알고 보니 취향이 독특한가? 아니면 좀 미친 거 아니야?'

내가 이안을 힐끔힐끔 훔쳐보는데 로버트가 환히 웃으며 말했다.

"더 이상 고민할 필요조차 없군. 아나벨 양이 내 파트너가 되어 주면 돼."

그렇게 나의 연회 참석이 결정되었다. 언젠가는 아베데스 후작가의 일원으 로 갈 수도 있다고 생각했는데, 무려 황자의 파트너로 참석한다니.

우리는 그날 늦게까지 함께 이런저런 계략을 짜느라 의견을 모았다. 단순히 그 상대를 이기는 것만으로 끝내고 싶지 않았기 때문이었다. 외국인 검사 하나 이기는 걸로는 성에 차지 않았다. 어떻게든 상대의 약점을 캐내어 이용하고 구석으로 몰아가야 했다. 물론 그런 계략을 짜는 데에는 내 활약이 대단했다.

"아나벨 양, 어떻게 이렇게 상대방의 뒤통수를 연타로 치는 비열한 생각을 해낼 수 있지?"

로버트는 감탄하면서 혀를 내둘렀고, 나는 재빨리 못을 박았다.

"반하시면 안 돼요. 얼른 '황위를 위한 계약 결혼'을 속으로 세 번 외쳐 주시길 바랍니다."

"다섯 번 외치십시오."

내 말에 이안마저 진지하게 거들었다.

'하……..'

나는 싸한 감각에 이안을 흘깃 쳐다보았다.

이안은 못 박듯 한 번 더 말했다.

"황자님은 냉철하게 황위를 위해서만 행동하시는 분이지 않습니까."

"이안."

로버트는 한숨을 쉬며 대답했다.

"그렇게 내 황위를 원하고 있는 줄은 몰랐어. 아까 계약 짤 때는 시큰둥해 보이더니."

나는 고개를 저으며 반박했다.

"시큰둥한 게 아니라 할 말이 없었을 거예요."

솔직히 말해서 이안은 별로 도움이 안 되었는데, 그는 워낙에 정정당당한 성격이라 음모나 계략과는 맞지 않기 때문이다.

"굳이 저렇게 복잡하게 돌아가느니 다 이겨 버리면 된다고 생각했겠죠, 뭐."

비록 쓸어 이겨 버리기에는 아직 상대가 정체를 드러내지 않았지만 말이다.

이럴 때에는 이안보다 내가 더 돋보이는 법이었다. 나는 그동안 리어드와 케이틀린에게 배워 왔던 온갖 저열한 마음가짐을 장착하고 있었기 때문이다.

"어쨌든 제가 여기까지 하면, 황자님께서 뒤처리를 기가 막히게 하실 거라고 믿어요."

"준비해 두지. 얼른 연회가 왔으면 할 정도야."

"네, 좋은 구경 하게 해 드릴게요."

"곧 정식으로 레인필드 저택에 파트너 신청 내용을 담은 초대장을 보낼게."

잔뜩 격양된 로버트의 말에 천천히 대답한 사람은 이안이었다.

"레인필드 저택이 아니라 웨이드로스 공작저의 별채입니다."

내내 음울한 얼굴로 입을 다물고 있던 그는 낮은 목소리로 덧붙였다.

"또한 그날 에스코트는 필요 없을 듯합니다."

"응?"

"어차피 함께 사니 제가 같이 가지요."

이안의 말에 놀란 나는 눈을 깜빡이며 물었다.

"너 올 거야?"

"그럼 내가 안 갈 줄 알았어?"

"너는 연회 같은 곳에 잘 안 가는 줄 알았지."

내가 알기로 원작에서 그는 이런 연회에 굳이 참석하지 않아서 당연히 안 올 줄 알았다.

"무슨 소리야. 심지어 황자님의 탄신 연회인데."

"이안."

로버트는 머쓱하게 웃으며 말했다.

"이번에 참석하면 처음으로 내 탄신 연회에 오는 셈이군. 참고로 나는 스물두 살이고 말이야."

"……그리고 이렇게 중요한 일에 어떻게 참석을 안 합니까."

나는 이번에는 네 역할이 없다는 말을 꾹꾹 눌러 참았다.

로버트와 헤어져서 웨이드로스 공작저의 별채에 돌아온 시각은 꽤 늦은 밤이었다. 하지만 가족들은 옹기종기 모여서 나를 기다리고 있었다.

"이로써……."

내가 눈을 굴리며 자리에 앉자 아론이 말문을 열었다.

"로버트 황자님과 누님의 염문설에 대해 더 이상 좌시할 수 없음을 엄숙하게 선언합니다."

나는 딱히 할 말이 없었다. 여기서 더 부정하는 것도 웃긴 일이었다. 로버트가 말을 달려서 레인필드 저택까지 왔는데, 언제까지나 '우리는 친한 사이일 뿐이에요'를 앵무새처럼 외칠 수는 없었다.

"제 생각에는요……."

그래서 나는 엄숙한 표정을 짓고 있는 가족들을 바라보며 웅얼웅얼 말했다.

"황자님이 저를 좀 좋아하실 뻔한 위기가 있기는 했어요."

예상하고 있었을 텐데도 가족들은 경악한 표정을 지어 보였고 나는 재빨리 덧붙였다. 사실 더 경악할 만한 얘기가 있긴 했지만 말이다. 혹시라도 '이안도 어쩌면 저를…….' 같은 말을 했다가는 정말 난리 날 것 같았다. 물론 이미 내 마음은 난리였고 말이다.

"하지만 일단 그 마음이 깊은 것 같지는 않고요."

나는 사실대로 말했다.

"황자님은 제 이상형이 아니라고 솔직하게 전달했으니 흐지부지될 거예요."

"잠시만……. 지금 내 딸이 황자님을 걷어찼다는 말이니?"

어머니가 흔들리는 동공을 어찌지 못하며 떨리는 목소리로 말했다.

"물론 황가에 가는 걸 원치는 않았다만…… 아니, 그래도 하지만……."

아론 역시 눈을 깜빡이다가 끼어들었다.

"그럼 누님의 이상형은 대체 어떤 사람입니까? 로버트 황자님 정도면 솔직히 어디 빠지는 것이 없으신 분인데."

"어딘가 적절히 빠져서 특징이랄 것이 없는 사람이 좋아."

나는 로버트에게 설명했던 내 이상형을 다시 한번 말했고, 가족들은 모두 난감하다는 듯이 눈빛을 교환했다. 뭔가 지적하고 싶은데, 딱히 지적할 수 없는 그런 느낌인 듯했다.

"어쨌든 제 염문설에 대해서는 이제 마음 놓으시길 바랍니다. 물론……."

나는 말을 이어 가기가 머쓱해서 볼을 긁으며 입을 열었다.

"……곧 있을 로버트 황자님의 연회에 파트너로 가게 되었지만 말이에요."

다시 한번 정적이 흘렀다.

한동안 심호흡을 하고 있던 아버지가 간신히 말을 꺼냈다.

"아나벨. 물론 네가 몹시 소중한 건 맞지만 교육해야 할 건 해야겠구나."

아버지는 떨리는 목소리로 내 손을 잡고 말을 이었다.

"황자님이 아닌 황태자님이라도 싫지만, 아닌 건 아닌 거란다. 마음에 없는 상대에게 희망 고문 하면 안 돼."

아버지가 오해하는 것은 어찌 보면 당연한 일이었다. 하지만 그렇다고 해서 연회 때 결투 예정이라 어쩔 수 없다고 할 수는 없는 노릇이었다. 그러면 가족들 걱정 안 시키려고 했던 내 의도가 모두 끝장나는 것이니까 말이다.

결국 나는 될 대로 되라는 심정으로 내뱉고 말았다.

"로버트 황자님의 부탁이셔서요. 전에 생일 축하를 받은 일이 있기도 하고."

"아."

아론이 고개를 끄덕였다.

"그때 레인필드 레스토랑에 오셨던 날 말이지요? 누님의 기일에. 아, 이젠 기일이라고 하면 안 되지만요."

"그동안은 매년 생일을 혼자 보냈었거든요. 그래서 거절할 수가 없었어요."

마침 생일 연회라서 아주 다행이었다.

"이번 생일은 같이 지내자고 하시더라고요."

로버트에게는 좀 미안했지만 다 서로 잘되자고 하는 일이니 어쩔 수 없었다.

"그렇지……. 맞아……. 내 딸은 그동안…… 흐, 흐윽……."

그래서 아버지의 참교육은 그렇게 눈물로 마무리가 되었다.

"잘됐구나."

그때 어머니가 비장하게 말했다.

"안 그래도 가게 문을 닫을 예정이라 여유가 있었는데."

"네?"

"나는 연회 드레스만 셀 수도 없이 만들어 왔단다. 그런데 우리 딸이 연회에 간다니."

어머니의 눈이 반짝 빛났다.

"심지어 처음이자 마지막 연회가 될 수도 있는데, 내 역작은 지금 탄생해야 하지 않겠니?"

그 어느 때보다 열정을 불태우겠다며 어머니는 주먹을 불끈 쥐기까지 했다.

"네…… 그럼 저는 이만 들어가 볼게요."

나는 어머니의 눈을 슬슬 피하면서 일어섰다. 자칫하다가는 내 눈엔 그게 그거 같은 레이스를 밤새도록 골라야 할 수도 있었다.

"내일 아침에는 레슬리 님께 가서 훈련을 받을 예정이라서요."

연회는 연회고, 사슴을 죽이고 얻은 능력치를 제대로 평가받고 싶기도 했다.

"오늘 이사 때문에 피곤하셨을 텐데 다들 일른 주무세요."

내가 머쓱하게 말하자, 훌쩍이고 있던 아버지가 문득 고개를 들었다.

"아나벨."

"네?"

"아무래도 마음에 걸려서…… 이상형 같은 건 그렇게 '밍숭맹숭한 남자' 같은 한마디로 끝내면 안 돼."

아버지는 눈물을 닦으며 말했다.

"함께 있을 때 어때야 하는지 구체적으로 생각해 보렴."

"함께 있을 때요?"

"그래. 예를 들어서 나는 이런 슬프고 난감한 상황에서도 중심을 잡고 장인 정신을 발휘하는 네 엄마가 참 멋있고 좋단다."

내가 이상형으로 꼽은 밍숭맹숭하게 특징 없는 남자의 구체적인 행동을 상상해 보라는 이야기인 것 같았다.

나는 손가락을 꼼지락대다가 천천히 말했다.

"저는…… 저를 귀찮을 정도로 잘 챙겨 주는 남자가 좋은 것 같아요."

"챙겨 준다고?"

"네. 이것저것 돌봐 주고 살펴봐 주는 세심한 사람이요."

그동안 챙김 받지 못한 삶을 살아서 그렇다는 말은 차마 할 수가 없었다.

"예를 들어……."

그러다가 갑자기 든 생각에 열이 확 올라서 재빨리 덧붙였다.

"아, 아니에요! 그럼 저는 진짜 자러 가 볼게요. 다들 좋은 꿈 꾸세요!"

비록 가짜 연인으로 지낸 하루였지만 꽤 좋았던 순간들이 떠올라서였다. 말투는 무뚝뚝했지만 먹는 것부터 잠자리까지 신경 써 주던 사람과 함께하던 순간 말이다. 그 순간의 주인공이 이안이라는 건 정말 낯 뜨거운 일이었다.

그날 밤, 새로운 침대가 낯설어서 그런지 나는 몇 번을 또 뒤척였다. 화려한 연회에서 꽤 격렬한 결투까지 예정되어 있는데도 자꾸 다른 생각만 들었다.

"아무리 내가 네게 첫눈에 반했다고 해도."

8년이나 지난 고백에 싱숭생숭한 것은 물론이고 한 번 싹을 틔운 합리적 의심이 속을 시끄럽게 했다. 로버트의 마음을 눈치채고 짐작하는 건 어렵지 않았는데, 이안의 속은 생각하면 생각할수록 미궁이었다. 제정신이라면 나를 좋아할 리 없었지만, 사람은 모두 다 이성적 호감 앞에 제정신이 아니지 않은가.

'잠시만.'

나는 문득 든 생각에 눈을 번쩍 떴다.

'그럼 이안에게도 파트너가 있다는 말인가? 보통 연회에는 파트너가 있다고 들었는데.'

아까 분명히 이안이 내 에스코트를 해 준다고 했었다.

'근데 내 에스코트를 하고?'

이런저런 계획을 세울 때에도 그는 당연히 연회에 참석하는 것처럼 이야기했었다. 원작에서 이안은 이 연회에 참석하지 않아서 딱히 언급이 없었다.

'에이, 모르겠다.'

나는 다시 억지로 눈을 감으며 잠을 청했다.

'이안이 어떤 여자랑 파트너를 하든 나랑 무슨 상관이야.'

모르긴 몰라도 이안과 파트너를 할 정도라면 고위 귀족 영애일 텐데.

'예쁘고 고고하면서 완벽한 그런 여자겠지, 뭐. 내가 그것까지 왜 신경 써.'

나는 이불을 붙잡은 채로 크게 한 번 뒤척였다. 그리고 내일 어머니가 드레스 일로 붙잡으면 순순히 밤새도록 함께 머리를 맞대어 보겠다고 다짐했다.

수도가 갑자기 또 시끄러워졌다.

"남부의 카론다에서 흑마법을 이용했던 인신매매단을 검거했습니다."

로버트는 군중들 앞에서 또 한 번 엄청난 성과를 발표했다.

"이번에도 이안 웨이드로스와 아나벨 레인필드가 고생해 주었습니다."

아나벨과 이안은 또 한 번 영웅이 되었고 말이다.

"제국의 미래를 위해 능력을 아낌없이 발휘해 준 두 사람에게 또 한 번 감사를 표합니다."

물론 로버트는 자신의 이름을 대중들에게 각인시키는 것도 잊지 않았다.

"카본다에는 지금 즉시 황궁 기사단을 파견할 것이며, 앞으로도 저, 로버트는 사악한 힘들을 뿌리 뽑기 위해 노력하겠습니다."

흑마법을 이용한 인신매매 수법에는 모두가 다 경악하고 말았다. 그리고 모두들 정말 흑마법은 상상하지도 못할 정도로 기상천외한 일들을 가능하게 한다는 사실을 알고 한참을 불안감에 떨었다. 그동안 마법이란 황실이 장악하고 있는 마탑에서만 연구되고 있었으므로, 실생활에서 크게 작용하지 않고 있었기 때문이었다.

그 와중에 레인필드 가족들이 웨이드로스 공작저에 들어간 것은 딱히 큰 이슈가 되지 못했다. 아론과 오스칼이 원래 웨이드로스 공작가에 몸담은 사람들이었고, 메릴린 역시 높은 몸값을 제시받고 레슬리에게 전속 고용이 된 것 같다는 소문이 돌았다. 아나벨만이 조금 이질적인 구성이었지만, 그동안 두 번이나 함께 흑마법을 퇴치하는 데 힘을 모았기 때문인지 다들 이상하게 생각지 않았다. 아나벨은 흑마법 퇴치에 참가한 것만으로도 한 번 평판이 올라간 전적이 있었던지라 이번에는 큰 주목을 받지 못했다. 오히려 사람들은 다른 방향으로 감탄했다.

"이안 님이 대단하시지……. 흑마법 처단이라는 숭고한 목적 아래 아나벨같이 악연으로 묶인 사람과도 손을 잡은 것 아닌가."

"어쩔 수 없었을지도 몰라. 어쨌든 아나벨 레인필드가 실력은 좋으니."

"그래도 정말 큰 그릇을 가진 사람이야. 나라면 꼴 보기도 싫을 텐데."

사람들은 모이면 모두들 이안의 엄청난 아량을 칭찬했다.

이안은 한마디도 안 했는데, 그의 평판은 날이 갈수록 더더욱 올라갔다. 이러쿵저러쿵 떠들어 대는 소문이 잦아들 때쯤 또 한 가지 충격적인 사실이 수도 사람들을 기다리고 있었다.

"세상에, 황자님께서 파트너로 아나벨 레인필드 양을 초대했다고요?"

"설마 정말로 로버트 황자님이 아나벨 레인필드를 좋아하는 건 아니겠죠?"

"그런데 예전부터 둘 사이가 심상치 않기는 했잖아요."

예전의 추문에서부터 갑자기 밝혀진 출생의 비밀까지, 아나벨 레인필드에 대한 소문은 무성할 수밖에 없었다. 그런데 황자와의 스캔들이라니 더할 나위 없는 가십거리였다. 물론 다른 측면의 의견도 있었다.

"아무래도 평민 의회를 의식한 것 같죠?"

"그렇죠. 평민 의회가 요즘음 연회 문화를 계속 비판하고 있었잖아요."

요즈음 제국은 평민들의 입지가 나날이 올라가고 있는 상태였다. 재력을 등에 업고 평민 의회의 입김이 점점 더 세지고 있었다. 안 그래도 로버트는 흑마법을 퇴치하면서 평민들에게 지지율이 높은 상태였다. 그러므로 아나벨을 초대한 그의 행보는 또 다른 의미에서 주목을 받았다. 사실 이런 효과는 로버트마저도 의식하지 못했던 것이지만 말이다. 그리고 이러한 일에 아주 흡족해하는 한 사람이 있었다.

"역시 로버트야. 술수가 대단해. 평민을 파트너로 초대하다니. 게다가 아나벨 레인필드 양⋯⋯ 8년 동안 검술 대회 2위를 지키고 있는 검사 아니던가."

바로 황제였다. 그는 껄껄 웃으면서 흐뭇하게 수염을 쓸었다.

"이 일로 평민 의회가 조금 잠잠해지겠어. 일단 이번 연회는 넘어가겠군."

황후는 황제의 그런 반응이 못마땅했다. 요즘음 황태자인 칼론보다 로버트의 이름이 사람들 입에서 자주 오르내렸다. 게다가 로버트는 황제를 빼닮은 아들이었다. 황제가 자신을 닮은 데다가 능력도 출중한 로버트를 총애한다는 것은 공공연한 사실이었다. 로버트는 심지어 황제가 맡긴 일들을 척척 다 해내 결국 단독 수사권까지 쥐고 있었다. 황실 기사단이 황태자 소속인 것을 감안할 때 굉장히 파격적인 대우였다. 물론 그 위치에 이르기까지 로버트가 엄청난 노력을 했지만 말이다. 황후로서는 황태자인 칼론의 위치를 위협해 오는 로버트가 곱게 보일 리 없었다.

"글쎄요."

그래서 황후는 황제의 앞에서 은근히 말을 흘렸다.

"하필 아나벨 레인필드라니…… 워낙에 소문이 좋지 않은데 현명한 결정 같지는 않군요."

로버트를 욕할 수 없다면 그의 수족이라도 깎아내려야 했다.

"안 좋은 소문?"

"이안 웨이드로스를 물고 늘어지며 온갖 추태를 부렸잖아요. 무려 8년 동안."

"아."

황제는 별것 아니라는 듯 어깨를 으쓱했다.

"그거야 다 예전 일 아니던가. 지금은 로버트를 도와 새사람이 되었다던데."

"글쎄요."

황후가 비웃음을 참지 않으며 말했다.

"그래 봤자 그 천박하고 무례한 태도가 어디 가겠어요? 연회 때 망신이나 안 당하면 다행이겠군요."

황후의 다소 격한 말에도 황제는 딱히 호응이 없었다.

그녀는 급히 우아하게 덧붙였다.

"저야 뭐, 황실 연회의 질이 떨어질까 봐 그게 걱정될 뿐이죠."

"흐음."

"폐하께서 검사들을 높게 평가하시는 건 알아요. 하지만 그건……"

"높게 평가하는 건 아니고."

황제는 헛기침을 하며 황후의 말을 끊었다.

"그저 조금…… 검술을 동경하는 것뿐이지. 검으로 상대를 제압하는 것이 참 유려하고 멋있지 않나. 그리고 아나벨 양의 검술은 꽤 괜찮은 편이야."

그러니까 높게 평가하는 것보다 훨씬 더 심각한 수준이라는 뜻이었다.

황후의 미간이 살짝 찌푸려졌다. 하필 황제는 검술 대회 관람을 몹시 즐기는 편이라 아나벨에 대한 호감도가 남들보다 높았다. 아나벨의 여러 정체성 중에 '실력 있는 검사'에 꽂힌 것이다. 어쨌든 안 그래도 황제의 로버트에 대한 신뢰가 나날이 높아 가고 있는 와중이었다. 황후는 황제가 로버트의 파트너까지 마음에 들어 하는 것을 경계할 수밖에 없었다.

물론 그런 황후의 마음도 모르고 황제는 흥분해서 말을 이었다.

"물론 기본기가 조금 약하고 절대적인 빠르기나 기척을 숨기는 기술 같은 것이 조금 부족하지만 워낙에 타고난 감이 좋아서……."

"폐하, 검술 이야기는 여기서 할 이야기가 아니지 않나요."

"하긴. 시작하면 나 혼자 떠드는 것으로도 두 시간은 금방 흐르니까."

"그것보다…… 연회는 검투장이 아니잖아요."

황후는 부드럽게 황제를 진정시켰지만 내심 마음이 좋지 않았다. 그리고 얼마 뒤, 칼론이 귀국한다며 비둘기로 소식을 전해 왔을 때 그가 몰래 보낸 서신을 받고 그제야 마음을 놓았다. 아나벨 레인필드를 쉽게 없앨 수 있는 실력자를 데리고 온다는 것이었다. 그래서 황후는 신나서 답장을 썼다.

「곧 열리는 로버트의 생일 연회 때 그럼 정식 결투를 신청해 보는 건 어떠니? 남들 앞에서 톡톡히 망신을 주고 싶구나!」

심지어 상대가 외국인이라니, 아나벨이 무참히 패배하면 황제의 기분이 몹시 상할 것이 분명했다.

"역시 내 아들. 어미가 설레는 마음으로 연회를 기다릴 수 있게 해 주는구나."

황후는 칼론의 귀국을 손꼽아 기다리며 씩 웃었다.

웨이드로스 공작저에 레인필드 일가가 들어와 살게 된 것은 그다지 놀라운 일이 아니었다. 그중 한 명이 아나벨이었어도 말이다.

"뭔가 묘하게 이질적이면서도 익숙하지 않나?"

기사단 사람들은 아침 일찍 나와 몸을 풀고 있는 아나벨을 보며 수군거렸다.

"이곳이 상당히 자연스럽군."

그도 그럴 것이 아나벨은 8년간 이곳을 뻔질나게 드나들었다. 그래서 그녀는 기사들의 계급에 따른 훈련 장소는 물론, 어디서 무기 관리를 하는지, 또 어디서 휴식을 취하는지도 다 알고 있었다.

"그런데 정말 상상하지 못했던 장면이란 말이야……."

그녀의 동생인 아론이 이곳의 부관이라 차마 대놓고 뭐라고 하지는 못했지만, 모양새가 이상한 건 사실이었다. 매일같이 이안에게 욕을 퍼부으며 그녀 앞을 막는 기사단에게도 구타를 서슴지 않았던 아나벨 아닌가. 그런데 그녀가 너무나도 단정하고 얌전하게 훈련에 임하고 있었다.

그리고 그녀의 훈련량은 정말이지 엄청났다. 그동안 어떻게 제국 2위를 유지할 수 있었는지 납득이 갈 정도였다. 다들 그녀가 엄청난 노력파였다는 것에 대해서는 이견이 없어지게 되었다.

"저기."

물론 모든 기사단 사람들이 그것을 가만히 보고만 있지는 않았다.

"예전에도 느꼈지만 검을 참 잘 쓰십니다."

아무리 개차반이어도 실력자는 실력자, 은근히 동경의 눈빛을 보내던 기사 몇 명이 슬쩍 말을 걸었다.

"솔직히 말씀드리자면, 검을 들고 있는 자태가 상당히 아름다우……."

"거기까지."

아나벨이 뭐라고 하기도 전에 아론이 끼어들었다.

"누님께 집적대는 건 허용하지 않는다."

물론 아나벨은 억울하다는 듯이 투덜거렸다.

"난 남자들이 나한테 집적대는 거 괜찮은데 왜 네가 난리야?"

"큰일 날 소리 하십니다. 지금 무슨 소리를 하시는 겁니까? 어떤 이상한 놈이 들러붙을 줄 알고요."

"그런 이상한 놈은 내가 직접 두들겨 패 주면 되는데 무슨 걱정?"

"……아."

"일단 집적대는 남자가 있어야 나도 좀 연애라는 걸 해 보지 않겠니? 어지간한 남자한테 내가 집적댔다가는 협박으로 착각할걸."

아론은 잠시 눈을 굴리다가 다시 한번 고개를 단호하게 저으면서 말했다.

"하지만 누님께 집적대는 건지 레인필드의 재산에게 집적대는 건지 모르잖아요. 저는 늘 그렇게 경계하며 살았습니다. 누님도 경계하세요."

아나벨이 거기에 대고 '그것 참 행복한 경계구나'라며 대답할 새도 없었다.

"데이브 람슨. 당장 연무장 40바퀴 돌기 시작한다."

멀리서 종자의 자세를 봐 주던 이안이 날카롭게 말했기 때문이다.

"예? 저, 저 말씀이십니까?"

"훈련을 게을리하고 쓸데없는 소리를 했으니 몸과 마음을 먼저 바르게 하라는 의미다."

"그, 그게…….”

아나벨에게 집적대던 기사, 데이브는 눈을 굴리다가 이안의 서늘한 얼굴을 보고 즉시 존명을 외치며 연무장을 달리기 시작했다. 그 꼴을 보고 모두들 수군거렸다.

"역시…… 흑마법 때문에 아무리 협력 관계로 돌아섰다고 해도 8년의 원한 관계는 무시 못 하나 봐."

"조금 칭찬했다고 바로 연무장 40바퀴라니······. 아직도 주군께서는 아나벨님을 정말 싫어하시는군."

"하긴 정상적인 인간이라면 8년간 치를 떨던 그 세월을 잊을 리가 있나."

"그나마도 주군이시니까 옛 악연은 묻어 버리고 겉으로나마 협력하는 척이라도 할 수 있는 거야."

그래서 웨이드로스 기사단 사람들은 그 이후 아무도 아나벨에게 다가가서 칭찬을 한다거나 친하게 지낸다거나 하지 못했다. 물론 아나벨은 아무런 상관도 없어 보였다. 그녀는 아주 편하게 훈련실의 물품을 모두 쓰면서 레슬리의 지도를 받기까지 했다. 그 모습을 보며 데이브와 다른 노선을 타겠다고 결심한 기사도 물론 있었다.

"너무 편하게 지내는 거 아닌가? 한때는 안하무인으로 휘젓고 다녔으면서."

기사 중 하나가 아론이 없을 때를 골라 퉁명스럽게 통박을 준 것이다.

아나벨은 스트레칭을 하다가 상대를 빤히 바라보며 한마디 했다.

"그럼 누구 좋으라고 불편하게 지내? 어쨌든 지금은 개념 있게 휘젓고 다니지 않나?"

"아니, 그래도 양심이 있으면 적어도 여기서는······."

"뭐라는 거야, 개념 없이 가래침 뱉다가 자기 신발에 떨어져서 참교육 당할 인간이."

"뭐, 뭐?"

"영양가 없는 시비를 걸 거면 양심적으로 나 정도 창의성은 보여라."

하지만 시비를 건 기사는 아나벨과 더 이상 대화를 나눌 수 없었다. 이번에는 저 멀리서 이안이 직접 성큼성큼 다가온 것이다.

"빌리 얀크로."

이안은 이글이글 타오르는 눈빛으로 빌리를 노려보았다.

"연무장 80바퀴 당장 돌아."

"……예? 저, 저요?"

빌리가 아나벨에게 시비를 걸었던 것은 은근히 이안에게 자신의 충성심을 어필하려던 이유도 조금 있었다.

"제, 제가 왜……."

그래서 그는 지금 상황을 받아들일 수 없어 어안이 벙벙해져 있었다.

"아나벨에게 욕먹을 짓 하지 마."

"네?"

"아나벨의 욕을 들을 수 있는 사람은 나뿐이라는 거다."

그 말에는 아나벨마저도 입을 다물었다. 기사에게 욕을 먹을 때도 차분하던 그녀의 눈에 황당함이 가득 찼다.

"알겠어? 아나벨에게 욕먹지 말란 말이다."

이안은 쐐기를 박듯 단호하게 말했다.

'아나벨에게 욕하지 마라'가 아니라 '아나벨에게 욕먹지 말라'…….

모두들 혼란스러워서 각자의 생각을 정리하기에 바빴다.

"과연 이안 님……. 자신의 기사들이 욕먹는 게 정말 싫으신 거야."

얼마간의 정적이 흐른 후 엄청난 충성심을 가진 누군가가 애써 포장했다.

"맞아. 어떤 미친 인간이 욕먹는 게 좋아서 그걸 독점하고 싶겠어?"

"그럴 리가 없지. 다른 누구도 아닌, 우리의 상식 기준이자 살아 있는 교과서 이안 님이신데."

"심지어 흑마법을 뿌리 뽑기 위해 8년간 혐오하던 아나벨 님과도 손을 잡으신 분이라고!"

다들 찝찝한 얼굴로 황급히 고개를 끄덕였다. 결론적으로 웨이드로스 기사단의 사람들은 아나벨에게 집적거리지도 못하고 그렇다고 욕도 하지 못하는 상황이 되었다. 물론 뒤에서 이런저런 이야기를 하는 건 어쩔 수 없었다.

"은근히 검을 휘두르는 모습에서 눈을 뗄 수가 없지 않아? 절대적인 아름다움을 떠나서…… 뭔가 사람을 홀리게 하는 것이 있는 것 같아."

"옛날하고 달라. 무슨 춤을 추는 것 같은 움직임이야."

"기본적으로 훈련하는 시간이 엄청나던데. 난 그만큼 노력할 수 있다는 것 자체가 대단해 보여."

"살짝 말 걸어 볼까? 욕 좀 먹어도 될 것 같아. 심지어 나름 기대되는걸."

"왠지 아나벨 님에게 욕먹으면 내가 이안 님이 된 기분이 들 것 같아."

물론 그 뒷얘기마저도 이안의 귀에 들어간 건 자명한 일이었다.

얼마 되지 않아, 이안은 기사단에 충격적인 발표를 했다.

"앞으로 당분간 훈련 전반은 아론 레인필드가 감독한다."

그 말에 아론이 기겁하듯 놀랐다.

"아니, 대체 제게 왜 그런 시련을……."

아론의 말을 무시하며 이안이 퉁명스럽게 대꾸했다.

"다들 아나벨에게 시선을 떼지 못하는 것이 마음에 안 들어."

"예에?"

"아무래도 다들 아나벨 때문에 집중을 못 하는 것 같군."

모두가 의문이었지만 이안의 살벌한 눈빛 때문에 질문조차 하지 못했다.

"내일부터 나와 아나벨은 훈련장에 오지 않겠다."

"그, 그럼?"

금시초문이었던 아나벨의 기겁한 질문에 이안은 무뚝뚝하게 대답했다.

"알아서 외진 곳에서 단둘이 훈련할 테니 그렇게 알도록."

새로 대신관의 자리에 오른 벨리녹의 신력에 대해서 신전 내부에서는 뒷말이 많았다. 왜냐하면 대신관 후보들 중 더 쟁쟁했던 사람들이 개인 사정으로 인해 멀리 떠나거나 외부로 차출되면서 어부지리로 대신관이 되었기 때문이다. 신력은 수치로 측정되는 것도 아니고 그날그날 컨디션에 따라서도 많이 달라졌다. 그러니 그저 본인만이 그 그릇을 알 뿐이어서 남들과 절대적인 비교가 어려웠다. 그래서 대놓고 벨리녹의 신력을 의심할 수는 없었지만, 그래도 뒷소문이 무성한 것은 어쩔 수 없었다. 그 사정을 다 짐작하고 있는 벨리녹에게 친자 검사로 인해 모두에게 엄청난 신력을 증명한 세시안느가 거슬리는 것은 어쩔 수 없는 일이었다.

"세시안느."

벨리녹은 거슬리는 이를 어떻게든 치사하게 괴롭히는 성정이었다.

"요즈음 너무 속세에 관심이 많은 것 같군. 레인필드와 어울려서 그런가."

"네?"

그런 성정의 소유자답게 벨리녹은 툭하면 세시안느를 불러다 온갖 트집을 잡곤 했다. 오늘도 그녀는 일과가 끝난 뒤 불려가서 쓸데없이 혼나고 있는 중이었다.

"아론 레인필드와 결혼해서 신전에 출퇴근하게 되더라도 여전히 너는 신의 종인 것을 잊으면 안 된다."

신전에 몸을 담고 있다고 해서 결혼을 금지하지는 않았다. 성녀나 신관은 하나의 직업으로 인정받고 있었기 때문이었다.

"송구합니다만 대신관님."

정직한 세시안느는 조심스럽게 대답했다.

"아직 저희는 만난 지 얼마 되지 않아 결혼 이야기가 나오고 있지 않습니다. 하지만 만일 결혼하게 되더라도 왜 그게 신의 종에게 어울리지 않는 속세적인 관심인지 이해가 되지 않습니다."

"네가 신을 모시는 데 최선을 다하지 않아서 그렇지!"

"예를 들어 어떤……."

세시안느는 일관적으로 침착했으나 벨리녹은 버럭 화를 내고 말았다.

"하, 예를 들어라? 너, 성서는 다 외우고 있나? 이제 막 견습 딱지 뗀 주제에 노력하는 모습 따위는 없이 빽질거리는 게 눈에 보여!"

"……성서는 모두 3,029권입니다. 대신관님은 외우고 있으신지요……."

"막 견습 딱지 뗄 때는 외우고 있었다!"

벨리녹은 세시안느가 그 말에 대한 시비를 따질까 봐 빠르게 말을 이었다.

"어쨌든 너는 못 외우고 있다는 뜻이군. 모두 필사해. 전부 필사하기 전까지 외부 행사 참석 금지다."

세시안느는 그 불합리함에 대하여 항의하려고 했지만 포기했다. 어쨌든 그 녀는 신전 소속이었고 신전 내에서 대신관의 명령에 따라야 하는 복종의 의무 가 있었다. 심지어 '외부 행사 참석 금지'라는 조건을 단 것은 결국 '신전의 일에 나대지 마라'라는 뜻이기도 했다. 물론 불굴의 세시안느는 무너지지 않았다.

'어떻게든 얼른 다 끝내고 나대야지.'

그녀는 즉시 양피지를 가득 들고 터덜터덜 걸어서 지하의 서고로 향했다.

'3,029권을 다 필사하라고……? 얼마나 걸리려나.'

1권부터 필사하는 것은 너무 지겨운 일이었다. 모든 신전의 사람들이 그렇 듯이 다들 1권만 열심히 공부하곤 했으니까 말이다. 세시안느도 5권 정도까지 는 모두 외우고 있을 정도였다.

'차라리 지루하지라도 않게 잘 모르는 것부터 할까?'

아무리 신전에 몸을 담고 있다고 해도 3,029권의 내용을 모두 읽는 것은 쉽 지 않은 일이었다. 심지어 고대어로 적혀 있어서 해석하는 데에도 오래 걸렸 다. 모두가 대충 내용만 알고 있는 정도였고, 정확한 구절을 아는 사람은 드물 었다. 세시안느는 먼지 쌓인 서고를 돌다가 2,817권을 꺼냈다.

'이걸로 하자. 아나벨 님에게 도움이 될 수 있을지도 몰라. 흑마법의 기원을 부술 때마다 축복이 내린다는 건 확실히 신력의 이동과 관계있는 것 같으니까.'

「신력을 옮기는 법에 관하여」

그녀는 바로 자리에 앉아 필사를 시작했다.

「주인을 잃은 힘은 축복의 형태가 되어 신력으로 변환될 수 있다.
이때 부작용은 없다.」

"이건 신께서 아나벨 님에게 내리신 축복에 대한 설명 같은데. 그럼 그 '주인을 잃은 힘'은 뭘까?"

세시안느는 집중해서 재빨리 다음 구절을 읽어 보았지만 설명은 그걸로 끝이었다.

"그래도 이거라도 꼭 전해 드려야지. 다음번에 만나자고 해야겠다. 사실 아나벨 님 검 들고 다니는 모습 진짜 멋있어……."

그리고 다음 구절부터는 사람들끼리 신력을 옮기는 것에 대한 서술이었다.

"흥……. 이게 무슨 의미가 있을까."

그게 쉽다면 이렇게 벨리녹이 펄펄 뛸 일도 없었을 것이다. 어떻게든 신력을 옮겨 와서 그 열등감을 극복했을 테니 말이다. 예전에 신전에서 '신력을 옮기는 방법이 있긴 한데 다들 안 하는 이유가 있대' 같은 말을 들은 기억이 나는 것 같기도 했다.

「하지만 사람끼리 신력을 옮기는 것은 상호 합의하에 가능하고 두
가지 부작용이 뒤따른다.」

세시안느는 눈을 깜빡이며 깃펜에 잉크를 푹 적셨다.

「첫째, 옮겨진 신력을 오랫동안 몸에 담고 있으면 부작용이 생긴다.
그러므로 즉시 소진해야 한다.」

그러니까 남에게서 받은 신력을 계속 갖고 있을 수 없다는 뜻이었다.

「둘째, 옮겨 간 신력을 사용하고 난 후부터 서로 온갖 생각과 감정,
기억이 공유된다.」

"와, 진짜 끔찍하구나."

세시안느는 몸을 떨며 중얼거렸다. 감정, 기억, 생각이 공유된다니 생각만
해도 엄청난 페널티였다.

"이런 악조건 속에서 누가 신력을 공유하려고 들겠어."

심지어 상호 협의까지 필요했으므로 억지로 빼앗을 수도 없는 일이었다.

"……하지만 엄청난 악당들이라면 어떻게든 하려고 하겠지."

세시안느는 차분히 다음 장을 넘겨 계속 필사를 이어 갔다. 속으로 벨리녹을
욕하는 것을 잊지 않으며 말이다.

'내가 이렇게 쓸데없는 고생을 하고 있는 동안 지금쯤 대신관님은 편히 쉬고
있겠지만.'

하지만 세시안느의 예상은 틀렸다. 벨리녹은 마음고생으로 한숨을 푹푹 쉬
고 있었던 것이다. 그는 칼론을 마주할 생각에 요즘 들어 잠도 못 이룰 지경이
었다. 칼론에게 세 번째 흑마법의 기원을 찾지 못하겠다고 솔직히 말했으나 받
아들여지지 않았다. 어떻게 해서든 찾아내라는 것이 그의 명령이었다.

다른 세계에서 온 '흑마법의 기원'이란 당연히 이 세계에서 알 수 있는 것이
아니었다. 앞의 두 개는 칼론이 황궁 깊숙한 곳에서 강력한 고대 마력 아이템
두 개를 찾아내 악마에게 제물로 바침으로서 알아냈다. 그리고 더 이상은 제

물로 바칠 만한 것이 없었으므로, 나머지 하나를 찾아내기 위해 벨리녹과 손을 잡은 것이다.

신관이 할 수 있는 유일한 악마와의 계약은 엄청난 양의 신력을 바치는 것이었다. 신력은 이 세상 사람들을 이롭게 하는 축복의 힘이었으니 그것을 사라지게 한다는 것만으로도 신과 제국을 배신한다는 의미였다. 대신관 자리가 탐이 나서 칼론의 손을 냉큼 잡기는 했으나, 막상 그의 신력을 바쳤을 때 악마는 아무런 대답이 없었다. 신력이 모자랐던 것이다. 독촉은 계속되었고 벨리녹은 속이 바짝바짝 타들어 갔다. 그리고 칼론이 제국을 떠났을 때 이때다 싶어서 안 되는 건 안 되는 것이라고, 도리가 없다고 답변했다.

하지만 칼론에게서 온 답은 단호했다.

「신력을 빼앗기라도 해서 세 번째 흑마법의 기원을 찾아라.」

칼론은 지금 제국으로 돌아오고 있었다. 심지어 마차에 고강도의 가속 마법을 걸어 예정보다 훨씬 더 빠르게 오고 있다고 했다.

"흑마법의 기원을 찾아. 그럼 내가 너를 대신관으로 만들어 주지."

벨리녹은 칼론에게 항상 약자일 수밖에 없었다. 후보의 끄트머리에 오르긴 올랐으나 대신관이 되기엔 신력이 부족했던 그를 이 자리에 앉혀 준 사람이 바로 칼론이었기 때문이다. 부족한 신력을 지닌 사제도 대신관으로 만들어 주는 것이 바로 권력이었다. 물론 신력을 악마에게 바치게 된다면, 다음 생은 완전히 망하게 되겠지만······.

'몰라! 나는 이번 생만 사는걸! 그래도 이건 좀······.'

벨리녹은 시무룩하게 쪽지를 매만졌다.

신력을 빼앗는 방법이야 이미 성서를 뒤져서 알아냈다.

'하지만 신력은 측정 가능한 힘이 아냐. 누가 신력을 많이 가지고 있는지 정확하게 알지도 못하는데.'

물론 엄청난 신력을 보유하고 있는 것이 틀림없는 사람이 한 명 있었다. 그러나 상호 협의하에 이루어진다는 조건도 조건이거니와 생각과 기억, 감정을 공유하는 것은 너무 위험했다. 그래서 벨리녹은 왜 그가 남의 신력을 함부로 빼앗을 수 없는지 설명한 솔직한 답변을 썼다. 그들의 뒤가 떳떳하지 않은 이상, 누군가와 속내를 공유할 수가 없었다.

그러나 며칠 후 벨리녹은 그의 짐작을 벗어나는 내용의 서신을 받았다.

「공유되어도 상관없다. 죽이면 되니까.」

웨이드로스 공작저에 들어오고 나서 며칠이 지났다.

"아나벨? 아니, 갑자기 어쩜 이렇게 민첩해졌지? 이게 가능한가?"

사슴을 죽이고 난 뒤 맨 처음 레슬리 님 앞에서 검을 들어 보았을 때, 레슬리 님은 경악할 정도로 놀랐다. 결국 나는 흑마법의 기원을 알아볼 수 있는 눈을 받았고, 그걸 부술 때마다 축복을 받게 되었다는 이야기를 털어놓았다. 레슬리 님이라면 확실히 믿을 수 있었기 때문이다.

"그랬구나. 그래서 그렇게 둘이 함께 흑마법의 기원을 부수며 다닌 거였네?"

두 번이나 함께 공적을 세운 기록이 있어서인지 레슬리 님은 쉽게 받아들였다. 그리고 재미있다는 듯이 말했다.

"그럼 이안과는 동료이자 라이벌이 된 거구나! 원래 그런 관계가 참 재미있는 법이지. 서로 성장하기에도 딱 좋고 말이다."
"예, 재미있습니다."

이안은 세상 재미없어 보이는 진지한 얼굴로 재미있다고 말한 뒤 덧붙였다.

"그래서 어머니의 말처럼 서로 성장하기 위해 특별 관리를 하기로 했습니다."

그 말을 들은 아론의 표정이 살짝 묘해지며 슬픈 듯이 중얼거렸다.

"특별 관리라면…… 흠, 이안 님과 종일 붙어 있어야겠군요. 세상 재미없는 하루하루를 보내시게 될 누님에게 미리 애도를 표합니다."

일단 이안과 하루 종일 함께 있어야 한다는 아론의 말은 맞았다.
"아나벨, 나와."
옛날에는 아침마다 그를 찾아가는 것이 나였다면, 이제는 매일 아침 그가 나를 찾아오고 있었으니 말이다. 그러니까 예전에는 이런 전개였다. 먼저 내가 문지기를 따돌리고 웨이드로스 기사단의 훈련장에 난입한다. 처음에는 몇 명의 기사들이 내 앞을 가로막았지만, 나중에는 그냥 시간 낭비임을 깨닫게 되었다. 그러고는 얼마 안 되어 바로 이안에게 향하는 길을 열어 주곤 했다.
지금은 아주 다르면서도 유사한 장면이 펼쳐지는 중이었다. 먼저 이안이 별채로부터 멀지 않은 정원에 댓바람부터 나타나 굳이 아침 몸풀기 운동을 시작한다. 처음에는 가족들이 부담스러워했지만 얼마 지나지 않아 바로 적응했다.

"자, 아나벨. 훈련 시간이다. 얼른 가."

그러고는 알아서 내 등을 떠밀었다.

어머니도 아버지도, '이안 웨이드로스라면 당연히 우리 딸을 강하게 해 줄 것이다'라는 믿음이 있었다. 그것도 아주 바르고 훌륭한 방식으로 말이다.

"이안 님이라면 믿고 맡길 수 있지. 아무리 나쁜 사이더라도 책임감을 가지고 동료를 이끌어 주실 분이다."

그건 맞는 말이기는 했다. 하지만 문제는 우리가 묘하게 나쁜 사이가 아니라는 점이었다. 가족들에게 등을 떠밀려서 그를 따라 아침에 그 넓은 웨이드로스 공작저 정원을 다 돌고 나면 이안은 항상 내게 물을 건넸다. 항상 그때쯤에 목이 말랐으므로 나는 냉큼 받아 들 수밖에 없었다.

"자, 민트 잎 하나를 넣었으니 정신이 들 거야."

"어제는 두 개였는데 하나로 줄었네?"

"두 개 넣으니 코를 많이 찡그리더군."

심지어 한 병을 순식간에 비워 낼 만큼 온도도 적당했다.

처음 며칠 빼고는 아예 훈련장에도 가지 않았다. 기사들이 우리의 대련을 보느라 훈련을 게을리한다는 이안의 주장 때문에 우리는 보통 외진 정원에서 단둘이 훈련을 하곤 했다. 나는 이안과 검을 맞대며 오전을 보냈는데, 대련의 양상이 예전과는 완전히 달랐다. 예전에는 그냥 일방적으로 내가 밀렸다면 이제는 한참이나 합을 겨루곤 했다. 솔직히 칼론이 데려오는 실력자가 어느 정도인지는 몰라도, 지금의 나보다 강하기는 쉽지 않을 것 같았다. 물론 그것까지 대비해서 전략을 짜기는 했지만 말이다.

그리고 예전이라면 절대 나올 리가 없었던 말도 이안의 입에서 나왔다.

"한 번 더 해."

원래 한 번 더 싸우자며 달려드는 건 나였는데 말이다.

그러나 이안은 딱 내가 지칠 때까지만 몰아붙인 뒤 또 적절한 휴식 시간을 주었다. 예전에 춤을 배울 때도 알았지만 이안은 스승으로서의 자질도 상당히 높은 인간이었다. 학생의 수준에 맞추어 최고의 효율을 뽑아낼 줄 알았다.

"자, 손수건. 땀 닦고."

물론 다른 자질 또한 높았다.

"다시 수분 보충."

이 또한 카론다에서 경험한 바였다.

"체온 떨어질지도 모르니 담요."

하지만 가짜 애인 행세를 안 해도 이렇게 실시간으로 느낄 줄은 몰랐다.

"벌레한테 물리니까 풀밭에 함부로 앉지 말고. 깔개 깔아 놓은 곳에 앉아."

"이안."

나는 내심 편안함을 즐기며 입을 다물고 있다가 결국 한마디 하고야 말았다.

"이렇게까지 수발을 들지 않아도 되는데. 지나치게 잘하는 거 아니야?"

"그건 당연한 거지."

이안은 무뚝뚝한 얼굴로 말했다.

"나는 뭐든 다 잘하니까."

"그래, 넌 다 잘한다."

나는 고개를 절레절레 저으며 대답했다.

"참 할 말 없게 대답하는 것까지 말이야."

"혹시 부담스러운 건 아니겠지."

"그렇지는 않아."

당분 충전을 위해 이안이 준비해 온 사탕을 빨면서 내가 여유롭게 말했다.

"난 남의 호의를 부담스럽게 여기는 사람이 아니거든. 호의를 받아 본 적이 거의 없어서."

"잠시. 입에 머리카락 들어가잖아."

그의 손가락이 조심스럽게 내 볼에 붙어 있던 머리카락을 떼어 냈다. 순간 눈이 마주쳤는데 잠시 스친 손가락의 촉감이 이상해서 나는 숨을 잠시 멈췄다. 그동안 대련을 하면서 뒹굴고 난리가 났었는데, 왜 이렇게 작은 스킨십에 본능적으로 움찔하는 건지 알 수 없었다.

그건 이안도 마찬가지였는지 귀 끝이 벌게져 있었다. 그러면서도 내게 손을 내밀며 끝까지 말했다.

"사탕 껍데기 줘. 계속 만지작거리지 말고. 손 건조해져."

"이안."

나는 사탕 껍데기를 그의 손에 쥐어 주면서 한숨을 쉬었다.

"솔직히 내 훈련에 진심인 건 이해가 가는데 말이야."

공작저의 모든 사람들은 그가 나를 동료로 여겨 특별히 관리하고 있는 것이라고 생각했다. 그리고 그 사실에 대해서 전혀 이상하게 여기지 않았다. 이안은 무뚝뚝하긴 하지만 세심하고 꼼꼼하게 기사단 한 명 한 명을 챙기는 것으로 유명했기 때문이다. 하지만 그 누구도 이안이 이렇게까지 내 수발을 들고 있을 것이라는 생각은 못 할 것이었다.

"완벽한 수발에까지 진심인 건 왜 그런 거야?"

"완벽하지는 않아."

이안은 쉬지도 않고 내 검을 닦아 주면서 말했다.

"훈련이 다 끝나면 뭉친 근육을 직접 풀어 주고 싶지만 그건 안 하니까."

"왜 안 하는데?"

"……아나벨."

내 순수한 질문에 그가 한숨을 쉬며 한심하다는 듯이 말했다.

"자꾸 잊는 것 같지만 우리는 이성 간이야."

그러고는 단호하게 덧붙였다.

"너는 괜찮을지 몰라도 난 안 돼."

"뭐, 어쨌든…… 그럼 완벽하지 않은 수발이라도 진심인 건 왜 그래?"

"너 말이야."

이안은 낮게 물었다.

"네 결투를 내가 대신 해 주겠다고 하면, 그래서 네 목을 노리는 그놈을 내가 대신 죽여 주겠다고 하면 뭐라고 할 거야?"

나는 망설이지도 않고 즉시 대답했다.

"미쳤냐고 할 거야."

나는 결연한 목소리로 말을 이었다.

"비록 이따위로 살았지만 나는 검을 든 자로서의 자존심이 있는 사람이야. 무엇을 빌미로 내게 결투를 신청할지 모르지만, 적어도 남에게 맡기지는 않아."

사실 나도 알고 있었다. 결투는 남에게 쉽게 넘길 수 있었다. 그러니 이안에게 냉큼 넘겨 버리고 뒤에서 관람하는 것이 가장 쉬운 길일지도 모른다. 검이 아니라 다른 것을 써야 할 일이었다면 나는 냉큼 넘겨 버렸을 것이다. 하지만 검이라면 이야기가 달랐다.

"내가 작위 때문에 검술 대회에 최선을 다한 건 맞아. 하지만 그것뿐이라면 애초에 여기까지 오지도 못했을 거야."

혹시라도 이안이 정말로 결투를 대신 하겠다고 할까 내 말은 자꾸 길어졌다.

"너보다 부족한 건 사실이지만, 그래서 조금 비겁한 수를 쓸 수도 있겠지만 절대 네 뒤에 숨지는 않아."

이안은 빤히 나를 쳐다보았다. 그러더니 천천히 대답했다.

"네가 그럴 줄 알고 있으니까 나는 이렇게밖에 못 하는 거야."

이안의 말에 나는 바보같이 반문했다.

"응?"

"그렇다고 손 놓고 있기엔 불안하니까 네게 어떻게든 도움이 되고 싶어서."

나는 결국에는 할 말을 잃고 말았다.

그가 이런 식의 말을 할 때마다 자꾸만 떠오르는 말이 있었다.

"아무리 내가 네게 첫눈에 반했다고 해도."

심장이 뛰는 것을 들키기 싫어서 나는 얼른 그의 시선을 피했다. 그리고 되레 민망해서 아무 말이나 지껄였다.

"나는…… 음, 이런 말을 하기 좀 그렇지만 네 도움을 받을 정도로 괜찮은 사람이 아냐. 옛날을 떠올려 봐."

"그 사실을 나보다 더 잘 알고 있는 사람은 없을 텐데."

그건 그랬다. 하지만 예전 일이 미안한 건 미안한 거였다. 뭐라도 해 주고 싶었지만, 솔직히 다 가지고 태어난 그를 위해 내가 해 줄 수 있는 건 없었다.

"저기, 내가 진짜 세계 평화를 위해 노력해 볼게."

그리고 낯간지러움을 꾹 참은 채로 덧붙였다.

"……네가 원하는 거니까, 진짜 최선을 다해서."

내 말이 끝나고 난 뒤, 잠시 정적을 지키던 이안이 벌떡 일어났다. 그러고는 옅은 한숨을 쉬며 나를 내려다보았다.

"내가 그런 말 하지 말라고 했잖아."

"대체 왜."

나는 부루퉁하게 대꾸했다.

"너처럼 과도하게 상식적인 모범생은 드물잖아. 그런 사람 바람은 좀 들어주고 싶을 수도 있는 거 아냐?"

그리고 이안은 또 아주 성실하게 내 '왜'라는 질문에 대답했다.

"네가 그러면 그럴수록 이번 연회가 더 끔찍할 것 같아서 그래."

"어? 왜?"

"가르친 건 난데 다른 상대와 춤을 추는 게 짜증 나서."

나는 조용히 눈을 굴렸다. 안 그래도 이안이 나를 좀 좋아하는 건 아닐까 의심 중이었던 터라 순간적으로 숨이 멎을 것처럼 긴장했다.

"어…… 음…… 그게 메인은 아니잖아?"

그리고 왠지 민망해서 얼른 화제를 돌렸다.

"결투! 결투가 메인인데."

생각해 보니 진짜 좀 중요한 이야기 같아 나는 눈을 반짝이며 말을 이었다.

"그동안은 너 말고는 딱히 의식했던 상대가 없었는데, 진짜 이겨야 한다는 생각에 은근히 긴장돼."

내 말에도 이안의 표정은 풀리지 않았다. 그래서 나는 내가 왜 그러는지도 모르는 채 그의 기분을 풀어 주기 위해 덧붙였다.

"오랜만에 정말 이를 갈고 처부숴야 한다는 얼굴이 저절로 나올 것 같은……."

그러니까 내 말의 의도는, 이제 이안에게는 이를 갈지 않는다는 뜻이었다. 함께 대련을 해도 아주 좋은 감정으로 하고 있다는 것을 강조한 말이었다.

그런데 내 말이 끝나기도 전에 이안이 대뜸 짓씹듯 뇌까렸다.

"그것도 짜증 나."

"……어?"

"나 말고 다른 놈을 죽일 듯이 노려보는 것도 싫다고."

나는 멍하니 이안의 붉은 눈을 바라보았다.

"욕하는 것도, 독기 어린 표정으로 이를 가는 것도 나에게만……."

홀린 듯이 말하던 이안의 말이 그대로 멈췄다. 그러더니 뒤늦게 정신을 차린 듯 횡설수설했다.

"아니, 나는 그게…… 네가 검을 들고 죽일 듯이 노려보는 건 은근 근사하니까…… 아니, 그러니까 그게……."

나는 얼떨떨한 얼굴로 대답했다.

"……그래서 너한테만 욕하고 노려보고 때리라고?"

"아니, 그렇게 말하면 내가 좀 이상한 사람 같잖아."

이안은 당황한 듯 머리를 쓸어 넘기며 덧붙였다.

"나 상식적인 사람이야. 사회화도 잘되고."

"그렇게 설명하는 사람치고 상식적인 사람 없던데."

바로 몇 분 전에 이안을 '과도하게 상식적인 모범생'이라고 말했었는데, 이상하게 후회되는 느낌이었다.

"이안."

나는 살짝 마른침을 삼키고 나서 물었다.

"설마 맞거나 욕먹는 게 취미는 아니지? 예전에는 안 그랬던 것 같은데…….."

혹시 여주와 이어지지 못해서 희한한 취향이라도 생겼나.

"아, 무슨 소리야!"

이안은 드물게 평정심을 잃은 채 소리를 버럭 지르고는 궁색하게 덧붙였다.

"나는 진짜로 멀쩡하고 정상인……."

"……."

"아주 보편적이고 평범한 취향을……."

"……."

결국 그는 말하면 할수록 손해인 것을 알았는지 한숨을 푹 쉬고 내뱉었다.

"……훈련이나 하자."

"그래……."

"괜히 아련하게 말하지 마."

"……."

"이해는 못 하겠지만 어쨌든 넘어가겠다는 눈빛도 하지 말고. 나 정상인이라고, 정상인."

나는 주섬주섬 검을 집어 들며 안됐다는 듯이 고개를 끄덕였다.

난생처음으로 이안이 걱정스러웠다.

물론 이안도 자기 자신이 걱정스러웠다. 한 번 자각한 감정이 주체할 수 없을 만큼 눈덩이처럼 불어나는 중이었기 때문이다. 카론다에서 아나벨이 결혼을 약속한 연인 사이라고 했을 때 순간 짜릿할 정도로 설레서. 그녀와 로버트가 통신용 반지로나마 연결되어 있는 것이 너무나 싫어서. 그녀가 도움을 청했을 때 이때다 싶어서 자신의 영역 안으로 끌어들이고 싶어서.

그는 자신이 아나벨에게 너무나도 쉬운 남자라는 것을 스스로 인정했다. 아마 그녀의 욕설의 강도가 약간 낮아졌을 때부터 그는 이미 끝난 셈이었다. 황당하다고 생각하면서도 어느새 정신없이 휘둘리게 되어 버린 것이다.

"난 지는 싸움은 너하고밖에 안 해."

언젠가 아나벨이 그렇게 말했을 때가 있었다. 그때 문득 '다른 것도 나하고만 하자'라는 말이 충동적으로 튀어나올 뻔했다. 그러니까 세상 모든 사람들이 '그럴 리가 없다'라고 단언하더라도……. 오페라 〈미치지 마세요〉에서 나오는 괴랄한 주인공과 다를 바 없더라도 그의 마음은 이미…….

'그런데 이게 무슨 복잡한 상황…….'

이안은 착잡하게 한숨을 쉬었다. 아나벨은 그가 그녀를 싫어하는 상식적인 태도가 이상형이라고 말한 적이 있었다. 자신을 욕하고 때렸더라도 그녀가 좋다는 말을 하는 순간 그녀의 이상형에서 벗어나는 심각한 딜레마가 존재했다.

"너는 괜찮지, 뭐. 널 안 믿으면 누굴 믿어."

다행히 아나벨은 이안 자체는 좋게 보고 있는 것 같았다. 그동안 남들이 '쟤

미없음'으로 평가한 그의 무언가가 마음에 드는 듯했다.

그런데 계속 재미가 없고 상식적이려면 그녀를 좋아하면 안 되고, 이 상황을
부드럽게 바꾸어야 하는데…….

"욕하는 것도, 독기 어린 표정으로 이를 가는 것도 나에게만……."

이래서야 욕먹는 걸 좋아하는 미친놈 같지 않은가.
예전에 비슷한 말도 한마디 한 적 있었다.

"욕해도 된다고. 대신 앞으로도 나한테만 해."

그런데 그건 또 사실이라 어쩔 수 없었다. 열네 살, 맨 처음 검술 대회 결승전
에서 만났을 때 마주한 아나벨의 서늘한 눈동자를 잊을 수 없었다. 사람을 집
어삼킬 것만 같은 선명한 투지, 기를 쓰고 달려드는 몸짓, 타오르는 눈빛…….
확실히 당혹스러울 정도의 적의였으나 인상에 강하게 남았던 것이다. 물론
그 이후 쏟아진 몹쓸 괴롭힘과 저속한 욕설 때문에 순식간에 그 관심은 없어졌
지만. 세상에 단둘만 있는 것 같았던 그 근사한 모습을 남에게 보여 주는 것이
싫었다.
'나도 진짜 미쳤나 보군.'
그녀에게 집적대는 놈도 싫고, 욕먹을 만한 짓을 하는 놈도 싫었다.
'나는 왜 질투조차도 성실한 거지.'
그러니까 평범한 사람들은 좋은 사이에만 질투를 하는데, 나쁜 사이에도 질투
를 하는 상황이었다. 이번 연회에서 새카맣게 마음고생 할 자신이 눈에 보였다.

로버트의 생일 연회를 이틀 앞둔 날이었다. 황태자인 칼론이 에딜런 공국에서 황궁으로 귀환했다. 가속 마법을 잔뜩 걸어 예상보다 훨씬 더 빨리 도착한 것이다. 칼론은 일단 입궁하자마자 리하르트부터 불러들였다. 아나벨을 다음 표적으로 정한 이상 그는 아나벨과 조금이라도 가까웠던 리하르트와 전략을 짜기로 마음먹었기 때문이다. 실제로 흑마법에 함께 얽혀서 서로 꽤 가깝기도 했고 말이다.

"카론다에서 인신매매단을 운영하던 라넬라와 레이번이 잡혀 있습니다."

리하르트는 가장 급한 것을 보고했다.

"황궁 기사단이 대륙을 거슬러 직접 호송해 온다고 합니다."

"로버트가 또 쥐새끼 같은 짓을 했군."

칼론이 이를 갈며 중얼거렸다.

"온 제국에 자신의 이름과 공적을 아주 오랫동안 광고하고 싶은가 보지."

"아마도 그런 것 같습니다."

칼론의 최측근이 될 것 같다는 희망에 부푼 리하르트가 열심히 동의했다.

칼론은 고개를 모로 꼬며 말했다.

"하지만 또 동시에 그건 시간이 좀 있는 셈이니 천천히 생각해도 되고……."

리하르트를 바라보는 칼론의 시선이 날카롭게 빛났다.

"이번 로버트의 생일 연회에서 파트너가 아나벨 레인필드라고 들었다. 우리에게 지금 가장 중요한 사실은 그것이지."

11장

상대의 함정을
이용하는 법

칼론의 못마땅한 표정이 더 무참하게 구겨졌다.

"이안 웨이드로스와 아나벨 레인필드가 모두 로버트의 사람인 것은 너무 부담스러워. 벌써 거침없이 방해하고 있지 않나. 얼른 하나라도 잘라 내야지."

"좋은 선택이십니다."

리하르트는 냉큼 고개를 끄덕였다. 이안은 빈틈이 없어 공략하기 어려웠지만 아나벨이야 쉽게 처리할 수 있다고 자신했기 때문이었다.

"연회 파트너라니, 아주 좋은 기회죠. 제가 최선을 다해 돕겠습니다. 제가 어쨌든 스물두 해 동안 그 애의 이복 오라비라고 믿고 살아오지 않았습니까?"

"그래. 그래서 자네를 부른 것이기는 하지."

칼론은 테이블을 손가락으로 두드리며 흡족하다는 듯이 말했다.

"다혈질에 성격만 급해서는, 아주 건방지고 안하무인이라 다루기가 쉽습니다. 원래 적을 칠 때에는 가장 약한 가지부터 치는 것이라 했습니다."

리하르트는 맡겨만 달라는 듯이 두 손을 비볐다.

"그런 의미에서 아나벨 레인필드를 처음으로 없애는 것은 아주 좋은 선택이십니다."

"역시 그런 것 같군."

칼론은 느긋하게 등을 기대며 동의했다.

"아, 그리고…… 에딜런 공국과의 외교는 썩 성과가 좋지 못했네. 딱히 관심도 없었고."

"알겠습니다."

리하르트는 눈치 빠르게 대답했다.

"행정부에서 알아서 하겠습니다. 어차피 폐하께 올리는 모든 공문서가 저희를 통하니까요."

사실 리하르트는 지금껏 알아서 공문서 위조를 해 오며 칼론을 보좌하고 있었다. 문제가 생기기 직전, 딱 들키지 않을 만큼 교묘하게 바꾸는 것은 리하르트의 특기 중 하나였다. 리하르트 덕분에 칼론의 여러 가지 무능력과 비리가 그렇게 차곡차곡 묻혀 가는 중이었다.

"여태까지처럼 맡겨만 주십시오."

자신만만하게 장담한 리하르트는 칼론의 옆에 서 있는 이국적인 생김새의 남자를 보고 눈을 가늘게 떴다.

"혹시 이분이……."

"라기안 벨리시스라고 한다."

라기안은 끄덕 고개를 숙였다. 그의 덩치가 어찌나 큰지 리하르트는 한참 고개를 들어야 했다. 구릿빛 피부에 커다란 근육, 등에 메고 있는 거대한 장검 등 모든 것이 위압적인 외모였다.

질린 듯한 리하르트의 표정을 보고 칼론은 흐뭇하게 턱을 치켜들며 말했다.

"거의 모든 전문가들이 아나벨보다 라기안의 실력이 더 위라고 하더군."

라기안은 자신 있게 고개를 끄덕였다.

"아나벨 레인필드가 열네 살 때부터 봐 왔습니다. 쉽지는 않겠지만 약점을 이용하면 틀림없이 죽일 수 있습니다."

"하지만 아나벨 레인필드는 제국 2위를 놓치지 않은 실력자인데."

리하르트가 조심스럽게 중얼거리자 라기안은 코웃음을 치며 대답했다.

"아나벨 레인필드와 제게는 결정적인 차이가 있지요."

"그게 뭡니까?"

"그녀는 살인을 해 본 적이 없다는 겁니다. 사람을 죽이기 위한 검이 아니니……."

라기안이 음흉하게 웃어 보였다.

"……결국 살인에 거침이 없는 검에 당할 수밖에 없을 겁니다."

"성공만 한다면 엄청나게 좋은 기회입니다."

리하르트가 재빠르게 브리핑을 시작했다.

"일단 황제 폐하께서는 검사들을 지나치게 동경하시지요. 외국인 검사에게 패배하는 모습을 보이면 일단 기분이 안 좋아지실 겁니다."

"그렇지. 제국의 2위가 보기 좋게 패배하는 것이니 얼마나 의욕을 잃겠나."

칼론이 생각만 해도 구미가 당긴다는 듯 턱을 쓸었다. 리하르트가 열성적으로 고개를 끄덕이며 말을 이었다.

"그러면 그 여파가 이안 웨이드로스에게까지 갈 가능성이 크지 않겠습니까?"

"그렇다면 좋겠군. 웨이드로스 공작가는 지금도 상대하기에 충분히 벅차."

칼론은 이를 갈며 덧붙였다.

"아예 레인필드 가문을 한순간에 몰살시켜 버리고 싶었는데, 어떻게 웨이드로스 공작가에 기어 들어갔더군."

"아…… 그건 조금 안타깝죠."

리하르트는 한숨을 쉬며 거들었다.

"요새 평민들이 너무 권리 주장을 해서 피곤하던 차에 화풀이라도 할 수 있었는데 말입니다."

자본을 등에 업은 평민들의 목소리는 지금까지 계속해서 커져 왔다. 오랜 시간 동안 허물어지던 경계가 최근 들어 더 흐릿해지고 있었다. 황제 자체가 평민 의회를 무시하지 못했던 것이다.

칼론과 리하르트는 뼛속까지 신분주의자들이었다. 그래서 지금의 이 사태를 아주 못마땅해한다는 공통점을 갖고 있었다. 평민과 결혼한 웨이드로스 공작가의 경우 속으로 경멸하기까지 했다. 물론 리하르트는 오래두록 세시안느에게 비틀린 소유욕을 느껴 왔으나 이제는 '어차피 급이 떨어지던 여자'라고 깎아내리며 정신 승리에 성공한 상태였다.

잠시 평민들을 생각하며 짜증스러운 표정을 지어 보였던 리하르트가 다시 주의를 환기하며 말을 이었다.

"또한, 아나벨 레인필드가 외국인 검사에게 죽임을 당하면 그녀와 깊은 사이였던 로버트 황자는 죄책감에 무너질지도 모르죠."

"깊은 사이는 맞나?"

"맞습니다. 확실합니다. 예전에 식사를 같이 했을 때 아나벨이 분명히 그렇게 말했습니다."

칼론의 신임을 얻기 위한 리하르트의 말이 청산유수처럼 흘렀다.

"그때…… 그 애가 저희 가족이 되기 위해 안간힘을 쓰던 때였죠."

그거야 수도의 모든 사람들이 아는 사실이었다.

"아나벨 레인필드를 어떻게든 결투에 끌어내는 건 어렵지 않습니다. 걱정하지 마십시오. 알아서 분위기를 조성하겠습니다."

리하르트의 자신 있는 말에 칼론과 라기안은 둘 다 흡족하게 웃었다.

칼론은 느긋하게 말했다.

"어머니도 나름대로 역할을 하시겠다고 하니, 그날은 정말 즐기면 되겠군."

"그럼요. 평민들에게 좋은 본보기가 될 겁니다."

리하르트는 재빠르게 동의하고 나서는 조심스럽게 화제를 옮겼다.

"그런데 아나벨 레인필드를 없애고 나서도 문제군요. 사실 해결해야 할 일이 쌓여 있으니까요."

"그렇지. 일단 카론다에서 잡힌 것들 처리도 좀 해야 하고 무엇보다……."

칼론은 못마땅한 듯 혀를 한 번 차고 말했다.

"세 번째 '흑마법의 기원'도 찾아야지."

다행히 아직까지 돈이 아주 급하지는 않았다. 나머지 두 개의 흑마법으로 인해 쌓아 놓은 돈이 어느 정도는 있었던 것이다. 하지만 이런 씀씀이로 오래 버틸 수는 없었다.

"방법은 대충 생각해 놓았으니 여유 있게 기회를 보면 돼."

칼론은 벨리녹 대신관과 나눈 서신의 내용을 떠올리며 느긋하게 말했다.

"일단은 아나벨 레인필드를 없애고 나서 생각하자고."

그러고는 섬뜩하게 덧붙였다.

"평민 주제에 멋모르고 날뛰면 어떻게 되는지 보여 줘야겠어."

연회 바로 전날이었다. 이안에게 시달리며 온종일 훈련을 하고 왔을 때, 웨이드로스 공작저 별채에 예상외의 손님이 찾아왔다. 바로 세시안느였다.

"아나벨 님!"

세시안느가 나를 향해 활짝 웃었다.

"기다리고 있었어요. 드릴 말씀이 있어서요!"

"어머, 많이 기다렸어요?"

"아니에요. 아론과 이런저런 이야기를 하다 보니 시간이 금방 갔어요. 아버님께서 케이크도 직접 구워 주셨고요!"

빈민가 출신으로 비쩍 말랐던 세시안느의 볼에 포동포동하게 살이 올라 있었다. 아론이 연애하면서 어지간히 잘 먹이는 모양이었다. 세시안느는 원래 계략 쓰레기남 리하르트에게 굴려지면서도 꿋꿋하게 이 세계를 구하며 이안과 간신히 사랑을 이루어야 했다. 하지만 지금 그녀는 아주 평온한 일상을 영위하고 있는 듯했다. 오히려 그들을 상대하는 건 내가 되었고, 원래 여주인 세시안느는…… 뭔가 꿀을 빨고 있는 것 같은 그런 느낌이었다.

"내일 연회에 참석하신다면서요. 시간이 늦었으니 얼른 말씀드리고 갈게요. 저도 지금 징계 중이라 오래 있지 못해요."

세시안느는 배시시 웃으며 말했다.

"다름이 아니고 신력을 옮기는 것에 대한 이야기인데요……."

나는 세시안느의 설명을 들으며 천천히 고개를 끄덕였다. 라넬라의 말과 조합하면 어느 정도 아귀가 들어맞았다. 우리는 알 수 없는, 힘을 가진 무언가를 칼론이 악마에게 바쳐 흑마법의 기원을 두 개 알아냈다. 그리고 내가 흑마법의 기원을 파괴하면서 주인이 없어진 그 힘이 축복으로 내게 돌아온 것이었다.

"어쨌든, 이런 경우에는 아무 부작용도 없대요. 다행이에요, 아나벨 님."

세시안느가 해맑게 웃으면서 말했다.

하지만 나는 다른 곳에 주목할 수밖에 없었다. 그들은 세 번째 흑마법의 기원을 몰랐고 그래서 지금 신력을 이용하려고 하는 상태였다. 이 세 번째 흑마법의 기원은 원작에도 나오지 않는다. 30년 후에나 이 세상에서 본격적인 문제를 일으키는 것이었다. 신이 굳이 내게 전생을 떠올리게 한 것도 이 세 번째 흑마법의 기원을 파괴해 달라는 바람에서였다.

원래라면 칼론은 세 번째 흑마법의 기원을 찾아내는 데에 이렇게 다급하지 않았을 것이다. 내가 두 개 다 파괴하지 않았더라면 노예 사업도, 인신매매 사업도 꽤 오랫동안 계속할 수 있었을 테니 말이다. 하지만 지금 그들은 나의 활약 때문에 황금 알을 낳는 거위가 사라져 무리할 수밖에 없는 상황이 되었다.

"잠시만요, 성녀님. 어쨌든 남의 신력을 옮길 수 있다는 거잖아요."

나는 합리적인 추론에 도달하고 나서 진지하게 말했다.

"얼마나 어렵든, 어떤 부작용이 있든 말이에요."

"그건 그렇죠."

세시안느는 순순히 동의했고, 나는 내가 추적한 것도 설명했다. 그들이 신력을 바쳐서 세 번째 흑마법의 기원을 알아내려고 했지만 부족해서 실패했다는 사실을 말이다.

내 설명을 모두 듣고 난 세시안느가 눈을 동그랗게 뜨며 중얼거렸다.

"그러면…… 그 나쁜 사람들은 어떻게든 신력을 옮겨 와서 세 번째 흑마법의 기원을 알아내려고 하겠네요."

"네. 세시안느, 혹시 그들이 억지로 신력을 빼앗을 만한 표적으로 삼을 것 같은 사람이 있나요?"

"네, 있어요."

내 질문에 세시안느가 자신 있게 대답했다.

"빈민가 출신이어서 뒤탈도 없고, 측정할 수 없지만 어쨌든 신력이 많은 것이 확실하고, 정의감에 불타는 그런 아주 적당한 사람이 있어요."

나는 한숨을 푹 쉬며 말했다.

"……바로 성녀님이시군요."

그날 저녁, 우리는 내내 또 그 일을 상의해야 했다. 나와 열심히 상의해서 계략을 짜던 세시안느는 문득 고개를 갸웃하며 입을 열었다.

"어, 그런데 아나벨 님."

"네?"

"정말 이렇게까지 저를 지켜 주셔도 되는 거예요? 왠지 너무 감사해서……."

하긴 우리가 함께 짠 계략에 따르면 내가 그녀를 지키는 모양새이기는 했다. 그도 그럴 것이 뛰어난 실력의 검사가 표적이 된 성녀를 지키는 것은 당연했기 때문이다. 마치 원작의 이안이 세시안느에게 그랬던 것처럼 말이다.

"뭐."

나는 살짝 웃으며 이미 완전히 파괴된 원작에 쐐기를 박았다.

"올케는 살려야 하지 않겠어요."

이른바…….

'착하고 완벽한 여주님…… 우리 가족이 되어 주세요!'

내 말에 세시안느의 볼이 발그레하게 붉어졌다.

"오, 올케라면……. 하지만 아나벨 님, 저는 빈민가 출신에 아무런 배경도 없는 걸요. 심지어 이렇게 신력을 빼앗길 상대로 지목이나 당하고, 과연 제가 레인필드에 어울리기나 할지……."

"무슨 소리세요, 성녀님."

나는 그녀의 손을 꽉 잡으며 말했다.

"제가 지켜드릴 테니, 성녀님은 우리 아론이랑 행복하기만 하세요. 아셨죠?"

세시안느가 감동 받았다는 듯이 열정적으로 고개를 끄덕였다.

연회 날이었다. 정말 얼마나 이날을 기다렸는지 모른다.

나는 거울 앞의 내 모습을 뜯어보며 만족스럽게 웃었다.

"흐음, 아나벨. 정말, 정말 예쁘다만……."

어머니는 확신이 없다는 듯이 나를 보며 중얼거렸다.

"……이렇게까지 해야 했니?"

"네, 어머니. 정확히 딱 이렇게까지 해야 했어요."

나는 드레스 자락을 들어 올리며 흐뭇하게 대답했다.

"다시 한번 감사드립니다. 이렇게 까다로운 옷을 완벽하게 만들어 주셔서."

일단 겉으로 보기에 지금 내 차림은 지나치게 예쁜 것 빼고는 특별한 것이 없었다. 비즈가 박힌 풍성한 푸른색 드레스와 잘 어울리는 화려한 머리 장식까지 황자의 파트너로 흠잡을 데 없는 차림이었다.

"어머니, 그런데…… 왠지 오페라 때보다 더 예쁜 것 같은데요. 그때 완전 최선을 다하셨다고 하지 않았나요?"

"글쎄."

어머니는 딴청을 피우며 중얼거렸다.

"장사꾼은 늘 고객을 상대로 립 서비스를 한다는 걸 잊지 마라."

"이젠 제가 고객이 아니라 딸이어서 정말 최선을 다하신 모양이군요……. 어쨌든 너무 예뻐요, 어머니."

"하지만…… 불편하지 않니?"

"전혀요."

나는 어머니에게 열심히 설명해 특수 드레스를 제작해 달라고 부탁했다. 풍성한 치마 안에는 편안한 훈련복 재질의 바지와 함께 검까지 숨겨져 있었다. 맨 처음 내가 이런 디자인을 제안했을 때 어머니는 기함했다. 대체 왜 드레스에 그런 짓을 하냐는 것이었다. 나는 검사로서의 정체성을 운운하며 끝까지 우겼고 결국 이겼다.

"그럼 다녀오겠습니다."

더 이상 어머니가 잔소리를 늘어놓기 전, 나는 냉큼 별채 밖으로 나섰다.

"……음."

그리고 나는 별채 앞에 서 있는 마차를 보며 작은 신음 소리를 내고야 말았다. 예전에 이안의 에스코트를 받으며 황궁에 갈 때 탔던 바로 그 데이트용 마차가 서 있었다. 이안이 마차 앞에 서 있다가 옅은 한숨을 쉬며 말했다.

"이상하게 공작저에서 동원할 수 있는 마차가 이것뿐이더군."

"그게 가능해? 웨이드로스 공작저에 마차가 한두 개 있는 것도 아니고."

"아버지가 어제 갑자기 마차 정비를 대대적으로 명령해서 이 마차 빼고는 모두 수리에 들어갔다고 해."

"아……."

타이밍을 탓하기 전에 일단 너무 민망했다. 저 마차는 일단 너무 좁았기 때문이다. 선택의 여지가 없어서 어쩔 수 없이 마차에 올라타고 나니 그제야 이안의 차림새가 눈에 들어왔다.

'근사하네. 나 참.'

나도 꽤 작정하고 꾸몄는데, 이안도 상당히 공들여 단장한 것이 틀림없었다. 자연스럽게 넘긴 머리카락 사이로 반듯한 이마가 보였다. 워낙에 피지컬이 좋은 데다가 정복까지 입으니 완전 태가 났다. 다만 나를 바라보는 그의 표정이 아주 못마땅해 보였다.

마차가 출발한 이후 나는 대뜸 먼저 툭 물었다.

"왜 그런 눈으로 봐?"

"무슨 눈인데?"

"예전에 나를 보던, 아주 기분이 나쁘다는 눈. 완전 세모꼴이어서."

내가 손가락으로 눈매를 슥 올리며 말하자, 그가 입술을 달싹이더니 부루퉁하게 대답했다.

"……이렇게까지 꾸밀 필요는 없었잖아."

"어머니는 평생 남의 드레스만 지어 오시다가 처음으로 딸의 연회 드레스를 만들어 보셨다고. 그 혈연주의와 장인정신을 무시하지 마."

나는 팔짱을 끼며 단호하게 말했다. 검술과 아름다움은 절대로 함께 갈 수 없다는 게 예전 케이틀린의 주장이었다. 꾸미는 데에 신경을 쓰면 뛰어난 검사가 될 수 없다는 것이었다. 다 옷이나 장신구를 안 사 주기 위한 핑계였을 테지만 말이다.

나는 습관적으로 부루퉁하게 투덜거렸다.

"그냥 이럴 때 예쁘다고 말하면 안 되냐? 예의상으로라도."

"남의 파트너한테 먼저 예쁘다고 말하는 건 예의가 아니……."

"물론 나도 네가 멋지다는 말은 잘 안 나오지만 말이야."

내 말에 이안의 표정이 아주 묘해졌다.

그러고 나서 내 눈을 피하며 중얼거렸다.

"……예쁘군. 짜증 날 정도로."

왠지 나의 '멋지다'라는 말에 순식간에 표정이 누그러진 것 같았다.

나는 괜히 딴청을 피우며 말했다.

"내 외적인 아름다움에 정신 팔지 말고 네 역할이나 제대로 해 봐."

"뭔데?"

"제자가 중요한 자리에서 춤을 추잖아. 조언 좀 해 봐. 어디 스텝을 조심하라
든가, 자세에 어떻게 신경 쓰라든가."

이안의 미간이 다시 한번 구겨졌다. 그리고 무뚝뚝한 말이 이어졌다.

"시선은 좀 더 상대를 죽일 듯이 바라보고 절대 웃지 마."

"……뭐?"

"혹시라도 상대방의 발을 밟으면 한 번 더 힘을 주고."

"……."

점점 더 가관이 되어 가는 그의 조언을 들으며 나는 큰일 났다고 생각했다.

아무래도 이안은 지금 나와 로버트 사이를 질투하는 것 같았다.

'어떡해…….'

나는 속으로 혀를 끌끌 차며 생각했다.

'이안 웨이드로스가 나를 좋아할 정도로 정신이 살짝 나갔나 봐…….'

저 멀리 황궁이 보이고 있었다.

지금까지는 대놓고 '박살 내! 부숴 버려!'를 외치며 나댔다면 이제부터 내 큰
그림의 시작이었다. 세시안느까지 걸려 있는 아주 큰 계획 말이다. 그러니 내
가 지금 그런 간질거리는 생각을 할 때가 아니었다.

'하지만 생각이라는 건 멈추겠다고 마음먹는다고 멈춰지는 것이 아니지.'

나는 괜히 치마 속으로 느껴지는 검을 만지작거리며 이안을 흘끔 바라보았
다. 그 완벽한 모습을 살짝씩만 보아도 마차 안의 시간은 날아갈 듯이 흘렀다.

'쟤 어쩌면 좋냐.'

좁은 마차 안에서 눈이 마주치자, 그의 몸이 다시 긴장하는 것이 느껴졌다.

'진짜 나 좀 좋아하나 봐…….'

단둘이 훈련하면서 이상하게 묘한 사이가 된 건 사실이었다. 다른 사람들이 한 치의 의심도 하지 않을지라도 당사자만이 알 수 있는 분위기가 있었다.

'열네 살 때 어지간히 반한 모양이지. 조금만 정상인 같아져도 또 흔들리는 게…….'

문제는 내가 그게 별로 싫지 않다는 거였다. 솔직히 재미없다는 것 빼고 이안의 단점을 생각하는 건 어려운 일이었다.

나는 눈을 굴리다가 화제를 옮겼다.

"크, 크흠. 뭐…… 그나저나, 너는 파트너가 누구야?"

사실은 며칠 전부터 궁금해하고 있던 것이었다. 대체 이안의 파트너가 누구일지 말이다. 어차피 귀족가에 아는 사람이 없어 말해도 모르겠지만, 뭐 어쨌든…….

"없어."

"없다고?"

그는 무뚝뚝하게 고개를 끄덕였다. 이안이 파트너를 구하지 못할 리가 없는데 정말 의외의 사실이었다. 그리고 나는 그 사실이 마음에 들었다.

'잠깐. 지금 왜 좋아하는 건데, 나?'

이안은 자신의 파트너는 조금도 중요한 화제가 아니라는 듯 곧바로 화제를 다시 돌려버렸다.

"……조심해, 정말로."

그의 유일한 관심사는 내 안위라는 듯이 말이다.

"머리카락 한 올이라도 다치면 안 돼."

그의 표정이 나보다도 더 긴장한 채였다. 누가 보면 그가 목숨을 건 결투에

나서는 줄 알 것 같은 구도였다.

"걱정하지 마. 네가 직접 열심히 훈련시켜 놓고 왜 이래?"

나는 그의 어깨를 툭툭 쳐 주며 씩 웃었다.

"검술 이야기가 나올 때면 항상 네가 주인공이었지. 오늘만큼은 내가 멋있는 주인공 해 보일 테니까 좋은 구경이나 하시라고."

"……하."

이안은 나를 빤히 바라보다가 헛웃음을 지었다.

"그것도 참 걱정되는군. 얼마나 많은 사람들을 홀리려고."

황후는 자신만만한 얼굴로 일찌감치 연회의 상석에 자리하고 있었다. 오늘 좋은 구경을 할 생각에 잔뜩 설레기까지 했다. 물론 언제나 눈엣가시처럼 거슬리던 로버트 역시 기분이 좋아 보였다. 연회의 주인공인 그는 언제나처럼 완벽한 미소로 손님들을 여유 있게 맞이하고 있었다.

'제 파트너는 따로 오나 보지? 하긴 평민 여자애 따위를 초대한 것도 웃긴 일인데, 에스코트까지 직접 하는 건 격이 떨어지지.'

아들이자 황태자인 칼론의 말에 따르면 오늘 아나벨은 외국인 검사와 결투를 하다가 죽임을 당할 예정이었다. 그러면 저 빤질빤질한 로버트의 낯도 무너져 내릴 것이다.

"자신이 파트너로 초청한 여자의 죽음이라니…… 이 얼마나 적당한 생일 선물인가요."

칼론은 키득거리며 웃었고, 황후 역시 두근거리며 기대 중이었다. 이안과 아나벨이 사사건건 칼론의 일을 방해한다고 들었다. 이안 웨이드로스는 건드리기 어려웠지만, 아나벨 정도야 쉽게 없앨 수 있다는 것이 그들의 판단이었다.

검이나 좀 쓰는 안하무인 여자애야 가장 다루기 쉬웠다. 황후 역시 칼론을 도와 조금 뒷공작을 해 두었다. 그녀의 비밀 지령을 받은 귀족 자제들은 이미 조금 일찍 도착하여 싱숭생숭한 분위기를 조성하고 있었다.

"오늘 로버트 황자님의 파트너가 평민이라면서요."

"그 여자 때문에 평민 의회가 입을 다물었다고 하네요. 어휴, 정말 다들 꼴불견이에요."

"참 재밌죠. 예전에 귀족이 되겠다고 날뛰던 여자 아니에요?"

"누구보다도 귀족이 되고 싶어서 이안 님에게 난동을 피우던 때가 엊그제 같은데 뻔뻔하기 그지없죠, 뭐."

로버트도 여기 있는 것을 보니 아나벨은 아마 혼자 입장할 것이 뻔했다. 아마 아나벨은 들어오자마자 싸하게 얼어붙는 경멸의 눈초리를 느낄 수 있을 것이다. 그렇게 기를 팍 눌러 놓으면 조금만 찔러도 펄펄 날뛰며 결투에 임하지 않겠냐는 것이 황후의 생각이었다. 잘하는 건 검술뿐이니 그걸로 자신을 무리하게 증명하려 들 것이라는 추측이었다.

"오랜만에 평민 하나 좀 제대로 밟아 보는구나."

황후는 와인 잔을 들며 옆자리의 칼론에게 흐뭇하게 속삭였다.

"평민 인권이니 뭐니 해서 그동안 많이 참으셨죠."

칼론 역시 피식 웃으며 대답했다.

"게다가 폐하마저도 평민들의 눈치를 점점 더 보시니 말입니다."

"그래. 심지어 오늘은 잔뜩 기대를 하고 있더구나."

황후는 저 멀리서 로버트와 이야기를 나누고 있는 황제를 흘끗 보며 못마땅한 듯 말했다.

"연회에서 제국 2위의 검사를 직접 만난다고 말이야. 하긴 진작 직접 불러서 보고 싶었겠지만, 체통 때문에 참았겠지.”

“……폐하께서는 검사들을 너무 동경하십니다.”

“심지어 이안 웨이드로스가 연회에 잘 참석하지 않잖니. 이번에도 안 올 거고, 그러니 아나벨 레인필드라도 보면서 검술 얘기를 좀 듣고 싶겠지.”

그때였다. 새로 들어온 사람을 알리는 시종의 목소리가 연회장에 울렸다.

“이안 웨이드로스 소공작님 입장하십니다!”

황후와 칼론은 물론이고 연회장에 있던 모든 사람들이 화들짝 놀랐다. 이안은 그동안 다른 행사에는 잘 참석했어도 황궁 연회에는 잘 오지 않았다. 평민이라서 이런 자리에 잘 오지 않는 레슬리의 영향을 받은 것이라고 다들 추측하고 있을 정도였다.

“……그동안 참석하지 않던 로버트의 생일 연회 때 오다니…….”

칼론은 이를 갈며 중얼거렸다.

“이제부터는 제대로 로버트의 편에 서겠다고 선언한 것이나 다름없군.”

그래도 그동안은 모양새만이라도 중립을 지켰는데, 이제 그것도 그만두기로 한 듯했다.

그러나 시종의 이어진 외침은 더 놀라웠다.

“아나벨 레인필드 님 입장하십니다!”

이렇게 연달아 부른다는 것은 에스코트를 받는다는 뜻이었다. 당연히 모두가 이미 연회장에 있는 로버트를 보고 아나벨은 혼자 올 줄 예상했다. 그래서 눈앞에 펼쳐진 광경에 사람들은 두 번 놀랐다.

처음 놀란 것은 아나벨이 이안의 에스코트를 받고 있다는 점이었다. 8년 내내 아나벨이 이안에게 진상을 부렸던 것을 모르는 사람이 없었다. 그런데 다른 누구도 아닌 이안이 처음으로 에스코트를 하면서 연회에 데려온 어머니 이외의 여자가 아나벨이라니.

“이, 이게 무슨 상황이죠?”

"이안 웨이드로스 소공작의 에스코트라뇨?"

상상도 못 한 조합에 모두가 술렁거렸다. 그리고 사람들이 놀란 두 번째 이유는 그녀가 눈에 띄게 아름다워서였다.

"……레인필드 의상실이 문을 닫았다고 했죠? 저 드레스를 만들려고 닫은 건가요?"

"일단 키가 크고 자세가 완벽해서 드레스 태가 나는…… 어머, 제가 무슨 말을 하고 있죠?"

수군거리는 사람들 사이로 로버트가 아나벨에게 다가가 짙게 미소 지었다.

"왔군, 아나벨. 오늘 정말 예쁜데."

"감사합니다, 황자님."

아나벨은 자연스럽게 이안으로부터 로버트에게로 손을 옮기며 가볍게 인사했다. 물론 이안의 표정이 살짝 구겨졌지만 원래부터 굳어 있던 얼굴이었기 때문에 다른 사람들이 눈치채지는 못했다. 그래서 황후의 지령을 받은 사람들은 일단 1차로 실패하고 말았다. 아나벨이 들어오자마자 '감히 너 따위가'라는 눈빛을 내뿜으며 기를 팍 죽일 생각이었는데, 그 찰나를 놓친 것이었다. 이안의 등장도 놀라웠고 가장 아름다운 드레스 차림이라는 것도 한몫했다.

"그래서…… 레인필드 의상실은 언제 다시 문을 연대요?"

"일단 예약부터 걸어 놔야 할 것 같은데. 웨이드로스 공작가에 연락해 보면 되려나요?"

"웨이드로스 공작 부인의 전속 의상사로 들어갔다는 말이 있던데…… 혹시 친분이 있는 사람이 있을까요?"

대충 분위기에 편승하려던 사람들조차 아나벨의 드레스에 정신이 팔려 있었다. 그래서 아나벨은 아무런 위화감 없이 너무나도 편안하게 연회장을 활보하게 되었다.

"괜찮다."

황후는 손톱을 물어뜯으며 말했다.

"앞으로도 모욕을 줄 것들은 많겠지. 평민이 어디서 춤을 제대로 배웠겠느냐."

"……그렇겠지요?"

칼론의 못마땅하다는 낮은 목소리에 황후가 황급히 대답했다.

"내가 알아본 바로는 로버트가 딱히 춤 선생을 붙여 준 것 같지도 않던데."

본격적으로 연회의 포문을 여는 첫 춤이 시작되었다. 첫 곡은 무난한 왈츠였고 당연히 연회의 주인공인 로버트와 파트너인 아나벨이 분위기를 주도해 가며 춤을 추었다. 첫 춤이 끝나고, 도끼눈을 뜨고 허점을 찾으려던 사람들은 허탈하게 웃을 수밖에 없었다. 누가 봐도 너무 잘 추는 춤이라 트집을 잡을 수가 없었던 것이다.

그들은 원래 아나벨을 민망하게 하는 대사들을 열심히 준비하고 있었다.

'어쩔 수 없는 평민이군. 연회 분위기 다 망쳤어'라든가, '평민 의회에서 이 꼴을 봐야 평민의 연회 참석 운운 이야기를 안 할 텐데'라든가.

하지만 모두 무용지물이 되어 버리고 말았다. 심지어 반짝이는 조명 아래 몸의 움직임이 어찌나 나붓한지 춤 선이 고와 다들 감탄하기까지 했다.

"춤 실력이 정말 대단하군."

로버트마저도 춤이 모두 끝나고 박수를 칠 정도였다.

"상위 10%라는 말이 과장이 아니었어."

"제 스승은 과장 같은 걸 할 인간이 아니랍니다. 그 정도의 센스가 없거든요."

아나벨은 씩 웃으면서 누군가를 찾는 듯이 살짝 주위를 둘러보았지만, 곧 다음 곡이 흘러나왔다. 그들이 연달아 춤을 몇 곡 출 때까지 사람들은 트집을 잡을 만한 것을 찾지 못했다. 그래서 잠시 연주가 멈추었을 때, 아나벨은 연회장에서 너무나 기분이 좋아 보였다.

'뭐지, 저 관심 받아서 기쁘다는 얼굴은.'

칼론은 속이 부글부글 끓는 것을 느끼며 생각했다.

'마치 자기가 주인공인 것 같은 표정이군.'

아나벨은 자신에게 쏠리는 관심을 심지어 즐기고 있는 것 같았다. 전혀 부끄러워하는 내색 없이 여유롭게 사람들을 보며 웃고 있었다.

"뭐 엄청나게 대단한 건 없네요."

심지어는 느긋하게 평가까지 하는 중이었다.

"굳이 평민을 막아야 할 정도인가 싶은데요."

그리고 거기에 기름을 더 붓고 있는 사람이 있었다.

"아나벨 레인필드 양?"

쉬는 시간이 되자마자 그녀에게 은근슬쩍 다가간 황제였다.

"검술 대회에서의 활약은 잘 보고 있었네."

아나벨 역시 황제가 직접 말을 걸 줄은 몰랐는지 화들짝 놀라 예를 표했다.

황제는 콧김을 내뿜으며 말을 이었다.

"이번 검술 대회도 얼마 남지 않았지. 이번에도 좋은 경기 기대하겠네."

"감사합니다, 폐하. 정말 영광입니다."

"특히나 지난 검술 대회에서 메볼로드를 단숨에 이겨 버린 그 경기가 아주 인상 깊었어. 어떻게 처음부터 등을 노릴 생각을 했나?"

역시 검술 경기에 빠져 있는 사람다운 질문이었다.

칼론은 재빠르게 리하르트에게 눈짓을 했다. 아무래도 황제의 이야기가 길어지면 길어질수록 아나벨의 기분이 점점 더 좋아질 것이 뻔했다. 그러면 굳이 그녀를 도발하는 결투에 응하지 않을 가능성이 높았다. 그러니 얼른 일에 착수해야 했다.

리하르트는 칼론의 눈짓을 알아보고 고개를 끄덕였다. 그리고 바로 옆에 있던 엘번과 큰 소리로 이야기를 나누기 시작했다.

"엘번, 내기할까. 이번 검술 대회 1등 말이야."

"난 이안 웨이드로스 소공작에게 걸지."

"내기가 안 되겠는걸. 그럼 2등 내기를 해 볼까. 다들 혹시 관심 있는 사람 있으면 와서 함께해도 좋아."

이미 말을 맞춰 놓은 영애들과 영식들이 아베데스 후작가 형제들에게 다가왔다. 그리고 모두 준비한 말들을 읊었다.

"어머, 2등도 내기를 한다고요?"

"두 번 연속으로 아나벨 레인필드 양 아니었나요? 이번에도 그렇겠죠."

바람잡이의 역할을 맡은 사람들의 말에 리하르트가 어깨를 으쓱했다.

"글쎄. 참가나 할지 모르겠군. 원래 노리던 바가 사라졌으니 말이야."

이제 1등을 하여 작위를 받아도 아베데스 후작가의 일원이 될 수 없다는 것을 꼬집은 말이었다.

"이제 간절하지도 않은데 검술 실력도 많이 퇴화했겠지. 이번에는 2등을 절대로 못 한다고 본다."

리하르트의 말에 모여 있던 사람들이 모두 쑥덕거리기 시작했다. 확실히 아나벨은 예전같이 이안에게 찾아가서 강짜를 부리지 않았다. 사정은 모르겠지만 에스코트까지 받을 정도면 마음 넓은 이안이 개과천선한 아나벨의 과오를 묻어 주기로 한 것 같았다.

"하기야…… 원래부터 검술에 몰두했던 건 이유가 있었죠……."

"내 생각에는 예선에서부터 패배할 것 같군. 어차피 그래도 상관없지 않나."

리하르트는 눈을 가늘게 뜨며 씩 웃었다.

"그냥 그 평민 집구석에서 만족하면서 살면 되잖아. 아예 검술 대회에는 참가조차 안 하는 아론 레인필드처럼."

엘번 역시 맞장구를 치며 키득거렸다.

"딱 알맞은 결말이군. 돈을 좋아하니 검은 버리고 거기서 돈이나 쓰면서 살면 되겠네."

관심을 즐기면서 세상 여유롭던 아나벨의 표정이 서서히 굳기 시작했다. 리하르트와 엘번은 물론이고 칼론까지 속으로 쾌재를 외쳤다. 역시 검사의 자존심을 건드는 것은 검술 실력이었다.

아무리 상속권에 눈이 멀어 검술 대회에 참가했을지라도 대놓고 '실력이 떨어졌을 것이다'라며 조롱하는데 가만히 있을 사람은 없었다. 게다가 레인필드까지 싸잡아 욕했으니 가만히 있으면 비정상이었다.

과연 아나벨이 표정을 굳힌 채로 끼어들었다.

"사람을 앞에 두고 그런 욕을 하면 쓰나."

그녀의 푸른 눈이 천천히 깜빡였다.

"내 검술 실력에 누구보다도 관심이 많은 건 예전하고 똑같네. 실력이 녹슬지 않았다는 걸 직접 보여 줘?"

화사했던 분위기가 한 번에 바뀌어서 섬뜩한 기운을 풍겼다. 몇 마디 더 거들려던 귀족 영식들이 그대로 기가 죽어 입을 다물 정도였다. 물론 리하르트와 엘번 역시 순간적으로 흠칫하여 대꾸를 하지 못했다. 아무리 깔보고 있다고 하더라도 검을 쓰는 자가 풍기는 살기를 본능적으로 당해 내지 못한 탓이었다.

때를 놓치지 않고 칼론이 끼어들었다.

"분위기가 이게 뭔가. 사랑하는 동생의 생일인데."

"하지만 황태자님……."

리하르트가 억울하다는 듯이 항변했고 칼론이 고개를 절레절레 저으며 능글맞게 말했다.

"아나벨 양의 검술 실력에 대해 의심을 품을 수는 있겠지만 너무 과했어. 아나벨 양은 외국에서도 유명한데 말이야."

"외국에서 말입니까?"

"에딜런 공국에서 새로 데려온 내 호위도 계속 말하더군."

칼론이 그의 뒤에 있던 라기안을 가리키며 말을 이었다.

"아나벨 양과 겨뤄 보고 싶다고 말이야. 쉽게 이길 것 같다고 하던데 내가 말리고 있었지. 제국의 2등을 쉽게 보지 말라면서."

"괜찮습니다, 황태자님."

리하르트가 비열하게 웃으면서 대답했다.

"어차피 아나벨은 2등조차도 아니게 될 테니까요."

"흠, 아나벨 레인필드 양."

칼론은 아나벨을 바라보며 부드럽게 말했다.

"자네의 옛 이복 오라비가 너무 평가에 박하군. 혹시 여기서 친선 결투라도 할 생각 없나? 사실 내 새로운 호위가 계속해서 자네와 겨루고 싶어 했다네."

이 말에 넘어가지 않을 검사란 없다고 칼론은 자부했다. 지금껏 계속 실력에 대한 의심을 받고 있었는데 여기서 물러서는 것은 말도 안 되는 일이었다.

"친선 결투는 생각 없습니다, 황태자님."

아나벨은 칼론에게 예를 표한 뒤 단호하게 말했다.

"정말로 진지한 결투를 하고 싶습니다. 왜냐하면……."

칼론은 아나벨의 말에 환호성이라도 지르고 싶은 심정이었지만, 이어지는 다음 말을 듣고 살짝 표정을 굳힐 수밖에 없었다.

"이건 저만을 깔본 것이 아니라, 제 경기를 인상 깊게 보셨다고 하신 황제 폐하의 안목을 모욕하는 일이었습니다."

그 말에 아무 생각 없던 황제까지도 '그런가?' 하는 표정을 지어 보였다.

"황제 폐하의 명예를 위해서 당연히 결투에 임하겠습니다."

그렇게 갑자기 아나벨은 황제를 위해 검을 빼 드는 충신이 되어 버렸다.

"오오, 아나벨 양."

황제는 벌써부터 설렌다는 표정으로 눈을 깜빡였다.

"나를 위해서 검을 빼 드는 건가…… 영광이군."

어릴 적부터 검사들에 대한 책을 읽으며 검술에 대한 동경을 키워 왔지만 피지컬이 따라 주지 않았던 황제의 눈에 벌써부터 기대가 가득했다.

'괜찮다. 어차피 질 테니까.'

칼론은 어딘가 느껴지는 불길함을 애써 누르며 생각했다.

'저렇게 나대면 나댈수록 폐하의 실망감만 커지는 법이지.'

칼론의 뒤에 서 있던 라기안이 흥분된다는 듯 들고 있던 검을 딸깍거렸다.

칼론은 박수를 한 번 치고 주의를 환기한 뒤 말했다.

"자, 그럼 아나벨 양은 검도 없고 옷차림도 불편하니 일단 황실 연무장으로 이동해서…….''

"아닙니다, 황태자님. 배려는 감사하지만 여기서 싸워도 됩니다."

아나벨은 씩 웃으며 말했다.

"동선은 여기서부터 여기까지면 충분하고, 그 누구에게도 피해가 가지 않게 하지요. 그리고 옷차림과 검도 신경 쓰지 않으셔도 됩니다."

그녀가 눈도 한 번 깜짝하지 않고 치맛자락을 툭 뜯어냈다. 화려한 치마가 나풀거리면서 떨어졌다. 그러면서 활동적인 바지 차림에 숨겨져 있던 얇은 검까지 드러났다. 마치 이런 결투가 있을 것이라는 예상을 한 뒤 작정하고 온 사람처럼 말이다.

"어머."

귀족 영애들 중 몇 명이 자신들도 모르게 수군거렸다.

"……멋있어……."

그도 그럴 것이, 아나벨은 아까와는 완전히 다른 분위기를 풍기고 있었다. 그녀는 화려한 연회장 불빛 아래 보석들로 반짝이는 상의에 길게 쭉 뻗은 바지 차림, 거기에 검까지 들고 서 있었다.

"뭐, 뭐가 멋있어?"

황후의 지령을 받은 귀족 영식 중 하나가 황급히 정신을 차리고 큰 소리로 말했다.

"아주 괴랄하고 이상한데! 속에 저런 걸 숨긴 옷을 드레스라고 할 수 있어?"

하지만 그의 말은 황제의 말에 묻혀 버렸다.

"아니, 언제 이런 준비를 해 온 거지?"

황제의 얼떨떨한 질문에 아나벨이 별것 아니라는 듯이 대답했다.

"뭐, 검사는 언제든 싸울 준비가 되어 있어야 하니까요."

"그런 거였나. 호오……."

황제는 천천히 박수를 쳤다.

"검사의 자세라면 그럴 수 있지……. 멋있군……."

"폐하께서만 윤허해 주신다면, 폐하를 위해 제 검술 실력으로 이 연회의 흥을 돋우고 싶습니다."

아나벨은 자신만만하게 웃어 보이며 황제를 향해 말했다.

"아무도 다치지 않게, 그러면서도 빨리 끝내겠습니다. 외국인 호위에게 제국의 실력을 보여 드리지요."

"오오."

황제는 기대가 된다는 듯이 양손을 맞잡으며 잠시 망설였다. 그러더니 슬쩍 로버트를 보며 말했다.

"이 연회의 주인공은 로버트이니, 네 뜻대로 하는 것이 좋겠지."

그 말에 기다렸다는 듯이 로버트가 호기롭게 박수를 쳤다.

"제 생일 연회에 아주 즐거운 이벤트가 생기겠군요. 아나벨 양이라면 무조건적인 승리를 제가 보증할 수 있지요."

그 말에 황제는 활짝 웃어 보이기까지 했다. 로버트가 안 된다고 했으면 서운해했을 법한 진심 어린 미소였다.

황제는 머뭇거리다가 아나벨에게 조심스럽게 말했다.

"저기, 아나벨 양."

"예, 폐하."

"검에 묶을 손수건을 주어도 되겠나."

"예?"

아나벨은 황제가 검술 경기 관람을 좋아하는 것은 익히 알고 있었다. 4년마다 한 번씩 열리는 검술 대회를 손꼽아 기다린다는 것도 말이다. 하지만 이 정도로 좋아할 줄은 몰랐다. 손수건이라면 승리를 기원하는 검사에게 주는 응원 같은 의미였다.

그가 콧김을 내뿜으며 설레는 눈으로 말을 이었다.

"그러니까 내 명예를 걸고 외국인과 싸워 주는 것이니 말일세."

"예, 저야 몹시 영광입니다."

아나벨은 황제가 건넨 손수건을 검 자루에 묶었다.

"오오······."

그걸 보는 황제의 초록빛 눈이 반짝거렸다. 이안은 검술 대회가 아니라면 공식적인 결투를 하지 않았다. 아나벨 역시 이안을 공격하는 비공식적인 대련 아니라면 지금까지 결투에 나서지 않았고 말이다. 그러니 2위라고 할지라도 아나벨이 직접 나섰으니 이 결투는 엄청난 볼거리였다.

황제는 감격한 목소리로 연신 혼잣말을 중얼거렸다.

"나도, 나도 손수건을 건네 볼 수 있게 됐어······."

그는 제국민들을 공평하게 대해야 했기 때문에 결투에 함부로 손수건을 줄 수 없었다. 이번에는 상대가 외국인이고 아나벨이 황제의 명예 운운해서 줄 수 있었던 셈이다.

어쨌든 그렇게 곧바로 연회장에서 결투가 벌어지게 되었다. 칼론은 순간적으로 치미는 불안함을 꾹 눌러 참았다. 모든 전문가들이 아나벨보다 라기안의 실력이 높다고 했다. 지금 아나벨이 저렇게 자신만만한 표정을 지어 보이는 건 그저 주제를 모르기 때문일 것이다.

그의 불안한 마음을 알았는지 리하르트가 나직하게 속삭였다.

"그나마 저 건방진 애의 콧대를 눌러 주던 이안마저도 친절하여 기고만장한 듯합니다. 너무 걱정하지 않으셔도 될 겁니다."

칼론은 고개를 한번 끄덕이고 뒤에 있던 라기안에게 눈짓했다. 라기안은 드디어 나선다는 듯이 성큼성큼 칼론의 앞으로 발걸음을 옮겼다. 그러고는 다소 으스대며 걸어가 아나벨의 앞에 섰다. 워낙에 덩치가 큰지라 아나벨이 작은 키가 아닌데도 체구 차이가 꽤 났다.

"그럼…… 결투를 신청하겠습니다. 사실 정말로 싸워 보고 싶었습니다."

라기안은 비열하게 웃으며 장갑을 벗어 아나벨의 치맛자락 아래에 던졌다.

"저 정도면 이길 수 있는데, 라고 생각했거든요. 그런 의미에서……."

그는 목을 한번 꺾어서 우두둑, 하는 소리를 내며 말을 이었다.

"아무도 안 다치고, 빠르게 끝낸다는 말은 모욕적이군요."

아나벨은 오만하게 고개를 끄덕이며 웃었다.

"받아들이지."

아나벨의 밑도 끝도 없는 반말에 라기안이 미간을 찌푸릴 때였다.

"난 원래 교양이 없어서 결투 상대한테 막 대해. 모르겠지만 이안에게도 그랬거든. 아까 리하르트에게도 그랬고."

그녀가 어깨를 으쓱하며 말을 이었다.

"설마 개념이 있다면 이안보다 더 좋은 대접을 내게 바라는 건 아니겠지."

"뭐, 그렇다면."

라기안은 미소를 싹 지우고 섬뜩한 얼굴을 해 보이며 말했다.

"내 쪽에서 빠르게 끝내 주도록 하지."

아나벨은 피식 웃으며 검을 들어 보였다. 연회장에 있던 사람들은 시종의 안내를 따라 가운데를 비워 그들에게 충분한 공간을 확보해 주었다. 그리고 혹시 모를 안전사고에 대비하여 띄엄띄엄 멀리 떨어져서 섰다. 로버트의 지시하에 황실 정예 기사단 몇 명과 의료진까지 불러왔다.

"그래도 제국 2위인데…… 아나벨 양이 이기겠죠?"

"글쎄. 하지만 체급 차이를 봐. 전체 면적으로 따지면 저 외국인이 두 배 가까이 되는데."

"저렇게 자신만만하게 나선 걸 보면 자신 있는 것 아닐까?"

사람들은 수군거리다가 의견을 물어보고 싶은 상대를 찾아냈다. 다름이 아니라 굳은 표정으로 팔짱을 낀 채 이 상황을 관전하고 있는 이안이었다.

물론 사람들은 이안에게 계속 질문하고 싶은 것을 꾹꾹 참아 왔다. 이안과 아나벨이 함께 등장한 것도 충격적이었는데 심지어 둘은 파트너도 아니었다. 이안은 아나벨을 에스코트한 이후 아무것도 안 하고 그저 자리만 지키고 있었다. 다른 귀족 영애들의 춤 신청도 정중하게 거절하고 말이다.

아주 오랜만에 연회에 모습을 드러낸 것으로 알고 있는데, 대체 왜 왔는지 알수가 없을 정도였다. 하지만 이안에게 직접 묻기에는 그의 표정이 너무 안 좋았다. 이안은 정중하고 교양 있는 귀족으로 칭송받았지만 사람들이 어려워할 수밖에 없는 위치였다. 그래서 사람들은 뒤에서 각자 수군댈 수밖에 없었다.

"근데 계속 기분이 안 좋아 보이지 않나요?"

"아까 로버트 황자님과 아나벨 양이 춤출 때 그걸 지켜보면서 계속 화가 난 표정이던데."

"몰랐는데 이안 님도 저런 표정을 지으니까 인상이 험악해 보이는군요."

"그냥 어쩔 수 없이 아나벨 양을 에스코트해 주어서 그런 것 아닐까요?"

"로버트 황자님이 부탁하지 않았을까요? 아무래도 평민을 직접 에스코트하기엔 말이 나올 수 있으니."

"그렇군요! 웨이드로스 공작가 사람이라면 어느 측면에서는 에스코트를 부탁하기에 적절하죠. 공작 부인부터가 평민이니까요."

개연성 있는 헛된 추론으로 인해 이안의 평판은 더 올라가고 있었다.

"하긴…… 다른 사람은 몰라도 이안 님은 성인군자이시니 그러실 수 있죠."

흑마법을 뿌리 뽑기 위해 8년 동안 자신에게 진상을 부렸던 상대와도 협력

한다고 말이다. 그래서 이안은 그도 모르는 사이에 제국의 공익을 위해 공과 사를 구별하는 더욱더 대단한 사람이 되었다.

사람들은 차마 그에게 '왜 아나벨을 에스코트했냐'라고 물어보지는 못했지만, 이 결투에 대한 자문은 구할 수 있었다.

"이안 님, 이안 님이 보시기에는 어떻습니까?"

"물론 저 외국인을 아는 사람은 아무도 없지만…… 그래도 아나벨 나디트, 아니 아나벨 레인필드 양과는 많이 대련해 보지 않으셨습니까?"

그것은 이안의 기분과는 상관없이, 제국의 검술 일인자에게 하는 평범한 질문이었기 때문이다.

"글쎄."

이안은 굳은 표정을 풀지 않은 채로 별달리 시원한 대답을 해 주지 않았다.

"다른 건 몰라도 리하르트에게 하나 동의하는 건 있지."

다만 시선을 아나벨과 라기안에게 고정하며 천천히 말했다.

"이번 검술 대회에서 아나벨 레인필드는 2등을 하지 않을 수도 있다고."

그 말과 동시에, 시종이 결투 시작을 알리는 종을 울렸고 그대로 아나벨과 라기안의 검이 맞붙었다.

"어머나. 저런, 저런."

"음…… 이런."

몇 합이 붙었다.

잔뜩 기대하던 사람들이 탄식을 내뱉기 시작했다.

"어휴, 뭐…… 상대가 안 되네요……."

"역시 간절함이 사라지니 검술 실력도 사라졌나 봐요."

시작부터 아나벨은 완전히 밀리는 것처럼 보였다. 라기안의 검을 받아 내는 것에만 급급하여 제대로 된 공격도 못 하는 것 같아 보였기 때문이다. 아나벨이 라기안에게 일방적으로 밀릴 동안, 관중들의 분위기는 별로 좋지 않았다.

그녀는 이안에게 진상을 부리기로 유명했고 이제는 평민으로까지 밝혀졌다. 게다가 사교계에서 가장 영향이 큰 황후에게서 '아나벨을 무조건 깎아내려라'라는 지령을 받은 사람들도 많았다.

그러나 막상 결투가 시작되고 나자 관중들은 새로운 사실을 깨달았다. 미운 자식도 얻어맞고 오면 화난다고, 외국인에게 밀리고 있는 아나벨을 보며 기분이 썩 좋지는 않았던 것이다. 왠지 제국의 자존심이 상하는 것 같기도 하고 말이다. 그것은 애국심이라고는 없는 칼론이 놓친 측면이기도 했다.

"흐음…… 저 호위가 실력이 좋긴 하군."

초롱초롱한 눈으로 경기를 관람하던 황제도 실망한 것은 마찬가지였다.

"아나벨 양의 실력도 나름 괜찮지만……."

그는 검술 대회의 모든 경기를 열심히 봐 왔기 때문에 아나벨의 실력이 딱히 퇴화하지는 않았다는 걸 알고 있었다. 그녀의 기술이라든가 민첩성 등은 그동안 보아 왔던 것과 크게 다르지 않았다. 다만 칼론이 데려온 저 외국인 호위의 실력이 생각보다 몹시 뛰어난 것뿐이었다.

내심 아나벨을 응원하던 그의 얼굴에 실망이 덧씌워지기 시작할 때였다. 막아 내지 못했다면 그대로 아나벨이 즉사할 수도 있을 법한 날카로운 공격이 몰아쳤다. 검에 대해 아무것도 모르는 이들도 지금 아나벨이 속수무책으로 밀리는 건 알 수 있었다. 계속해서 밀리던 아나벨을 향해 라기안의 거대한 검이 커다랗게 호를 그렸다.

'이런!'

검술은 못 해도 검술을 보는 눈은 있던 황제가 깜짝 놀라 벌떡 일어섰다.

'저 속도에 저 각도면 아마도 즉사일 텐데!'

라기안의 검이 지나간 곳으로 쾅, 하고 거대한 파열음이 연회장을 울렸다.

"저런!"

사람들이 입을 떡 벌렸을 때였다. 곧이어 모든 이들의 귀를 찌르는 비명 소리가 들렸다. 분명히 라기안의 검이 향한 곳은 아나벨이었는데, 그녀는 놀라운 속도로 순식간에 피해 버렸다. 계속해서 밀려 왔던 그 실력을 생각하면 사실 말도 안 되는 전개였다. 그리고 아주 의외의 사람이 비명을 지르며 쓰러졌다.

"으아아아아악!"

즐겁게 경기를 관람하고 있던 칼론이 벌떡 일어나 외쳤다.

"리하르트!"

그녀가 피해 버린 자리에는 공교롭게도 연회장을 장식하고 있던 거대한 깃대가 있었다. 결국 갈 곳을 잃은 라기안의 검이 그 깃대를 내리치고 말았다. 그로 인해 철로 된 단단한 깃대가 쓰러지면서 하필이면 리하르트의 머리를 치고만 것이다. 그 누구도 예상하지 못한, 정말 공교로운 일이었다. 그 무거운 깃대가 순식간에 리하르트의 머리에 정면으로 쓰러지다니 말이다. 당연히 리하르트는 그대로 정신을 잃었다.

"궁의! 궁의를 불러라!"

칼론이 벌떡 일어나서 소리쳤다. 그리고 그 아수라장 속에서 아나벨의 검이 어느새 라기안의 목 끝에 닿아 있었다.

"아무래도 말이야."

아나벨은 씩 웃으며 라기안의 눈을 똑바로 응시했다.

"내가 이긴 것 같지?"

라기안은 물론, 연회의 모든 사람들이 얼떨떨하게 그 상황을 지켜보았다. 계속해서 아나벨이 일방적으로 밀리던 것만 기억하는데, 갑자기 아나벨의 승리로 결투가 끝났기 때문이다.

아나벨은 라기안에게 작게 속삭였다.

"아, 맞다. 아무도 안 다치게 하겠다는 말은 못 지켰네."

그녀가 쓰러진 리하르트를 흘끗 보며 어깨를 으쓱했다.

"근데 뭐…… 이건 네 탓 아닐까? 그렇게 사람을 죽일 정도로 세게 검을 휘두르는 게 어딨어?"

라기안은 그 말에 대답할 수 없었다. 기다린 듯이 로버트가 커다랗게 박수를 치며 나왔기 때문이다.

"역시 믿은 보람이 있군요."

그는 라기안마저도 아직 어리둥절한 와중에 이 상황의 쐐기를 박았다.

"황제 폐하의 명예를 위해 싸운 아나벨 레인필드 양의 승리입니다."

그 말에 황제가 흥분의 콧김을 내뿜기 시작했다. 리하르트가 크게 다친 관계로 차마 너무 좋아하는 티는 내지 못했지만, 성공한 팬이 된 것 같은 기분에 휩싸였던 것이다.

나는 의기양양해서 씩 웃었다.

리하르트는 급히 실려 나갔고 분위기는 그야말로 난장판이었다. 로버트의 선언 이후 라기안은 그제야 정신이 드는지 이를 갈면서 중얼거렸다.

"……운 좋게 마지막에 잘 피한 것 같은데, 경기 내용 자체는 내가 더……."

"응, 그래서 졌구나?"

나는 유려하게 검을 다시 검집에 집어넣으며 어깨를 으쓱했다.

"실력으로 치면 내가 더 높은 것이 당연……."

"오구오구, 높은 실력으로 패배했어요? 참 잘했어요."

"불의의 사고로 내가 당황한 사이에 네가……."

"충고 하나 할까? 패배자가 패배를 인정 못 하고 변명하면 엄청 없어 보여."

라기안의 말을 족족 끊으면서 나는 여유 있게 말했다.

"내가 8년 동안 그렇게 살았거든."

라기안은 분노에 차서 씩씩댔지만 더 이상 난동을 피울 수 없었다. 어쨌든 연회장의 큰 사고를 낸 당사자였기 때문이다. 그리고 그 사고가 내 계략의 첫 번째 스텝이었다.

애초에 라기안 하나를 이겨 먹는다고 해서 내게는 딱히 좋을 게 없었다. 그래서 나는 처음부터 리하르트를 노렸다. 사실 그건 훨씬 더 엄청난 실력이 필요한 일이었다. 라기안으로 하여금 리하르트를 다치게 할 수 있도록 조종하는 것 말이다. 원래 실력을 보이지 않고 밀리는 척하느라 은근히 힘들었다.

'하지만 실력자는 실력자군.'

원래의 나였다면 처참하게 패하고 진짜 죽었을지도 모르는 일이었다. 흑마법의 기원을 두 개 파괴하면서 실력이 확 늘어서 거의 갖고 놀았지만 말이다.

'근데 뭔가 이상하긴 해. 분명히 오늘 처음 본 사람인 것 같은데, 나를 향한 살기가 진심이란 말이지……. 이건 돈이 아무리 걸려 있다고 해도 납득하기 어려울 정도의 적의인데.'

아무리 생각해도 마주친 적조차 없는데 나를 향해 휘두르는 검에 진심어린 악의가 담겨 있어서 나는 좀 놀랐다.

'무슨 이유가 있을 텐데 모르겠네. 어쨌든 뭐, 더 이용할 여지가 있으니까 내게 악의를 갖고 있는 건 도발하기에 오히려 좋겠지…….'

물론 예전 실력인 것처럼 위장하면서 그의 과도한 움직임을 유인해 낸 것은 어떻게 보면 비겁한 수였다. 실력을 숨기면서 결정타를 노리는 건 정정당당한 결투 방식이 아니었기 때문이다. 하지만 나는 비열한 적과 싸우면서 정정당당하고 싶지는 않았다. 나를 상대하며 내내 정정당당했던 이안과 나의 차이점이라고 할 수 있었다.

"이, 이게…… 아니……."

라기안은 말도 안 되게 진 것도 진 것이지만, 요즈음 칼론의 최측근으로 급부상했었던 리하르트를 자기 손으로 다치게 했다는 것에 망연한 표정이었다. 결투 중 민간인에게 닥친 사고이지만 다친 쪽도 다치게 한 쪽도 칼론의 사람들이니 어떻게 공론화시킬 수도 없을 것이다.

나는 실려 가는 리하르트를 바라보며 속으로 생각했다.

'엄청나게 다친 것 같던데…… 몸도 약한 일반인이니 엄청 아팠겠지.'

내가 밀리는 경기를 관람하면서 좋아 죽겠다는 표정을 짓고 있던데.

'아주 계획대로다. 얼마간 자리보전하고 누워 있어 봐.'

실려 가는 리하르트를 따라 여기 있던 유일한 가족인 엘번이 급히 쫓아갔다.

'다음은 너고.'

나는 엘번의 뒷모습을 보며 피식 웃었다. 곧 리하르트의 걱정을 할 때가 아니게 될 것이니 말이다.

얼마 지나지 않아 리하르트를 진료하러 따라갔던 궁의가 돌아왔다. 그러고는 한숨을 쉬며 보고했다.

"생명에는 지장이 없지만…… 정신이 들기까지 꽤 오래 걸릴 것 같습니다."

"이런."

궁의의 보고를 듣고 난 뒤 로버트가 바로 황제에게 말했다.

"행정부에 큰 구멍이 생기겠군요. 당장 언제 복귀할지도 모르는 부상을 입었으니 말입니다."

이제 로버트가 다음 연타를 칠 때였다.

리하르트를 노린 것은 두 가지 이유에서였다. 첫째는 그냥 얄미워서였다. 예상은 했지만 역시나 나를 도발하기 위해서 깎아내리는 게 아주 거침이 없었다. 안 그래도 못된 놈이기 때문에 좀 다쳐도 된다고 생각했다. 두 번째는 바로 칼론을 구석으로 몰기 위해서였다. 나는 성격이 급해서 천천히 일의 상황을 봐 가며 대응하는 스타일이 아니었다. 일단 목표로 잡으면 빨리빨리 해치워야 했다. 리하르트의 부상은 칼론의 빠른 움직임을 촉구할 것이 뻔했다.

"안 그래도 요즘음 행정부가 일이 많다고 들었는데요."

로버트는 걱정스러운 듯 덧붙였고, 황제가 난감하다는 표정으로 혀를 찼다.

"어허, 그러고 보니 그렇군."

황제의 반응에 로버트가 바로 초록색 눈을 반짝이며 말했다.

"안 그래도 제가 추천하고 싶은 인재가 있었습니다. 슈리다 자작이라고 지난번에 폐하도 뵌 적이 있으시죠."

"아하, 북부에서 온 그 영민한 청년 말인가?"

"에. 행정부에 지원 인력으로 일단 들여 보는 것이 어떻습니까?"

칼론의 안색이 급격히 나빠지기 시작했다. 그동안 리하르트가 조작해 놓은 공문서가 한둘이 아니었기 때문이다.

"괜찮군. 당장 내일부터 합류하라고 해야겠어. 아직 수도에 머물고 있나?"

"그렇습니다. 그럼 지금 즉시 지시를 해 놓지요."

황제는 시원스럽게 고개를 끄덕였고, 칼론의 얼굴은 이제 파랗게 질리기까지 했다. 행정부에 로버트의 인재가 들어와서 본격적으로 파헤친다면 문제가 생길 것이 뻔했기 때문이다.

'끝까지 몰렸다고 생각할 테지, 아마도.'

나는 그런 칼론의 얼굴을 보며 속으로 자신만만하게 생각했다.

'하지만 그 끝은 끝이 아니라는 걸 차차 보여 주마.'

흑마법에 관해서는 절대 증거를 남기지 않는 칼론을 몰아낼 수 있는 방법은 한 가지였다. 세 번째 '흑마법의 기원'으로 먼저 덫을 놓아야 했다. 그리고 이게 그 덫을 놓는 첫 번째 단계였다.

"자, 어쨌든 결투는 이렇게 끝났군요."

로버트가 씩 웃으며 연회장의 사람들을 둘러보았다.

"불의의 사고가 생겼지만 어쨌든 생명에는 지장이 없다고 하니 연회의 흥이 깨질 정도는 아니겠지요."

연회의 흥이 깨진 건 사실이었지만 주인공이 안 깨졌다고 하니 거기서 뭐라고 할 사람은 없었다.

"폐하, 이 손수건을 무사히 돌려드릴 수 있어서 기쁩니다."

나는 검 손잡이에 매달았던 손수건을 풀어 다시 황제에게 건넸다.

"폐하의 명예를 걸고 싸울 수 있어서 정말 영광이었습니다."

"아니, 이런⋯⋯."

황제는 손수건을 받아 들며 흥분한 기색을 감추지 못하고 숨을 몰아쉬었다.

아니, 성공한 건 난데 왜 황제가 성공한 표정을 짓고 있는지⋯⋯.

"나도 내 명예를 위한 결투를 관람했어⋯⋯. 나도 손수건 돌려받았다고⋯⋯."

황제가 중얼거리는 것을 보면서 나는 그 이유를 깨달았다. 그냥 황제라는 지위 때문에 억눌려 있던 검술에 대한 열정을 폭발하고 있었던 것이다.

'전생에서 이런 마음을 일컫는 단어가 있었는데⋯⋯ 팬심이었나?'

그 모습을 바라보고 있던 칼론이 천천히 일어섰다.

"그럼 저는 리하르트 아베데스에게 한번 가 보겠습니다."

나는 로버트와 서로 눈짓을 주고받았다.

"결투를 제안한 입장에서 얼굴은 비쳐야겠지요."

'그래, 그래야지. 얼른 가야지.'

딱 예상했던 반응이었다.

칼론은 여유 있게 연회장을 나왔으나 그 이후부터는 급히 성큼성큼 발걸음을 옮겼다.

"이건 정말 말도 안 되는 일입니다."

라기안은 칼론을 뒤따르면서 황당하다는 듯이 변명했다.

"보셔서 아시겠지만 아나벨은 제게 일방적으로 밀렸습니다."

그가 억울하다는 표정으로 계속해서 말을 이었다.

"순간적으로 회심의 공격을 피하긴 했지만 그건 우연이나 뭐 그런 걸로……."

라기안은 진심으로 그렇게 생각하고 있었다. 처음 결투의 양상은 딱 예상했던 그대로였다. 아나벨은 그와 다른 전문가들이 분석했던 것의 한계를 정확히 드러내고 있었다. 그래서 그 약점을 파고들어 쉽게 몰아갈 수 있었던 것이다.

그 와중에 단숨에 죽이겠다고 조금 무리한 건 사실이었다. 그래도 그가 계산한 속도에 의하면 아나벨은 피하지 못해야 정상이었는데…….

"난 그런 건 모른다."

칼론은 무뚝뚝하게 대꾸했다.

"다만 네가 패배했고 중요한 내 인력을 중대한 부상에 빠트렸으며……."

그의 눈이 번득이며 라기안을 노려보았다.

"그로 인해 내가 아주 난감해졌지."

"이건, 정말 아주 말도 안 되는……."

"계약 내용은 기억하겠지."

칼론이 섬뜩하게 말했다.

"조건은 아나벨을 죽이는 것이다."

"그건 걱정 마십시오."

라기안이 즉시 대답했다.

"오늘은 완전한 이변이었습니다. 다시 한번 기회를 주신다면 그때는 정말 죽일 수 있습니다."

그가 오히려 기회를 더 주지 않을까 봐 전전긍긍하는 표정으로 덧붙였다.

"정말…… 정말 진심으로 없애고 싶으니 말입니다."

실제로 라기안은 아나벨을 어떻게든 이기고 싶어 몸이 불타오르는 것 같았다. 원래부터 죽이고 싶은 상대였지만, 검을 마주하고 나니 더 혐오감이 짙어졌다. 애초에 반말을 찍찍 해 대며 자신을 도발할 때부터 어이가 없었다. 그런데 만인 앞에서 자신을 패배자라며 깎아내리니 더 화가 나서 미칠 것 같았다.

'심지어 요행으로 이겨 놓고서는…….'

순간 라기안의 머릿속에, 설마 요행이 아니고 이 모든 것이 치밀한 계산이었나 하는 불길한 의심이 스쳤다. 하지만 그는 얼른 그 의심을 지워 버렸다, 아무리 봐도 마지막 한 번의 회피 빼고는 예전 실력 그대로였다.

"믿어도 되겠나."

칼론이 눈을 섬뜩하게 치켜뜨며 말했다.

"지금까지 나는 한 번 실패한 자에게 기회를 다시 준 적은 없었다."

지금까지 별다른 능력 없이 거대한 범죄를 저지르면서도 꼬리를 밟히지 않은 데에는 칼론이 이토록 철저한 성격이었기 때문이었다. 실제로 황태자 자리를 차지하고 있으면서도 끊임없이 로버트를 견제하고 있다는 것 자체가 그의 조심성을 말해 주는 것이기도 했다. 역설적으로 그 견제를 심하게 하느라 흑마법에까지 손을 대고 말았지만 말이다.

"믿어 주십시오. 저는 어떻게든 아나벨 레인필드를 없앨 겁니다. 황태자님이 뒤를 봐주시지 않는다고 하더라도요. 뭐, 그럼 더 일이 어려워지겠지만……."

"……라기안 벨리시스."

칼론이 라기안을 똑바로 바라보며 물었다.

"아나벨 레인필드에게 어떤 원한이 있는 거지? 오로지 내 명령만으로 움직이는 것 같지는 않은데."

"그것은……."

라기안은 입을 꾹 다물고 대답하지 않았다.

그는 에딜런 공국에서, '이안 웨이드로스와 아나벨 레인필드가 한 편이 되었다. 둘이 모두 로버트의 편인 것은 너무 부담스러워서 어떻게든 견제하고 싶다'라는 말을 들었을 때부터 열성적으로 아나벨을 없애 겠다고 달려들었다.

"뭐, 말하기 싫으면 관둬. 대신 네 원한을 믿고 다시 한 번 기회를 주겠다."

칼론은 잔뜩 굳은 표정을 풀지 않으며 리하르트가 급히 치료받고 있는 곳으로 향했다.

"황태자님!"

리하르트는 황궁의 별실에서 의식을 잃고 누워 있었다. 칼론이 들어서자 리하르트의 곁을 지키던 궁의 하나와 엘번이 급히 일어났다.

"전달받으셨는지 모르겠지만 다행히 목숨에 지장은 없습니다."

궁의가 공손하게 말했다.

"응급 처치는 끝났으니 아베데스 후작저로 지금 보내 드릴 예정입니다."

"그렇군."

칼론은 무성의하게 대꾸했다.

"가 봐라. 아베데스 형제는 내가 직접 배웅할 테니."

"예."

궁의는 칼론의 명령에 즉시 대답하고 별실을 나갔다. 이제 별실에는 의식이 없는 리하르트를 제외하고는 칼론과 라기안, 엘번만 남게 되었다.

"가, 감사합니다, 황태자님."

엘번은 허둥지둥한 와중에도 얼른 인사했다.

"이렇게 보러 와 주시고……."

"리하르트를 보러 온 게 아니다."

칼론은 엘번의 말을 끊으며 차갑게 대꾸했다.

"엘번 아베데스, 네게 용건이 있어서 왔다."

"저 말씀이십니까?"

엘번은 놀라서 얼굴이 굳어 버렸다. 그는 계략에 능하지 못했다. 언제나 직접 칼론을 상대하는 사람은 리하르트라고 여겼다. 그래서 그동안 리하르트의 명령에만 따라 왔던 것이다.

칼론이 엘번에게 직접 찾아온 것도 놀라운데 그는 더 기함할 말을 했다.

"그동안 장부 조작을 꽤 해 왔을 텐데 그걸 메워야겠다."

"……예?"

엘번은 멍하니 입을 떡 벌렸다.

"긴급 감사가 들어온다면 얼마나 버틸 수 있을 것 같나."

칼론은 그동안 행정부 서류만 조작해 온 것이 아니었다. 급한 일이 있을 때마다 재무부에서도 엘번의 권한만큼 돈을 빼돌린 것이다. 큰돈을 막 쓰다가 흑마법으로 인한 불법적인 자금이 흘러 들어오면 다시 메우는 방식의 연속이었다.

물론 그동안 문제가 생기지 않도록 엘번이 어떻게든 관리해 왔다. 그리고 이번에 칼론은 라기안을 데려온다며 재무부에서 거액을 빼돌렸다. 그 와중에 꼬박꼬박 큰돈을 벌어들이고 있던 두 개의 '흑마법의 기원'이 박살 난 것이다. 원래라면 느긋하게 메워도 되는 돈이었지만, '긴급 감사'라면 이야기가 달랐다.

"리하르트가 쓰러지면서 행정부에 로버트의 끄나풀이 들어가게 생겼다."

칼론은 사색이 된 엘번을 노려보다시피 하며 말했다.

"분명히 뭔가 꼬투리가 잡힐 테고 긴급 감사가 돌겠지. 행정부까지는 어떻게 꼬리를 잘라 보겠는데 재무부까지 잡히면 빠져나오기 힘들어."

"그, 그건……."

엘번은 난감해하면서 눈을 굴렸다.

"대충 열흘 정도는…… 서류 분실을 핑계로 버틸 수 있지만, 그 이상은 힘들 것 같습니다."

성실하게 대답하면서도 엘번은 '이게 아닌데'라는 생각을 멈추지 못했다. 하지만 칼론과의 관계는 마치 수렁과도 같아서, 지금 발을 빼려고 해 봤자 더 끔찍한 늪에 빠져드는 셈이었다. 모든 것을 판단하고 행동했던 리하르트는 의식이 없었고 아베데스 후작은 지금 이 상황을 몰랐다. 엘번은 아나벨을 몰래 공격하려다가 처참하게 물 먹은 이후, 처음으로 굉장한 낭패감을 느꼈다. 물론 칼론은 엘번의 고뇌 따위는 전혀 신경 쓰지 않았다.

"알겠다. 아베데스 후작가에서 얼마 정도 급한 대로 메워 줄 수 있지? 그래도 아베데스 후작가는 금전적으로 넉넉한 가문 아닌가?"

"그것이…… 워낙에 금액이 크고 저희도 현금 보유량 자체는 많지 않아서……. 게다가 저희 재산은 거의 다 광산에서 나옵니다. 광산은 처분하기에 시간이 걸리고, 또 매매가 추적당하기도 쉬운지라……."

"어떻게든 메워서, 최대한으로 버텨 봐. 어디 담보라도 잡으란 말이야."

칼론이 싸늘하게 말했다.

"그 전까지 세 번째 '흑마법의 기원'을 찾아서 어떻게든 해결해 줄 테니까."

엘번은 마른침을 삼키며 고개를 끄덕였다. 그 모습을 본 칼론은 혀를 한 번 차고 별실을 나갔다. 정신을 잃은 리하르트와 단둘이 남은 엘번은 그제야 칼론을 따라온 라기안에게 제대로 된 사과를 못 받았음을 알았다.

'일부러 그런 건 아니지만, 미안해하는 기색이라도 있어야 하는 것 아닌가.'

서운한 건 그뿐이 아니었다.

칼론은 빈말로라도 리하르트가 괜찮으냐는 질문 한 번을 하지 않았다. 그저 행정부에 빈틈이 생겨 일이 귀찮아졌다는 태도였다.

"형……."

엘번은 흔들리는 눈으로 리하르트를 내려다보며 중얼거렸다.

"……우리 줄 잘 선 것 맞을까?"

물론 칼론은 리하르트 자체는 전혀 걱정하지 않았다. 어차피 그는 아베데스 형제를 비롯한 모든 사람들을 수단으로 보았다. 애초에 리하르트는 그의 측근이 되고 싶어서 납작 엎드리고 알아서 기었던 사람이었다. 편하고 유용해서 곁에 둔 것뿐이지 큰 애정을 갖고 있을 리 없었다. 그에게 그런 장기짝은 또 하나 있었다.

칼론은 별실을 나오자마자 또 다른 장기짝에게 비둘기를 하나 날렸다. 원래 여유롭게 찾으려던 세 번째 흑마법의 기원을 얼른 찾아야 했기 때문이다. 재무부 긴급 감사 전에 얼른 거액의 돈을 마련하려면 그 방법밖에 없었다. 흑마법의 기원을 이용한 범죄는 순식간에 천문학적인 금액을 만들어 주니 말이다.

당장 세 번째 흑마법의 기원을 찾아야 한다는 쪽지를 발에 매단 비둘기가 신전으로 향했다.

모든 것이 우리의 뜻대로 이루어졌다. 붉으락푸르락한 황후와 칼론의 표정만 봐도 알 수 있었다. 심지어 칼론은 대충 핑계를 대고 서둘러 떠나 버렸다.

'저 인간이 리하르트가 무사한지 보러 갈 리가 없지.'

리하르트와 엘번이 문서 조작으로 그의 뒤를 봐주고 있는 건 원작을 통해 알고 있는 정보였다. 그는 곧 벌어질 긴급 감사에 대비하여 엘번을 찾아갔을 것이다. 그리고 다급하게 세 번째 흑마법의 기원을 찾겠다며 결심했을 테고.

그게 바로 내가 원하던 결말이었다. 나 역시 세 번째 흑마법의 기원을 알아내야 하는데 정보가 없었기 때문이다. 원작에서도 없는 내용이고, 30년 후에 문제를 만들지만 어쨌든 신도 모르고.

'지금쯤 신전의 협조자도 이 내용을 받았겠지.'

이제 또 한 번 함정을 팔 일이 남았다. 그래서 라기안에게 진짜 실력을 보여 주지 않고, 마지막에 요행으로 피한 것처럼 굴었던 것이다. 물론 그래도 내가 승리한 건 사실이지만.

검술을 잘 모르는 이들이 많아서, 일단 결과만 기억할 확률이 높았다. 자세히 분석할 수 있는 사람들이라면 뭔가 이상하다는 걸 느꼈을 테지만 말이다.

황제도 어느 정도는 알 수 있겠지만 팬심으로 의문을 묻은 것 같았다.

"자, 아나벨 양."

칼론이 사라진 연회에서, 로버트는 내 어깨를 다독이며 말했다.

"사람들 앞에서 일이 많았군. 여러모로 입에 오르내릴 텐데 고생 많았어."

"아니에요."

나는 시원스럽게 대답했다.

"저 관심 받는 거 좋아해요."

그건 사실이었다. 드레스의 치마를 싹 걷어 냈을 때 사람들의 탄성이 터지자 기분이 몹시 좋았다.

'얼마나 멋있었겠어. 모두에게 인상 깊었겠지.'

그리고 모든 사람들 앞에서 라기안의 목에 검을 들이댔을 때의 그 짜릿함이란. 마음 같아서는 이 많은 관중들 앞에서 라기안을 더 멋지게 이겨 주고 싶었지만, 미래를 생각해서 참았다.

'자, 그럼 리하르트 하나 보냈고.'

나는 자신만만하게 웃으면서 생각했다.

'엘번도 곧 함께 갈 날이 멀지 않았고.'

지금 얼마나 전전긍긍하고 있을지 상상만 해도 속이 편안했다.

'칼론과 라기안은 함정까지 직진하도록 유도해 놨고.'

당장은 못 보냈지만 곧 더 크게 당할 것이다.

'남은 건…….'

하지만 이대로 연회를 끝내기에는 너무 아쉬웠다.

나는 애써 평온한 표정을 짓고 있는 다음 타깃을 흘끗 보았다.

'……황후.'

여러 가지 변수로 인해 생각보다 강력하게 진행되지는 않았지만, 나를 타깃으로 몰아가려는 경멸의 분위기는 이미 읽은 터였다. 그리고 이것은 나만을 위한 복수가 아니었다. 내가 연회에 오기 전, 레슬리 님은 내 검을 봐주다가 무심하게 말한 적이 있었다.

"처음 참석하는 연회라면…… 조금 힘들 수도 있어. 특히 황후님과 그 패거리들이 모두 다 참가하는 황실 연회라면 말이야."

최대한 아무렇지도 않게 말하려고 하는 것 같았지만 그녀의 목소리에는 분명한 걱정이 서려 있었다.

"그래도 괜찮아. 사교계에 관심을 끄면 남자로 인한 신분 상승이니 어쩌니 하는 말들도 아무렇지 않아져. 그냥 다음부터는 그런 자리에 나가지 않고, 좋아하는 것이나 하면서 담담하게 넘기면 돼. 천박한 평민 출신인데 귀한 남자랑 결혼해서 좋아죽겠다고 받아쳐 주면서 말이야."

그때에는 이안 때문에 속도 복잡하고 해서 아무렇지도 않게 넘겼는데, 막상 연회장에 들어오니 왜 레슬리 님이 그렇게 말했는지 알 것 같았다. 나야 만반의 준비를 하고 온 데다가 진짜로 로버트의 연인이 될 생각은 조금도 없었기 때문에 괜찮았지만, 이 분위기에서 레슬리 님이 얼마나 비참함을 느꼈을지 생각만 해도 마음이 아팠다.

꽤 많은 시간이 지났는데도 눈치 없는 레슬리 님이 '황후와 그 패거리'라고 딱 짚어내는 것을 보면 얼마나 대놓고 무시했다는 것인지 짐작도 가지 않았다. 지금 평민 인권은 하루가 멀다하며 상승하는 중이었고, 그 말인즉슨 레슬리 님이 막 결혼했을 20여년 전은 지금보다 더 심했다는 이야기였다.

물론 레슬리 님은 그러거나 말거나 상관없이 행복한 삶을 영위하시는 중이었지만, 어쨌든 상처를 꽤 입으신 건 사실이었다. 어쩌면 그 어떤 대외 활동도 하지 않는 것도 그 때의 후유증이 남아서일 수도 있었다.

'레슬리 님의 복수다, 이 진짜로 못되어 처먹은 것들아. 물론 나를 건드린 대가기도 하고.'

사교계의 머리싸움에는 흥미가 없었다. 그럴 만한 배경도 없었고 말이다. 다만 한 가지는 알고 있었다. 일단 육체적으로 나는 굉장히 강한 사람이었다. 그러니 마음먹었을 때 얼른 끝내 버릴 수 있었다. 바로 이 자리에서.

"저, 그렇다면……."

나는 검을 들고 있는 손의 각도를 살짝 바꾸며 말을 꺼냈다.

그에 따라 내 검날에 조명이 반사되면서 순간 번쩍 빛이 났다.

"이왕 검을 뽑은 김에 저도 결투 신청을 해 볼까 합니다."

내 말에 모두 다 어리둥절한 표정이 되어서 서로를 바라보았다.

"뭐야, 이안 님께 또 덤비는 거야?"

"외국인 좀 이겼다고 자신만만해졌나 봐……."

웅성거리며 혼란에 빠진 사람들 사이로 나는 정확히 한 명을 바라보았다.

"거기, 내 어머니의 드레스를 모욕한 당신."

내게 지목당한 젊은 남자의 얼굴은 즉시 사색이 되었다.

"나를 모욕하는 건 각오했습니다. 평민이니까 싫을 수도 있겠지요."

나는 고개를 모로 꼬며 말했다.

"하지만 어머니의 드레스는 말이 좀 다른 것 같은데요. 여기서 제 어머니의 드레스를 안 입어 본 분들이 얼마나 있을까 싶어서."

"그, 그게……."

내게 지목된 영식은 불안한 눈빛으로 주변을 살폈다.

솔직히 일의 전말은 뻔했다. 나를 굳이 얻을 것 없는 결투에 임하게 하려고 최대한 긁는 것이 목적이었을 것이다. 그 뒤에는 사교계의 큰손인 황후가 있었을 테고 말이다.

"물론 연회에서 벌어지는 이런 사소한 일을 가지고 보통 결투를 신청하지는 않는다는 걸 알고 있어요."

나는 이리저리 검을 흔들며 느긋하게 말을 이었다.

"하지만 제게는 마지막 연회일 수도 있는 일이라. 어머니가 언제 다시 의상실을 여실지도 모르는데, 어머니의 사업은 지켜 드려야지요."

이름 모를 그 영식은 도와줄 사람을 간절히 찾는 듯했으나 딱히 나서 주는 사람이 없었다. 황후 역시 표정 관리를 하며 조용히 앉아 있을 뿐이었다.

"그거는!"

이름 모를 그 영식은 눈을 굴리며 일단 소리쳤다.

"모욕이 아니라…… 단순히 호불호 표현이었소."

나는 무덤덤하게 그를 바라보았다. 당연히 그런 반응이 나와 줘야 했다. 여기서 진짜 나와 결투를 했다가는 개망신을 당하거나 크게 다치거나 둘 중 하나였다. 그렇다고 평민에게 '내가 잘못했소'라며 당당하게 사과하지도 못할 것이다. 황후 패거리 중 하나라면 지독한 차별주의자일 테니까 말이다.

"호불호 표현에 이렇게 사사건건 결투를 신청한다면 아나벨 레인필드 양 앞에서는 아무 말도 못 하겠군."

그 영식은 딱 내 예상대로 반응했다. 사실 다 맞는 말이기는 했다.

"검술 대회 2위라면 그만한 무게감을 보여야지, 사소한 말 한마디에 결투 신청이라니. 이안 님을 보고 좀 본받으시오. 괜히 다혈질 막무가내라는 별명이 붙은 게 아니지."

"흠, 좋은 가르침 감사드립니다."

나는 살짝 누그러진 기세로 눈을 깜빡였다.

"그럼 그게 단순한 호불호인지, 모욕인지 판단해 보도록 하죠."

그러고는 주위를 둘러보며 말했다.

"정말 이 드레스 디자인이 별로라고 생각하시는 분은 손을 들어 주세요. 열 명 이상이라면 마음에 안 차는 여지가 있다고 여겨, 단순한 호불호라고 생각하고 넘기겠습니다."

나는 두근거리는 마음을 감추며 주변을 둘러보았다.

'얼른 걸려들어라, 이놈들아!'

여기저기서 시선이 마주쳤다. 특히나 그 영식은 간절한 눈빛으로 여기저기 신호를 보냈다. 그리고 결국 어물쩍 손을 드는 사람들이 있었다. 대놓고 그의 편을 들기에는 결투가 좀 부담스러웠을 것이다. 심지어 황제 폐하의 명예 운운하여 분위기까지 좋은 상태 아니었나.

하지만 열 명 안에 드는 것쯤이야 별 위험 부담이 없다고 판단할 수 있었다. 검 앞에서 잔뜩 얼어붙은 그 영식을 모른 체하기도 좀 그렇고 말이다.

"그래, 좀…… 드레스 안에 바지라니. 이상하긴 했지."

"보석도 지나치게 많이 달려서 이도 저도 아닌 느낌이에요."

"너무 과하다고 생각해요. 우아하지를 못하고."

황후 쪽에서 작업해 놓은 사람들이 우후죽순 불만을 털어놓기 시작했다. 거기에는 내 누그러진 표정까지 한몫했고 말이다.

"흐음."

로버트가 그 사람들을 휙 둘러보며 말했다.

"이상하네. 지금 손을 든 사람들, 다들 황후님과 친한 귀족들 아닌가."

황후의 얼굴에 순간 낭패가 스쳐 지나갔다. 손을 들라고 한 순간, 어떻게 보면 지령을 받은 사람들이 자동적으로 솎아진 것이나 다름없었다.

그 말을 받은 사람은 이안이었다.

"지긋지긋하군."

그가 섬뜩한 붉은 눈으로 주변을 둘러보며 말했다.

"어머니가 사교 행사에 잘 나타나지 않는 이유를 알겠어. 오랜만의 연회인데도 똑같군. 패거리를 지어 평민들을 별 이유 없이 깎아내리는 관습은 여전히 횡행하나 봐."

나는 어이가 없다는 듯이 피식 웃었다. 이로써 '황후와 친한 귀족들이 아나벨 레인필드를 모욕하려고 작당했다'라는 추론이 생기기 시작했다.

그 말에 황제가 골치 아프다는 듯이 이마를 짚었다.

"······황후."

"아, 아닙니다. 아닙니다, 폐하."

"뭐가 아닌데."

"결단코 제가 이런 분위기를 만든 것이 절대 아니······."

"황후는 이만 들어가는 것이 좋겠소."

"억울합니다! 폐하, 저는······."

"어허, 일단 들어가라니까!"

황제는 서슬 퍼렇게 화를 냈다. 그도 그럴 것이, 연회에는 귀족만 참석하고 있는 게 아니었다. 악기 연주를 하는 사람들, 그릇을 치우는 사람들, 시설 정비를 하는 사람들. 모두 평민이었고 그들이 여기서 보고 들은 것들은 평민 의회에 고스란히 전달될 것이었다. 사실 여부가 중요한 것이 아니었다. 그들은 최대한 자극적인 말을 지어내 여론을 만들 것이기 때문이다.

'황자의 파트너에, 황제의 인정까지 받았는데도 대놓고 망신을 주려는 세력이 있었다고 소문이 날 거야. 딱히 증거가 없어도.'

물론 그런 소문은 막으려야 막을 수 있는 것이 아니었다. 애초에 듣는 귀와 보는 눈이 많았기 때문이다. 안 그래도 점차 국가의 자금줄에 영향력이 커지고 있는 평민 의회에 꼬투리 잡힐 수도 있는 것이 문제였다. 황제의 입장에서는 황후에게 어쨌든 선을 긋는 모습을 보여 주어야 했다.

'당분간 사교계 출입은 못 하겠군.'

나는 속으로 킬킬대며 생각했다.

'외국인을 이겨 황제의 명예를 지킨 평민 검사를 작정하고 깎아내린 무능력한 차별주의자로 소문나겠지.'

황후는 억울하다는 듯이 입술을 삐죽대다가 어쩔 수 없이 뒤를 팩 돌고 말았다. 본인 역시 어쩔 수 없다는 것을 눈치챘기 때문이었다.

'황제는 여론을 의식해서 황후에게 더 모질게 대할 테고. 예산부터 끊겠지?'

지금 돈줄 끊거서 난감할 텐데 아주 속이 후련했다. 물론 부추기는 분위기를 꾸몄을 때에는 이렇게까지 번질 일이라고 생각하지 않았을 것이다. 레슬리 님 같은 사람에게 자주 써 왔던 방법일 테고 말이다. 그래서 아마 경각심이 없었을 것이다. 하지만 황후 패거리는 한 가지를 간과했다.

'펜은 검보다 강하다지만……'

나는 느긋하게 생각했다.

'검은 말보다 강하지.'

번득이는 검 앞에서 평정심을 유지할 일반인들은 얼마 없다. 그래서 다급한 그 영식의 표정 앞에서 와르르 나선 것이다.

"아."

황후가 연회장에서 퇴장당하자, 로버트는 다시 한번 박수를 짝 치며 말했다.

"약간의 불미스러운 일이 있었지만, 분위기가 나빠진 것은 아니지요."

분위기는 충분히 나빴지만 그의 얼굴은 평온했다. 물론 연회의 주인공이 분위기 좋다는데 거기서 딱히 반박할 수 있는 사람은 없었다.

"다시 연회의 흥을 살려 볼까요."

일단 오늘의 작전은 모두 끝난 셈이었다. 황후에게 엿도 먹였고 칼론을 조급하게 몰아갔다. 리하르트 역시 발이 묶였고, 라기안은 어쩌다가 실수로 졌다고 오해하게 만들었다.

모든 것이 다 계획대로 잘 흘러갔다. 이제 아무 걱정 없이 내 훌륭한 춤 실력을 사람들 앞에서 뽐내다가 집에 가면 그만이었다. 때마침 로버트는 씩 웃으면서 내게 손을 내밀었다.

"다음 곡도 부탁할 수 있을까, 아나벨."

그러니까 로버트와 자축하는 의미에서 춤 한 곡을 더 춰도 좋을 일이었다.

"그 전에."

그때 황제가 싱긋 웃으면서 다가왔다.

"내 명예를 지켜 준 아나벨 양에게 친히 한 잔 권하고 싶군."

아무리 고위 문화를 잘 모르는 나라도 황제가 직접 술을 따라 주는 것이 엄청난 일이라는 건 알았다. 모두가 다시 한번 깜짝 놀랐다. 황제에게 평민이 직접술을 받는 것은 100년에 한 번 있을까 한 일이었기 때문이다. 전쟁이나 뭐 그런 것에서 엄청난 공을 세운 평민이나 황제가 친히 주는 술을 마셨다고 들었다.

"아나벨 양은 심지어 제국의 평화를 위해 흑마법까지 추적해 주지 않았나."

시종이 급하게 고급스러운 와인병과 잔을 가져왔다. 아마 황후와 선을 긋는 모습을 완연하게 보여 주고 싶은 듯했다. 이렇게까지 평민 의회를 의식할 줄은 몰랐는데 의외였다.

"가, 감사합니다. 정말 영광입니다."

나는 얼떨떨하게 와인 잔을 받아들었다. 사람들이 수군대는 소리가 들려왔다.

"이게 몇 년 만이야?"

"페르지나 전쟁 이후 처음인 것 같은데."

"역사책에 기록되겠네. 오늘 날짜와 레인필드 가문의 이름이."

이 분위기에서 안 마신다고 할 수 있는 사람은 단언컨대 없을 것이다. 황제는 천천히 술을 따랐고 나는 눈을 굴리다가 단숨에 마셔 버렸다. 물론 마음에 걸리는 것이 있었지만 말이다.

'나⋯⋯ 술이 굉장히 약하지 않던가?'

내가 잔을 비우자 연회장에 있던 사람들이 크게 박수를 치며 환호했다. 경쾌한 음악까지 다시 깔리기 시작했다.

로버트가 환히 웃으며 손을 내밀었다.

"그럼 아나벨 양, 다시 춤을⋯⋯."

나는 로버트의 손을 다시 잡으며 심각하게 망설였다. 지금까지의 연회는 아주 완벽했다. 마지막을 주사로 끔찍하게 장식할 수는 없었다. 내가 마신 술이 얼마나 셀지는 모르겠지만 그런 위험 부담을 안고 이 자리에서 버티고 싶지는

않았다. 그렇다고 술 한 잔에 막무가내로 취해 버린다는 확신도 없는데 집에
가기도 싫었다. 언제 다시 연회에 올 수 있을지 모르는 일이었다.

'일단 바람을 좀 쐬고 시간을 보내자. 괜찮은 것 같으면 다시 오면 되겠지.'

합리적인 결정을 내린 나는 로버트의 손을 놓았다.

"황자님, 죄송해요."

"응?"

그리고 아무 소리나 지껄였다.

"결투의 잔열이 남아서요. 당장은 춤 상대를 결투 상대로 착각할 것 같아요."

"그런……."

"허락하신다면, 잠시 혼자 바람 좀 쐬고 오겠습니다."

여기서 허락하지 않을 사람은 없었다. 나는 괜찮다는 로버트의 대답이 떨어
지자마자 연회장의 가장 구석에 있는 발코니로 발걸음을 옮겼다. 그리고 사람
들 속에 섞여 있던 이안이 조용히 나를 따라오는 것을 눈치챘다.

나는 일단 인적이 가장 드문 곳의 발코니로 들어갔다.

"아나벨."

곧이어 남들 몰래 기척을 죽이고 빠르게 따라온 이안이 뒤로 문을 닫았다.

달칵하는 소리가 들리고 거짓말처럼 연회장의 웅장한 음악 소리가 멀어졌
다. 마치 순식간에 다른 공간에 온 것 같은 기분이 들었다.

이안이 나를 바라보며 천천히 물었다.

"괜찮아?"

그는 내가 술이 굉장히 약하다는 것을 알고 있는, 이 연회장의 유일한 사람
이었다.

"어휴, 우리 바른 생활 사나이…… 걱정돼서 따라왔어?"

나는 피식 웃으면서 난간에 기대어 섰다.

"내가 그때처럼, 아무 데서나 뻗을까 봐?"

어딘가 청량함이 감도는 바람이 살랑살랑 불어왔다.

찬 바람을 맞으니 알 것 같았다.

'나 취했나 봐…….'

심장이 막 뛰고 볼이 시뻘겋게 달아올랐다. 아무래도 술이 잘 받지 않는 체질인 것 같았다. 그러고 보니 가족들이 술을 마시는 모습을 본 적이 없었다.

'다들 술이 약해서 안 마시는 건가? 가족 된 지 얼마 안 돼서 몰랐어.'

내 생일날 로버트와 마셨을 때에는 덮어 놓고 빠르게 한 병을 마셔서 바로 정신을 잃었었다. 하지만 지금은 도수는 몰라도 일단은 한 잔이었기 때문에 적어도 의식은 있는 상태였다.

'그래도 은근히 괜찮은 것 같은데.'

나는 핑핑 도는 시야를 다시 잡으려고 눈을 살짝 감으며 생각했다.

'생각은 확실히 빠릿빠릿해. 신체 반응은 좀 이상해도 정신은 완벽히 멀쩡한 상태야.'

잠시 난간에 기대어 심호흡을 하던 나는 순간 느껴지는 인기척에 화들짝 놀라 눈을 떴다.

"어?"

그리고 갑자기 나타난 이안을 보며 눈을 깜빡였다.

"……너 언제 왔어?"

"……."

이안이 옅은 한숨을 쉬며 나를 빤히 바라보았다.

나는 손을 절레절레 내저으며 말했다.

"왜 왔어? 나 멀쩡한데……. 가 봐."

심장이 너무 빠르게 뛰기는 하는데, 잠시만 눈을 감고 있으면 완전히 괜찮아질 것 같았다. 나는 살짝 눈을 감은 채로 잠시 생각을 정리하다가 화들짝 놀라서 다시 눈을 번쩍 떴다.

"야."

그리고 어느새인가 내 옆에 와 있는 이안을 보며 기겁해서 물었다.

"너 언제 왔어?"

"아나벨."

이안이 금빛 머리카락을 쓸어 넘기며 낮게 말했다.

"돌아가자. 너 취했어. 너 눈 한 번 깜빡이고 나면 뭘 자꾸 잊어."

"취하긴 뭘 취해. 나 아주 멀쩡한데."

나를 취한 사람 취급하는 이안의 말에 어이가 없을 지경이었다.

"폐하가 직접 하사한 와인이니 꽤 도수가 셌을 거야. 넌 술이 약하고."

그 말에는 화가 날 수밖에 없었다. 지금 누가 누구보고 술이 약하다 안 약하다 평가질을 하는 것인가?

"야, 술 약한 건 너잖아."

나는 지기 싫은 마음에 따지고 들었다.

"넌 모르겠지만 카론다에서는 취하니까 아예 시간 이동을 하시던데?"

"카론다에서는 워낙 독주를……."

"독주 핑계 대기는. 오페라 때에도 술 한 잔 먹고 나서 나보고 때려 달라 욕해 달라 또라이 짓 했잖아."

"……."

이안은 바로 말문이 막혔고 나는 승리가 기분 좋아 깔깔거리며 웃었다. 그러고 보니 연회에서 이안을 마주한 것은 에스코트 이후 처음이었다. 그는 마차에서와는 달리 재킷을 벗고 있었다. 그리고 안쪽 베스트에 작은 장식용 훈장이 두 개 달려 있었다. 아까는 보지 못한 훈장이었다. 순식간에 기분이 이상해졌다.

"이거……."

나는 홀린 듯이 손을 들어 그의 베스트 위로 보이는 훈장을 손가락으로 톡 건드렸다. 그 훈장은 검술 대회 우승자에게 주어지는 것이었다.

"……하고 왔네."

이안이 이 훈장을 직접 착용한 것은 본 적이 없었다. 한때는 정말 가지고 싶던 우승 훈장이었다. 아마도 이안은 곧 있을 검술 대회에서 세 번째 훈장까지 따낼 것이다.

'원작에서는 검술 대회 직후 세시안느에게 바치지 않았나.'

정인이 있는 경우, 검술 대회가 끝나고 난 뒤 우승자가 모든 사람들 앞에서 상대에게 훈장을 주기도 했다. 물론 연애에 있어서도 어마어마하게 신중한 이안은 훈장을 주고 나서 한참 뒤에야 제대로 된 데이트 신청을 하지만 말이다.

레슬리 님 역시 부상으로 인해 참가하지 못했던 마지막 검술 대회에서 우승자였던 브레이든에게 훈장을 받았던 것으로 알고 있었다.

물론 이안은 정인이 없어서 아직은 두 개 다 가지고 있었다.

'그 엄청난 영광을 세시안느는 못 누리게 되었군. 그거야말로 쉽게 할 수 있는 경험이 아닌데…….'

나는 속으로 혀를 차며 생각했다. 뭐 그렇다고 해서 이제 와서 세시안느를 이안에게 붙여 줄 생각은 전혀 없었다.

'더 잘해 줘야지.'

나는 이안의 가슴에 있는 훈장을 살짝 건드리다가 천천히 손을 뗐다.

"연회에는 원래 이런 좋은 것들을 다 하고 와야 하는 건가?"

"아니."

이안은 낮게 대답했다.

"연회가 아니라 그 어떤 자리에서도 난 원래 내 우승을 대놓고 자랑하는 유치한 짓 따위는 안 해."

"음, 나는 만일 우승 훈장을 받으면 이마에 붙이고 다니려고 했는데. 난 취미가 유치한 짓이라."

내 말에 이안이 살짝 당황한 표정을 지어 보였다.

나는 혀를 차며 물었다.

"근데 왜 그 유치한 짓을 오늘은 했어?"

"글쎄."

저 멀리서 음악 소리와 사람들이 떠드는 소리가 들려왔다. 잠시 정적을 지키던 그가 덧붙여 말했다.

"춤 상대도 아니고, 결투 상대도 아닌데 어떻게든 관심을 끌고 싶어서……아닐까."

"어, 음."

춤이라는 말에 나는 갑자기 불현듯 생각나는 것이 있어서 눈을 크게 떴다.

"그러고 보니까."

나는 미간을 찌푸리며 따지듯 물었다.

"나 춤 기가 막히게 잘 추지 않았냐?"

"……잘 췄지."

"내가 첫 춤 추고 나서, 제자로서 아주 자랑스러워서 너를 찾았는데 너는 보이지도 않고. 대체 어디 있었던 거야?"

"네 뒤에."

"뒤를 돌아봐도 없던데."

"그럼 뒤를 돌아보던 네 시선의 뒤에."

이안은 느릿하지만 꽤 성실하게 대답했다.

나는 투정 부리듯이 말을 이었다.

"뭐야, 그게. 스승이라면 제자를 칭찬해 줄 줄 알아야지."

"글쎄. 별로 칭찬하고 싶지 않던데."

"까다롭기가 청정수 미생물 수준이네. 그 정도면 대충 잘한 거지, 뭐……."

내가 툴툴거리자 이안이 나를 빤히 바라보다가 말했다.

"다른 남자와 그렇게 근사하게 춤추라고 열과 성을 다해 가르친 게 아냐."

"……어?"

나는 그를 빤히 바라보았다.

멀쩡한 정신인 나는 이 분위기가 아주 이상하다는 것을 감지했다.

"이안."

물론 아예 몰랐다고 하면 거짓말이었다. 사실 조금 모른 체하고 있기는 했다. 카론다에서의 그 밤, 내게 첫눈에 반했다는 말을 들었을 때부터 자꾸만 의심이 되었다. 어쩌면 이안의 정신이 좀 이상해져서 날 좋아하는 건 아닐까.

그렇다면 어찌 되었건 정신을 차리게 만들어 주어야 했다.

"있잖아."

나는 살짝 머뭇거리다가 그의 훈장을 다시 손가락으로 콕, 찔렀다.

"우리가 8년 동안 어떤 사이였는지는 기억하지?"

"적어도 그땐 네가 내게 집착을 했었지. 별로 건강한 방향은 아니었지만."

"그래, 우리는 건강하지 못한 사이였어. 문제는 전적으로 나한테 있었고."

심장이 두근두근 뛰고 시야가 흐릿해졌지만 나는 일단 굉장히 제정신이었다. 그래서 아주 논리정연하게 말을 이었다.

"그런데 어느 날 나는 네 라이벌을 그만두기로 결정했어. 그리고 아주 새로운 삶을 살기로 마음먹었어. 이건 친자 검사 전의 얘기야."

"……새로운 삶? 무슨?"

"그냥 내 자리에 만족하고, 남들처럼 즐거운 일들을 찾아 하고, 못 해 봤던 연애도 여러 남자와 실컷 하고, 그러다가 결혼도 해서 아주 평범하게 사는 것."

분명히 예전에 이안이 비슷한 조언을 했었다. 열여섯인가, 그즈음 뒤에서 달려든 나를 한순간에 제압하고 나서 아주 평온한 얼굴로 말이다.

"아나벨 나디트, 내가 조언 하나 하지. 이렇게 나를 이기려는 데에 매몰되지 말고, 네 인생을 살아. 검술 대회 우승만이 가치 있는 일은 아니다."

"하나 남은 흑마법의 기원을 파괴하고, 황태자에게서 나와 내 가족들이 안전 해지면 나는 딱 그렇게 살 거야."

이안은 많은 말들을 눌러 참는다는 얼굴이었다.

"로버트 황자님이든 너든, 파란만장한 남자와는 애초에 어울리지 않고 그냥 평범하고 특징 없는 남자와 무난하게 잘 살겠다는 뜻이야."

나는 조곤조곤 말을 이었다.

"나는 원래 복잡하고 많은 생각을 하는 건 딱 질색이야. 몸으로 빠르게 해결 보는 것이 적성이지."

내 앞에 단정하게 서 있는 남자는, 어쩌면 열네 살 이후 나와 가장 많이 마주 했던 남자였다. 한때는 서로를 미친 듯이 싫어하면서 검을 맞대었던 사이였는 데 어느새 등을 맡기고 함께 계획을 짤 정도로 서로를 믿는 동료가 되었다. 자 의건 타의건 나를 그 어떤 사람들보다도 오래 마주해 왔고, 그래서 내 인생의 전반을 가족들보다도 훨씬 더 잘 알고 있는 사람.

"이안."

술김인지 아닌지 잘 모르겠지만, 어쨌든 민망해서 남에게 하지 못했던 진심 어린 말들이 줄줄 새어 나왔다.

"솔직히 동에 번쩍 서에 번쩍하면서 적의 그림자를 쫓아서 하나하나 계획대 로 밟아 주고 있지만, 나는 이 모든 게 싫어."

이안은 조용히 나를 바라보며 내 말을 경청했다.

나는 꿈꾸듯이 천천히, 그리고 마음의 밑바닥까지 긁어내는 마음으로 말을 이었다.

"나는 인생이 조금 재미없어도 돼. 더 이상 무찔러야 할 적도 없고, 가족들의 안전을 걱정해야 할 일도 없고, 미래에 아무런 변수가 없었으면 좋겠어. 아무런 계획 없이 어제와 같은 오늘을 맞고, 오늘과 같은 내일이 다가왔으면 해.”

그러니까 나는 이안에게 지금 돌려서 말하고 있는 것이었다. 네가 나를 혹시라도 좋아한다면 굳이 고백하지 말고 정리하라고 말이다.

“황태자를 상대하는 건 좀 어려워서 뇌세포가 과로하고 있는데, 남자마저 그렇게 사귈 생각은 없어.”

“……내가 왜 파란만장한 남자인데?”

“몰라서 물어?”

나는 어이가 없다는 듯이 반문했다.

“내가 돌려 말하고 있을 때 결정적인 말은 서로 하지 말자. 같은 집에 살면서 어색해지면 둘 다 힘들잖아. 선은 넘지 말자고.”

“글쎄, 아나벨.”

이안은 고개를 살짝 모로 꼬며 말했다.

“내가 정말 카론다에서 만취했던 그 밤을 기억하지 못할 거라고 생각해?”

안 그래도 아프도록 뛰고 있던 심장이 쿵 내려앉았다.

“아무리 내가 네게 첫눈에 반했다고 해도.”

그러니까 이안은 내가 그 말을 들었다는 걸 알고 있다는 소리였다.

갑자기 머리가 어질어질했다.

“필사적으로 모른 체하는 네게 이렇게 끝까지 내 뜻을 비치는 이유가 뭐라고 생각해.”

“그, 그게…… 하지만 우리 사이는…….”

“우리 사이가 이상하다고 생각하면 다시 시작하면 되잖아. 그래서 천천히 다가가고 있는데 왜 벌써부터 밀어내?”

예상치 못한 상황이었다. 나는 내가 적당히 말하면 이안이 대충 알아듣고 로봇처럼 알아서 마음을 접을 줄 알았다.

"우리가 그냥 이상한 사이는 아니잖아. 이성 관계가 뭐라고 생각하는 거야? 내가 요즘 좀 잘해 줬다고 열네 살의 환상에 너무 매몰되어 있는 것 아니야?"

결국 나는 퉁명스럽게 쏘아붙이고 말았다.

"막말로, 내가 진짜…… 예전에 네게 무슨 짓을 하려고 했을 줄 알고……. 큰아버지의 말을 상기해 봐. 내가 너무 진상이었다가 잠시 평범해지니까 너도 헷갈리는 거야."

아무리 술에 취했다고 하지만, 카론다에서 내가 지긋지긋하다며 차갑게 내뱉던 이안의 냉담한 얼굴이 눈에 선했다. 그때 정말 말도 안 되게, 어이 없이 상처받았던 뻔뻔한 내 마음도.

"8년간 서로 혐오하면서 미친 듯이 싸워 댔는데, 막말로 너 나랑 키스할 수 있겠어?"

이안은 나를 가만히 바라보다가 낮게 말했다.

"질문을 좀 바꿔 볼까."

"응?"

"그럼 너는 나랑 키스할 수 있어?"

12장

마음의 자격

I

로버트는 순식간에 사라진 아나벨의 뒷모습을 보면서 허탈하게 웃었다. 분명히 연회의 주인공은 오늘 생일인 자신인데, 마치 아나벨이 주인공 같았다. 그녀는 첫 등장에서부터 숨이 막히게 아름다운 것은 물론 훌륭한 춤 솜씨까지 돋보였다. 게다가 치마를 걷어 내며 검을 들어 보였을 때에는 멋있다는 말을 억지로 삼켜야 했다. 역시 아나벨은 검을 쥐고 있을 때가 가장 돋보였던 것이다. 덩치가 산만 한 근육질 외국인을 날래게 피하면서 검을 들이댔을 때에는 박수가 저절로 나왔다.

"황위를 위한 계약 결혼."

로버트는 아나벨 외의 다른 파트너를 찾아볼 생각도 하지 않고 중얼거렸다.

"황위를 위한 계약 결혼."

어쨌든 음악은 다시 흘러나왔고 어수선한 와중에 연회가 계속 이어졌다. 조심스럽게 춤을 추기 시작한 사람들 사이에서 로버트는 아나벨이 시킨 세 번을 모두 중얼거렸다.

"황위를 위한 계약 결혼……."

그러고는 한숨을 푹 쉬었다.

"……세 번을 중얼거려도 마음이 안 잡히는데."

황위만 보면서 달려왔다. 그건 그냥 어릴 적부터 그의 정체성이었다. 천한 무희의 아들로 태어나 아무런 기반이 없더라도 어떻게든 황제의 자리에 오르고 싶었다. 적어도 칼론보다는 훨씬 훌륭한 황제가 될 자신이 있었다. 대립각을 세우기 시작하며 짐작하게 된 그의 정체는 사악하기 그지없었다. 그러니까 제국을 위해서라도 자신이 황제가 되어야 했다.

아나벨과 가까워진 것도 처음엔 그런 의미에서였다. 아나벨이 그를 위해 테러를 경고해 주었을 때, 옳다구나 싶어 접근한 건 아베데스 후작을 통해 뭔가 알아낼 수 있지 않을까 해서였다. 칼론의 작은 꼬리를 잡는 것조차 간절했기 때문이다. 그런데 어느 순간 그 의도가 모두 흐릿해졌다. 정작 아나벨은 빠르게 눈치채고 '자기를 좋아하지 말라'며 못을 박았는데 말이다.

"황자님."

그때 귀족 영애 중 하나가 조심스럽게 다가와서 물었다.

"설마 아나벨 양과…… 깊은 사이는 아니시죠?"

로버트는 기계적으로 환한 미소를 지어 보였다.

보아하니 많은 사람들의 이목이 쏠려 있었다. 아마 한참 질문을 망설이다가 누군가를 대표로 보낸 것이 틀림없었다.

"아무래도 아나벨 양은 평민이니까……. 그냥 모종의 이유로 이성적인 의미 없이 파트너를 청하신 것이지요?"

사실 맞는 말이었다. 다 계략의 일부였다. 그럼에도 불구하고 그런 대답은 나오지 않았다.

그가 친절한 표정으로 대꾸하려는데 황제가 끼어들었다.

"허허, 로버트."

황제의 초록색 눈은 날카롭게 빛나고 있었다. 아무래도 여러 가지 일이 벌어진 터라 잔뜩 긴장한 상태였던 것이다.

"아직 나는 너를 보낼 준비가 되지 않았구나."

"……예?"

"연애는 조금 천천히 생각하는 것이 어떠냐."

"폐하께서 그렇게 말씀하신다면."

로버트는 온화하게 장단을 맞추었다.

그에게 큰맘 먹고 질문하러 온 영애는 아쉽다는 듯이 물러났다. 황제가 대놓고 그 화제로 이야기하지 말라는 명령을 한 것이나 다름없었기 때문이다.

"저런 질문에 군이 대답할 필요 없다."

"……그렇죠."

로버트는 천천히 고개를 끄덕였다.

만일 연인이 아니라고 하면, 염문설은 다 뿌려 놓고 평민이라 갖고 놀았다며 또 평민 의회가 들고 일어날 것이다. 모두들 '황족과 평민은 이어진 적이 없다'라고 하지만 당사자가 말하는 것과는 파급력이 달랐다. 그렇다고 특별한 사이라고 하면, 절대로 얽히기 싫다는 아나벨이 몹시 분노할 것이 뻔했다.

"제국의 역사는 몇천 년을 이어져 왔고, 또 몇천 년을 이어져 가야 해."

황제는 신중하게 말했다.

"그 과정에서 변화가 필요하다면 그에 맞춰 대처해야 한다. 시대에 적응하지 못하고 끌려가다가 망한 국가가 얼마나 많으냐."

교육 수준이 올라가고 자본이 평민들에게 많이 흘러가면서 제국은 확실히 예전과 달라졌다. 이제 평민 의회는 점점 더 세력이 커질 일만 남았다. 게다가 로버트는 평민들이 대표적으로 지지하는 황족 아니었던가.

"하지만 이렇게까지 평민 의회의 눈치를 볼 일은……."

잠시 생각에 잠겨 있던 로버트가 묻자 황제가 천천히 입을 열었다.

"로버트."

황제의 표정이 참담해졌다.

"황실의 빚이 만만치 않아. 선대 황제가 투자한 광산 개발이 완전히 망했다는 소식을 일주일 전에 들었다."

"……예?"

그 사실은 로버트로서도 굉장히 놀라웠다. 어마어마한 대규모의 투자였던 지라 그 실패는 황실의 재정을 휘청이게 하기 충분했다.

"평민 의회가 참정권을 요구하며 자금력 동원을 협상 카드로 내밀었다."

로버트는 잠시 생각에 잠겼다. 아마도 그건 이루어질 것이다. 이미 휘청거리는 귀족가들이 많아졌고 몰락 귀족의 수도 엄청났다. 다른 것을 계산하기도 전에 그의 뇌리에는 다른 생각이 스쳤다.

'황위를 위한 계약 결혼…….'

황제는 오늘 아나벨에게 술을 내리기까지 했다.

어쩌면 평민과의 결혼은 그토록 황위와 먼 일이 아닐지도 모른다.

특히나 아나벨처럼 상징성이 있는 평민이라면 말이다.

키스라니, 키스라니. 그런 단어가 우리 사이에 나오다니.

물론 내가 먼저 꺼낸 말이긴 하지만 말이다.

문득 나는 그와 상당히 가깝다는 것을 인지했다. 어느새 그의 눈에 내 모습이 가득 비칠 정도로 몸이 밀착해 있었다. 내가 그의 훈장을 본다고 가까이 다가선 후 멀어지지 않았다는 것이 이제야 의식되었다.

나는 숨이 가빠지는 것을 들키기 싫어서 얼른 말을 내뱉었다.

"그거야 이야기가 다르지. 솔직히 말해서 우리 문제는 다 내가 원인인데!"

"자꾸 내가 너를 혐오했다고만 하지 말고, 너는 내가 어떤지 말해 봐."

이안은 역시 모범생이어서 문제의 본질을 정확히 집어냈다. 그동안 막연히 이안이 나를 좀 좋아하는 것이 아닐까 생각해 온 건 사실이었다. 하지만 깊게 생각하지는 않았다. 큰아버지의 말대로 '막무가내였던 사람이 좀 잘해 주니 혼

140

란스러워진 것'이라고 여겼기 때문이다.

내가 이안을 좋다 싫다 판단하는 것 자체가 자격이 없다고 생각했다. 어쩌면 내 안에는 '이안이 내게 좀 끌리더라도 결국에는 제 이상형 찾아갈 것이다'라는 마음이 있었을지도 모르겠다. 로버트가 아무리 나를 좀 좋아해도, 황위와 나 중에서 황위를 선택할 것이 뻔한 것처럼 말이다. 그래서 내 마음은 그다지 열심히 들여다본 적이 없었다. 그냥, 나는 눈도 썩 높지 않으니까 연애 상대야 아무나 골라야겠다고만 생각했었다.

"어쨌든 나는 잘 몰라도 너는 안 되지 않을까?"

시야는 이미 어지럽고, 심장이 너무 세게 뛰어서 아플 지경이었다.

"그렇게 내가 진상을 부렸는데, 다른 사람도 아닌 나한테 욕정한다면 그건 진짜 또라이잖아."

"그건 내 사정이야. 그리고 넌 내가 이상형이라고 하지 않았나."

혼란스러워서 말문이 막힌 나를 보면서 이안이 재차 물었다.

"그럼 키스 정도는 할 수 있지 않겠어?"

나는 아랫입술을 꽉 깨물었다가 대답했다.

"어, 그게…… 잘 모르겠는데…… 생각해 본 적이 없어서, 생각을 좀…….."

"생각은 적성이 아니라고 하지 않았나."

이안은 내 몸에 손끝 하나도 대지 않았는데 뭔가 자꾸 밀리는 것 같은 기분이었다. 붉은 눈에 서린 것이 분명한 욕망인 것 같아서 마주하기가 떨렸다.

"몸으로 빨리 해결을 하는 게 네 스타일이라며."

우리 모범생은 단기 기억력도 높았다. 바로 앞에서 한 말을 인용하다니 할 말이 없었다.

"모르겠으면 일단 한번 해 봐. 할 수 있는지."

"야."

나는 떨리는 목소리로 마지막 항의를 했다.

"너는 성인이 되기 전까지는 결혼 생각도 하면 안 된다는 고지식한 모범생 타입이잖아."

카론다에서의 일화를 꼬집은 것이었다.

"아직 연인도 아닌데 키스를 한번 해 보는 게 너한테 말이나 되는 소리야?"

"확실히 모범생 이안 웨이드로스에게는 말이 안 되는 소리군."

이안은 느긋하게 웃어 보였지만 이미 목소리가 잠긴 상태였다.

"하지만 네 말대로, 내가 또라이라면 가능할지도 모르지."

나는 마른침을 한 번 삼켰다. 흐릿한 시야에 이안의 붉은 입술이 들어와 있었다. 심장이 쿵쿵 뛰고 머리가 어질어질하면서 생각이 멈췄다.

'난 몰라……'

전혀 추운 날씨가 아닌데도 몸이 살짝 움츠러들었다. 마주친 시선 사이로 긴장이 흘렀다. 나는 슬금슬금 물러나려던 발에 힘을 주었다. 발코니 바닥에 비친 우리의 그림자는 이미 얽혀 있었다.

"……해 볼래?"

정말 이상한 기분이었다. 어떻게 보면 할 이유가 전혀 없는데도 굳이 따지고 싶지 않았다. 나는 홀린 듯이 고개를 들어 그의 입술에 내 입술을 가져다 대었다. 입술이 마주치는 소리와 함께 몸이 밀착했다. 그의 입술을 물었다가 조심스럽게 다시 떼는데, 순식간에 그가 내 뒤통수를 감쌌다. 여유롭게 시작한 입맞춤이 점점 더 진득해졌다.

어느새 그의 커다란 손이 내 뺨을 감싸고 단단히 붙잡았다. 연회의 음악 소리가 아득히 멀리서 들려왔고 수풀의 청량한 냄새가 바람을 타고 흘러왔다. 배가 간질거리면서 숨이 점점 더 거칠어졌다. 내 입술 사이로 옅은 신음 소리가 흘러나오자 그가 더 깊숙이 숨을 밀어 넣고 내 허리에 팔을 감았다. 느릿하게 감겨오는 체온이 기분 좋았다.

내가 이토록 순간적인 충동에 약한 인간이었나 싶어 혼란스러웠다. 키스가 끝나고 나면 당장 이안의 얼굴을 어떻게 봐야 하나. 우리가 대체 어쩌다가 이렇게 된 건가. 그럼에도 불구하고 멈출 수가 없었고 멈추고 싶지도 않았다. 시야에 들어오는 그의 얼굴이 너무 근사해서. 내가 안겨 있는 그의 가슴이 놀랄 정도로 탄탄해서.

나는 옴짝달싹 못 한 채로 가쁜 숨을 헐떡이며 그를 바라보았다. 이안과 하는 키스가 이토록 정신을 아득하게 만들 줄은 몰랐다. 몰아치는 듯한 입맞춤이 살짝 잦아들었을 때, 나는 숨을 헐떡이며 물었다.

"너, 너 왜 이렇게 잘해?"

"난 원래 뭐든 잘하지. 특히 몸을 쓰는 거라면."

얄밉게도 대꾸할 말이 없었다. 나는 어떻게든 멀리 사라진 이성을 붙잡으려 애쓰며 중얼거렸다.

"연인도 아닌 사이에 키스를 하다니⋯⋯."

이런 건 나 같은 애들이나 하는 건데.

이안이 내 입술 위에서 속삭이듯 반문했다.

"그게 마음에 걸려?"

"난 안 걸리지."

나는 솔직하게 대답했다.

"좋으면 됐지, 뭐. 근데 넌 아닐 것 같아서."

내가 아주 몹쓸 짓을 한 기분이었다. 키스 이야기를 먼저 꺼내서 그런가, 먼저 입술을 맞대서 그런가. 분명 넘어간 건 나인 듯한데 말이다. 마치 질 나쁜 애가 순진한 모범생을 꾀어낸 것 같은 그런 느낌이었다.

"난 다른 게 마음에 걸려."

이안의 손가락이 내 머리카락 사이를 갈랐다.

귀 뒤를 스치는 손짓에 다시 한번 열이 올랐다.

"네가 취한 상태라는 게⋯⋯."

솔직히 술에 취한 것보다 너한테 취한 것이 더 크다고 대답할 뻔했다. 나는 가까스로 그 촌스럽고 몹쓸 작업 대사를 묻고 무난하게 대답했다.

"괜찮아. 의식은 멀쩡한데, 뭐."

"……."

이안은 잠시 망설이다가 피식 웃었다.

"이제 어디 가서 내가 신사적이라는 말은 못 하겠군."

그러더니 다시 한번 내 입술을 삼키듯이 덮쳐 왔다.

나는 그의 옷깃을 꼭 잡고 또 한 번 그를 받아들였다.

'모범생 취소다…….'

내가 생각한 이안은 언제나 정갈하고 금욕적인 바른 생활 남자였다. 그래서 잠깐 입을 맞춰도 금방 끝날 줄 알았는데 이렇게 몰아치듯 밀어붙일 줄이야.

"눈 감아야지."

이안이 어르듯이 말했다.

"민망하잖아."

분명히 이 상황을 모두 통제하고 있다는 여유 있는 어조였지만 목소리는 잔뜩 잠겨 있었다. 나 역시 난생처음 느껴 보는 열기에 간신히 서 있을 지경이었다. 일단 눈을 감으라는 건 좋은 조언일 것 같았다. 내게 정신없이 달려드는 그의 열기에 찬 얼굴을 계속 보고 있으면 내가 더한 짓도 할 것 같아서였다.

'취해서 좀 충동적이기는 하지만…… 그래도 난 정신이 멀쩡하니까.'

나는 나를 믿고 천천히 눈을 감았다. 이안은 차고 넘칠 만큼 믿을 만한 사람이었고 지금 더 위험한 사람은 바로 나였기 때문이다.

'내가 더 대단한 선을 넘지는 않겠지. 술은 좀 마셨어도 의식은 있으니까.'

잠시 생각을 까무룩 놓고 나서 눈을 떴을 때였다.

나는 지척에 있는 이안의 얼굴을 보고 깜짝 놀랐다. 얼굴이 잔뜩 달아오른 그는 헐떡이는 숨을 어쩌지 못하고 있었다. 완전히 욕망에 잠식되어 영혼까지

144

망가진 것 같은 일그러진 얼굴이었다.

"이안?"

나는 황당해서 물었다.

"여기 왜 왔어?"

이안은 나를 가만히 바라보다가 이마를 짚었다.

"……눈 한 번 감고 나면 기억 못 한다는 걸 내가 잊어버렸군. 네가 너무 멀쩡히 오랫동안 말을 잘해서."

"어?"

묻고 싶은 게 많았지만 가장 궁금한 것이 있었다.

"너도 잊어버리는 게 있어?"

"그러니까. 나도 몹시 혼란스러워."

내가 그를 만난 열네 살 이후 가장 정신없어 보이는 얼굴이었다. 달빛이 그의 얼굴에 짙은 음영을 만들고 있었다.

"아무리 제정신이 아니었어도 그렇지 그런 실수를 하다니……."

이안은 옅은 한숨을 지으며 느릿하게 말했다.

"……또라이 맞네."

"음, 잘 잊어버리는 건 멍청이지 또라이가 아닌데."

"아냐."

그가 헛웃음을 지으며 흐트러져 있는 내 머리카락을 정돈해 주었다.

"또라이 맞아."

"뭐, 네가 갑자기 자기비하하는 거야 내 알 바 아니다마는 그 말은 굳이 남들 앞에서 하지 않기로 하자."

왜 저러는지는 모르지만 어쨌든 나는 진심 어린 조언을 해 주었다.

"네게 평화를 기대하는 제국민들과 웨이드로스 공작가의 평판을 위해서."

이안이 사실 또라이였다는 소식을 들으면 기함할 사람이 지금 한두 명이 아니었다. 내 진지한 조언에 그는 피식 웃더니 아예 다른 말을 했다.

"잠시 기대는 게 어때."

"어?"

"잔뜩 취한 것 같으니 눈 좀 붙이라고."

취했다는 말에는 좀 어폐가 있었으나 사실 살짝 졸린 것은 맞았다.

"뭐, 그럼 잠시만."

나는 난간에 기댄 채로 그의 어깨에 살짝 머리를 내려놓았다. 넓고 든든한 어깨가 든든했고 조심스럽게 감싸 오는 체온이 따뜻했다.

"원래 이러려고 온 거였는데……."

이안은 한숨을 쉬며 중얼거렸다.

나는 언제 의식을 잃은지도 모른 채 그대로 잠들었다.

이안은 그대로 눈을 감고 잠에 빠진 아나벨을 데리고 조용히 나왔다. 지나가던 시종을 불러 간단히 로버트에게 사정을 전하라고 한 뒤 말이다. 몸은 아주 멀쩡하니 전혀 걱정하지 말라는 말까지 덧붙였다. 물론 그건 로버트를 배려해서가 아니었다. 다음 날 로버트가 아나벨에게 연락할 여지를 막기 위해서였다.

이안은 마차 안에서 죽은 듯이 잠들어 있는 아나벨을 보며 한숨을 쉬었다. 카론다에서의 두 번째 밤에는 자신이 잔뜩 취했었다. 그때 아나벨에게 첫눈에 반했느니 어쩌느니 했던 것이 다음 날 아침에 기억났다. '야, 너 나한테 첫눈에 반했다며?'라며 놀려 댈 줄 알았던 아나벨은 조용했다. 그 말을 아예 묻어 버리려는 것처럼 보였다. 애초에 그 화제를 입에 올리기 싫다는 느낌이었다.

그래서 역시 아직 고백은 때가 아니구나 싶어 천천히 다가서려던 것이었는데. 분명히 아나벨이 계획한 길에 절대 방해가 되지 않겠다고 다짐했다. 걱정

되는 건 어쩔 수 없으니 뒤로 한 발짝 물러나 도움만 주겠다고. 하지만 다른 남자와 춤을 추고 다른 남자와 검을 겨루는 아나벨이 너무 아득해 보여서 견딜수가 없었다. 속이 미친 듯이 끓어오르고 시선을 그녀에게 두고 있는 것조차 괴로웠다. 그런데도 눈을 뗄 수 없는 마음. 그것이 그가 그녀에게 품은 감정의 정체 아니겠는가.

닉이 말한 대로 어리석은 놈이라고 해도 좋았다. 그녀가 건넨 몇 마디 말, 벼락처럼 닥쳐 오던 그녀의 매달림, 거침없이 목표를 향해 검을 휘두르던 모습. 그런 것들에 그는 순진한 열네 살의 소년처럼 또 한 번 반해 버린 것이다. 그동안 어떤 일이 있었든 간에 상관없이.

당장 그녀를 붙잡은 채로 좋아한다고, 그러니 나를 좀 봐 달라고 매달리고 싶은 충동을 그는 내내 억눌렀다. 그나마 그녀의 시선을 조금이라도 잡아 두려고 검술 대회 우승 훈장까지 하고 왔다. 그동안 네 인생에서 가장 중요한 남자는 나였다는 메시지이기도 했다. 그것만이 그가 이번 연회에서 취하려던 가장 모범적인 방법이었다.

"……그런데 결국……."

이안은 살짝 벌어진 아나벨의 입술에서 시선을 떼지 못하며 중얼거렸다. 그녀에게서 '키스'라는 말이 나올 때부터 제정신이 아니었던 것 같았다. 아니, 어쩌면 그녀가 다른 평범한 남자를 만나서 연애하고 결혼할 것이라고 말했던 순간부터. 가슴속에서 심술이 팔랑거리며 그만큼의 욕망이 몰아쳤다.

오기로 제안했던 키스였는데 너무 좋아서 멈출 수가 없었다. 이렇게 술이 취한 그녀를 상대로, 고백조차 하지 않은 채 키스했다는 걸 후회하지 않을 정도로 말이다. 어차피 고백하기도 전에 차인 것이나 마찬가지였다.

"연애는 할 수 없는데 키스는 할 수 있다는 말인가."

이안은 흐트러진 그녀의 머리카락을 넘겨 주며 중얼거렸다. 일이 이렇게 된 이상 어쩔 수 없었다. 참고 참을 수 있다고 생각했는데 그녀에 관해서는 인내심이 바닥난 모양이었다.

"나는 안 되는데, 그건 내일 의논해 보도록 하지."

아나벨은 색색 숨소리만 내며 잠들어 있을 뿐이었다.

"같이 사니 약속은 따로 안 잡아도 되어서 좋군."

그렇게 웨이드로스 공작저의 마차는 예상 시간보다 훨씬 빠르게 돌아왔다.

로버트의 탄신 연회 다음 날, 수도는 또 한 번 시끄러워졌다. 평민 의회가 긴급 소식지를 발행하여 거리 곳곳에 배치해 놓은 탓이었다.

주요한 내용은 세 가지였다. 황후파 귀족들이 합심해서 아나벨 레인필드를 망신을 주려고 작당한 것이 첫 번째였다.

"어이가 없군. 아나벨 레인필드가 아무리 예전에 개차반처럼 살았다고 해도 이안 님을 도와서 흑마법 소탕에 앞장섰는데."

"그 정도 공을 세웠는데도 평민이라는 이유만으로 비열한 수를 쓴 거구먼."

"막말로 평민인 아나벨 레인필드가 잘나신 황후님보다 제국에 필요한 존재 아닌가?"

그리고 그럼에도 불구하고 아나벨 레인필드가 외국인 검사를 결투에서 보기 좋게 이기고 제국의 명예를 되살렸다는 것이 두 번째였다.

사실 보기 좋게 이긴 것은 아니지만 결과가 그랬으니 포장된 것이었다. 그동안 개차반이라고 손가락질받은 것은 사실이지만 아나벨은 사실 이안 외에 딱히 피해를 끼친 사람이 없었다. 그래서 아나벨의 평판은 급속도로 올라갔다.

"이안 님도 용서하고 동료로 인정했는데, 우리가 과거를 논할 필요는 없지."

또한 이 모든 공로로 황제가 직접 술을 하사했다는 것이 세 번째 소식이었다. 이것은 정말 대단한 사실이었다. 시대의 한 획을 그은 평민으로 이름이 남는 일이기 때문이었다.

"폐하께서는 황후님과 같은 생각이 아니신 모양이야."

"황족이라고 다 그러겠나? 황자님만 해도 파트너로 직접 초대하신걸."

"아나벨 레인필드를 위한 연회였군! 그 외에도 많은 일이 있지 않았겠어?"

이런 평민들의 반응을 모두 계산하고 발 빠르게 소식지를 기획한 사람이 있었다. 바로 평민 의회장인 중년의 여성, 마이에나 플리몬이었다.

"다음으로는."

그녀는 아나벨 레인필드로 인해 잔뜩 고양된 평민들의 분위기를 감지하고 즉시 다음 지령을 내렸다.

"로버트 황자님과 아나벨 레인필드의 열애설을 다시 한번 퍼트려."

"예? 하지만 황족과 평민은……."

"그러니까 퍼트리라는 거야. 지금 여론전 하기에 분위기가 딱 좋잖아."

마이에나가 팔짱을 낀 채로 말을 이었다.

"어차피 없는 소리를 하라는 것도 아니야. 있는 사실만 퍼트려. 둘이 서로 마음 있는 건 바보가 아닌 이상 다 알지 않나?"

칼론과는 달리 여자 관계가 깨끗하기로 유명한 로버트가 유일하게 외부의 시선을 신경 쓰지 않고 곁에 둔 여자가 아나벨이었다.

레스토랑에서의 식사, 오페라에서의 파트너, 생일 연회의 초청까지.

그녀는 씩 웃으며 흐뭇하게 말했다.

"평민들에게 꿈과 희망을 준 아나벨 양에게 이 정도 선물은 해 주고 싶군. 평민이라는 신분 때문에 사랑을 포기하지 말라는 응원도."

13장

마음의 자격

II

연회 다음 날, 나는 정오가 다 되어서야 일어났다.

"……허."

아주 불행하게도 어젯밤 기억이 몹시 생생했다. 그 정도 취해서 어마어마한 충동적인 짓을 저질렀다면 좀 잊어버려도 될 만한데. 눈치껏 알아서 퇴근해야지 왜 나의 뇌세포들은 굳이 초과 근무를 하고 난리였을까.

'보통 다들 이런 일은 기억에 없지 않나.'

나는 이마를 짚고 한숨을 푹 쉬었다.

'왜 내 방어기제는 이런 일에 나서지 않는가. 냉큼 발동해야 하는 거 아냐?'

취해서 사고를 쳤으면 알아서 잊어 줘야지 말이다.

"미쳤다, 미쳤어."

다른 누구도 아닌 이안 웨이드로스와 첫 키스를 하다니. 게다가 뭐 연인 사이도 아니고 고백을 주고받은 것도 아니고 그냥 충동적으로 말이다.

"분명히 고백받기 전에 얼른 차려고 했는데……."

나는 참담하게 중얼거렸다.

"결국 어쩌다 키스한 것 실화냐……."

이거야 뭐 미니멀리즘 한다고 결심한 다음 날 잔뜩 쇼핑하고 온 꼴이었다. 심지어 그것도 내가 먼저 입술을 가져다 댔다. 물론 그 이후에는 이안이 달려들어서 삼키듯이…… 어우, 어우우.

"기억하지 말자. 생각하지 말자."

나는 끙끙대며 머리카락을 쥐어뜯었다

"아니 근데 어떻게 생각을 안 해!"

어젯밤에도 생각했지만 이제 어떻게 이안의 얼굴을 볼지 짐작이 안 갔다.

'가만있자.'

물론 술에 취해서 헛짓을 한 건 나뿐만이 아니었다.

'이런 마음으로 이안도 그날 밤을 기억 못 하는 척한 건가?'

그렇다면 아주 합리적인 선택이었다.

'좋은 전략이다. 벤치마킹해야겠어.'

그렇게 이안을 속이기로 순식간에 결정했다.

"술 취한 나는 내가 아니야. 다른 자아야. 걘 지금 없어. 사라졌다고."

나는 자신에게 뻔뻔해지기로 다짐하며 중얼거렸다. 그동안은 '이안과 나는 안 되지, 암.'이라는 생각뿐이었다. 왠지 이안이 나를 좋아하는 것 같아도 말이다. 나는 그렇게 복잡한 연애나 사랑은 하고 싶지 않았다. 원래 이 남자 저 남자 많이 만나 보고 연애를 실컷 하다가 대충 편하고 착한 남자 만나서 사는 게 내 인생 계획이었다. 8년 동안 이안 웨이드로스에게 집착하며 살았으니 좀 다른 양상의 삶을 살고 싶었다.

'하지만 키스는 좋았는데.'

그 와중에도 나는 입술을 깨물며 생각했다.

'그것만으로도 나는 이안이 싫지 않은 거겠지…….'

물론 싫지 않다 뿐이겠는가. 이안은 내가 여러 번 언급했었던 내 이상형이기도 했다. 과연 이 세상에 이안 웨이드로스를 싫어할 여자가 몇 명이나 있을지 궁금했다. 사람 취향은 제각각이라지만 나는 몹시 보편적인 취향이었다.

'복잡한 사랑은 싫다면서 왜 이렇게 변명이 자꾸 구질구질하게 이어지냐. 나

'설마 이안 좋아하는 건가?'

키스 한 번 했다고 혼란스럽기 그지없었다. 그때였다.

"아나벨, 일어났니?"

더 이상 생각을 이어 가기 전에 다급한 어머니의 목소리가 들렸다.

"네, 일어났어요! 들어오세요."

나는 후다닥 일어나 침실의 문을 열었다.

어머니가 안절부절못하는 얼굴로 난감한 듯 말했다.

"피곤한 것 같아 깨우지 않으려고 했는데, 얼른 준비해야 할 것 같구나. 로버트 황자님이 오신다고 해."

"예? 왜요? 아니, 그것보다…… 어제 이안이 별말은 없었나요?"

혹시나 '따님을 책임지겠습니다' 같은 필요도 없고 센스도 없는 대사를 했을까 봐 나는 급히 물었다.

"기억나니? 이안 님이 너를 안고 온 건?"

다행히도 걱정하던 일은 일어나지 않은 듯했다. 이안의 이름을 말하는 어머니의 표정이 정상적이었기 때문이었다.

어머니는 내 얼굴을 잡고 이리저리 살피며 물었다.

"술 한 잔 마시고 뻗었다며. 아니, 대체 넌 왜 그렇게 나를 닮은 거니!"

"어머니가 술이 약하신가요?"

내 안색이 괜찮은 것을 확인한 어머니는 옷장을 열며 대답했다.

"응. 한 모금만 마셔도 심장이 두근대고 시야가 핑핑 돌아."

"어제 생각해 보니 한 번도 식사에 와인 같은 것이 올라온 적이 없기에 우리 가족이 모두 술이 약한 건가 했어요."

"그건 아냐. 오스칼과 아론은 나름 술을 잘해. 그냥 내가 나 빼고 술 마시는 꼴 못 보겠다고 난리 쳐서 안 마시는 거지."

"아……."

바로 납득이 가는 이유였다. 나는 고개를 끄덕였다.

"어쨌든 정말 난리도 아니다. 이안 님은 아침 일찍부터 찾아오시고, 여기저기서 온갖 소문들은 다 돌고, 황자님까지 온다고 하시고⋯⋯."

"네에?"

이안이 찾아왔다는 말에 심장이 툭 떨어졌다. 나는 어머니에게 마음의 동요가 들킬까봐 오히려 더 어이없다는 듯이 항의하듯 반문했다.

"아니, 여기가 어디라고 아침부터 쳐들어와요?"

"이안 님 집이지."

"그랬지요, 참."

"네가 잔다고 하니 부득불 깨우지 말고 재우라고 하시더구나. 깰 때까지 기다리겠다고."

"너무하네요. 가족 모두 불편하게 아침부터 내내. 자기가 대체 뭐라고⋯⋯."

"우리의 고용주시지."

"⋯⋯그랬지요, 참."

"일단 이 옷은 어떠니? 누가 봐도 실내복이지만 아주 예뻐."

어머니는 '난리도 아닌 일들'에 대해서는 설명하지 않고 세상 중요한 일이라는 듯이 옷 하나를 꺼내며 진지하게 말했다.

"숙취 때문에 몸이 안 좋아서 대놓고 꾸미지는 못했지만 그래도 아름다운 모습을 연출하기에 딱이란다."

어머니가 옷을 다시 한번 이리저리 살펴보며 중얼거렸다.

"곧 복귀해야겠어⋯⋯. 왜 이렇게 편지가 아침부터 쌓이는지."

"무슨 편지요?"

"드레스를 예약하고 싶다는 사람들이 줄을 서고 있단다."

어머니는 도도한 표정으로 자부심을 숨기지 않으며 말했다.

"내 딸이 어제 어지간히 예뻤나 봐. 하긴 혼신의 힘을 다하긴 했지."

어머니가 그런 표정을 짓는 것만 해도 나는 어제 연회에 다녀오기 잘했다는 생각이 들었다.

"결투가 있었다는 소문도 수도에 쫙 돌았어. 아침에 많이 걱정했는데, 이안 님이 네가 하나도 안 다쳤다고 말해 주셨단다."

그 와중에 이안은 내가 가족들을 신경 썼던 것까지 기억하고 살핀 것이다.

'미치겠네. 이제 이안 이름만 들어도 두근거려.'

나는 이런 증상이 너무 혼란스러워서 일단 빠르게 화제를 돌렸다.

"그런데 아까 난리가 났다고 하지 않으셨어요?"

"응."

어머니가 한숨을 푹 쉬었다.

"나는 이제 딸의 평범한 삶에 대해서는 마음을 내려놓았단다."

"……네?"

"네가 어떤 사람을 만나든 가타부타 말하지 않고 응원하겠다는 소리다. 그게 제국 최초로 황족과 결혼한 평민이라도……."

"그게 무슨 소리세요?"

"지금 우리 집, 아니 웨이드로스 공작저 별채로 온갖 선물이 쏟아지고 있어."

"무슨 선물이요? 누가요?"

"사람들이 너의 사랑을 응원한다면서……. 평민이라서 사랑을 포기하는 슬픈 일은 일어나지 않았으면 좋겠다고 하더구나."

"저런."

나는 어머니에게 옷을 받아 들며 혀를 찼다.

"정말 헛된 응원이네요. 차라리 지나가는 참새에게 독수리를 이기라고 응원하는 게 더 가능성 있겠어요."

"아니, 그렇게 한 번에 잘라 낼 정도니? 로버트 황자님까지 직접 오실 만큼 지금 수도가 떠들썩한데……."

"어젯밤이 연회였으니까 그렇죠. 곧 수그러들 거예요."

어차피 나는 남이 나를 어떻게 생각하는가를 크게 신경 쓰는 타입이 아니었다. 이미 어릴 때부터 평판의 바닥에서 헤엄쳐 왔기 때문이다, 평판이나 소문 같은 건 명망 높은 이안 웨이드로스 같은 사람이나 챙겨야 하는 거였다. 이번 생에서 난 이미 글렀다. 어쨌든 적어도 이번엔 남의 입에 오르내리는 데에 작은 이득이라도 있었다. 남 말 하기 좋아하는 사람들이 어쨌든 선물이라도 보냈다고 하니까 말이다.

"어쨌든 연회가 참 대단하긴 하구나. 그동안 염문설이 없었던 것도 아닌데, 갑자기 화력이 이렇게……."

어머니는 혀를 차며 말했다.

"나는 한 번도 가지 못했지만, 어쨌든 연회 후에 온갖 가십이 생기는 걸 보아 하니 남녀 간에 불꽃이 튀는 곳이긴 한가 보다."

"……확실히 튀긴 튀는 것 같은데, 그 가십이 맞는 것인지는 잘 모르겠어요."

정작 나만 해도 키스는 이안과 했는데, 소문은 로버트와 났으니 말이다.

"어쨌든 이번 소문은 완전히 헛소문이니까 신경 쓰지 마세요."

나는 어머니에게 다시 한번 더 강조했다.

"황자님이 오신다는 것도 별거 아니에요. 흑마법과 관련된 일로 향후 계획을 의논하러 오시는 거예요."

사실 직접 올 줄은 몰랐는데, 수도에 퍼진 소문을 의식한 행동일 것이다.

"어쨌든 얼른 준비해라. 이안 님도 꽤 오래 기다리셨으니까."

하지만 씻고 어머니가 준비한 옷까지 입으니 벌써 로버트가 도착했다는 말이 들렸다. 어지간히 빨리 달려온 듯 했다.

'이안 얼굴을 보면 키스했던 순간만 떠오를 것 같기는 한데…….'

나는 내 뺨을 한 대 후려치고 나서 숨을 몰아쉬었다.

지금 그런 것보다 훨씬 더 중요한 것이 있었다.

'일단 칼론 일부터 잘 해결하고 생각하자. 언제까지나 웨이드로스 공작저에 가족 전부가 머물 수는 없고, 또 어머니도 의상실에 얼른 나가고 싶어 하시는 눈치니까…….'

나는 다시 마음을 가다듬고 별채의 응접실로 내려갔다.

응접실에는 이안과 로버트가 앉아 있었다.

로버트는 상냥한 표정을 지어 보이며 먼저 말문을 열었다.

"아나벨 양, 술이 취해서 먼저 들어갔다고 들었어. 몸은 좀 괜찮아?"

"보시다시피 괜찮아요. 그런데 지금 헛소문이 돌고 있다면서요."

이안과 눈이 마주치자마자 또 심장이 걷잡을 수 없이 뛰어서, 나는 황급히 로버트로 시선을 옮기며 말했다.

"제 소문이 도는 게 원래 수도의 취미긴 한데요…… 그래도 황실에서 강하게 경고를 해 주서도 좋을 것 같아요. 어차피 머지않아 곧 수그러들 거라 저는 상관없지만, 가족들이 신경을 써서요."

"뭐……."

로버트는 아랫입술을 깨물며 말꼬리를 흐렸다. 아무래도 헛소문을 진짜 소문으로 만들고 싶어 하는 것 같았다.

"아나벨 양의 의사는 잘 알았으니 차차 해결해 보도록 하지. 어쨌든 연회에서 계획했던 일들은 모두 다 잘 끝나서 다행이야."

그건 맞았다. 나는 의기양양하게 웃다가 이안의 얼굴을 힐끗 보고 또 한 번 굳었다. 그 와중에도 내 몹쓸 시선은 이안의 입술에만 가 닿았다.

'미쳤다, 진짜. 술 다 깼는데 왜 이렇게 이안에게서 안 깨고 난리야.'

나는 불순한 생각을 들키지 않으려고 일부러 더 딱딱하게 화제를 돌렸다.

"그럼 이제 다음 계획을 세우면 되겠어요. 아직 저는 목숨의 위협을 받는 단계이니까."

아직 라기안은 멀쩡히 살아 있었다. 정확히 말하면 내가 살려 둔 것이기 하지만. 직접 겨뤄 본 결과, 예전의 나였다면 결국 당했을 것 같은 실력이었다. 지금도 완벽하게 제압하는 것까지는 자신이 없었다. 세 번째 흑마법의 기원을 없앤 이후라면 몰라도 말이다.

"자."

현관 앞에 쌓인 「아나벨 양의 사랑을 응원합니다」 같은 꽃다발들을 애써 무시하며 나는 세상 사무적인 어조로 말했다.

"일단 이제 칼론 황태자 측에서는 마음이 급해졌을 거예요. 세 번째 흑마법의 기원을 찾으려고 들겠지요."

세 번째 흑마법의 기원. 이 세상 아무도 모르는, 악마와 계약해서 거대한 신력을 바쳐야만 알 수 있는 마지막 이물질이었다. 원래라면 아무 문제를 일으키지 않다가 30년 후에야 재앙을 야기하지만, 이제는 이야기가 달라졌다.

"반드시 그때 모두 앞에서 공개할 수 있는 상황을 만들어야 해요."

원작에서도 칼론의 만행은 사람들 앞에서 낱낱이 드러난 후에야 끝났다. 만인 앞에서 까발려지는 것이 아니면 황태자인 그를 단숨에 끌어내릴 수 있는 방법은 없다고 봐야 했다. 신분상으로 너무 불리했기 때문이다.

"제가 저희 올케 될 사람에게 입수한 정보에 의하면 부족한 신력을 남에게서 옮겨 올 수 있대요. 그때 생각과 감정 등이 공유되고요."

"그렇다면 신력을 다 옮기고 난 뒤 죽이겠군."

이안이 날카롭게 말했다.

"그게 가장 합리적이지 않나."

"그렇지, 그래서 우리는 그걸 역으로 이용하면 돼. 그쪽에서 죽이기 전에 우리가 구출해서 그 위치를 파악하는 거죠."

나는 연회 전에 세시안느와 의논했던 계책을 설명했다. 그러니까 세시안느를 미끼로 신력을 빼앗아 흑마법의 기원을 알아내자는 것이 우리의 계획이었다. 그들의 생각과 감정을 공유하는 터라 우리도 그 정체를 알 수 있을 것이기 때문이다. 물론 세시안느를 그쪽에서 죽이기 전에 무조건 구출해 내는 것은 당연했다. 세시안느도 미끼가 되는 것을 합의했고 말이다.

"아나벨 님과 아론 님이라면 믿을 수 있죠. 저는 걱정 마세요."

"세시안느, 정말 괜찮겠어요?"

"소중한 사람들과 함께 악을 퇴치하기 위해 싸우는 것은 너무 숭고한 일이니까요. 저는 원래 사명감이 넘치는 성녀랍니다."

"그, 그건 충분히 알고 있지요. 그럼 그렇게 해요."

세시안느는 자기 이해가 너무 잘되어 있는 사람이라 설득할 필요도 없었다.

로버트는 미간을 찌푸리며 지적했다.

"흠, 그런데 모든 사제와 성녀들을 감시할 수는 없는 일 아닌가? 누구의 신력을 빼앗을지 어떻게 알고."

"바보가 아닌 이상 이렇게 큰 범죄에 아무나 동원하지는 않을 겁니다."

그 말에는 이안이 신중하게 대답했다. 그는 내 말이 떨어지기 무섭게 후보를 짐작한 듯했다.

"첫째, 신력은 객관적인 수치로 측정하지 못합니다. 따라서 이미 많은 신력을 갖고 있다는 것이 보장된 자여야겠죠."

나는 고개를 끄덕였다. 세시안느는 광장에서의 친자 검사로 이미 많은 신력을 대중 앞에서 증명한 것이나 마찬가지였다.

"둘째, 신체적으로 약해야 합니다."

이안의 말에 나는 동의한다는 듯이 냉큼 덧붙였다.

"이안의 말이 맞아요. 그래야 제압하는 것은 물론 납치도 수월하고, 억지로 동의를 받아 낼 수 있을 테니까요."

분명히 칼론은 많은 수를 동원하지 않을 것이다. 그러므로 굳이 상대하기에 까다로운 자를 고를 리 없었다. 더욱이 세시안느를 한 번이라도 본 사람은 당연히 그녀가 만만한 신체 조건이라는 것을 짐작할 수 있을 것이다. 체구도 작은 데다가 아주 여린 이미지였기 때문이다.

"셋째, 사회적으로 영향력이 적어 뒤탈이 없어야 합니다."

이안이 꼽은 마지막 조건을 들으며 나는 역시 사람 생각은 다 비슷하다는 결론을 내렸다. 이안은 비열한 수에는 약해도 추론 능력은 꽤 날카로웠다.

"네, 맞아요. 비밀리에 해야 하는 일인데, 너무 대단한 사람을 건드렸다가는 후폭풍이 있을지 모르니까요."

나는 진지하게 고개를 끄덕이며 말을 이었다.

"결국 이 세 가지 조건에 해당하는 사람은 바로……."

"바로 누구지?"

긴장한 로버트의 질문에 나와 이안은 동시에 말했다.

"세시안느 성녀님이요."

"오리안스 전 대신관입니다."

순간 테이블에 정적이 흘렀다. 지금까지 죽이 착착 맞으며 서로의 말에 동의한다는 듯이 술술 대화를 해 나가던 이안과 나는 서로 황당하다는 듯한 눈빛을 주고받았다. 그런데 생각해 보니 이안의 추론도 맞았다. 보장된 높은 신력, 만만한 신체 조건. 그리고 꽤 멀리 떨어진 한적한 외곽 해안가에서 유유자적 살아가고 있는 은퇴한 노인…….

"둘 중 누구려나. 오리안스 대신관은 심지어 수도에 있지도 않잖아. 낚시나 하며 살겠다고 바나파림 해안으로 떠나지 않았나?"

바나파림 해안은 수도의 외곽이라 남부처럼 아주 먼 곳은 아니었다.

로버트가 당황스럽다는 듯이 팔짱을 꼈다.

"모두 조건에 맞으니 둘 다 지켜봐야겠군. 내가 동원할 수 있는 비밀 병력에는 한계가 있으니⋯⋯."

그리고 아주 합리적인 결정을 내렸다.

"각자 한 명씩 맡아 주었으면 좋겠는데."

그러니까 이안과 내가 흩어져서 독자 행동을 하라는 얘기였다. 납치를 막는 것이 아니라, 납치당한 상태에서 적절한 시기에 구출해 내야 했다. 당연히 난도가 높았고 실력이 출중한 우리에게 맡기는 것이 옳았다. 사실 로버트가 무슨 병력을 투입한다고 해도 우리만 한 전력은 없었다. 아마 그가 동원할 수 있는 사람들을 다 합쳐도 이안 하나를 못 이길 것이다.

"한 명은 수도에 남아서 세시안느 쪽을 맡고, 한 명은 바나파림 해안으로 가서 오리안스 대신관을 지키고."

솔직히 나는 세시안느 쪽이 유력하다고 생각했다. 그냥 느낌이 그랬다. 하지만 별다른 근거도 없이 이안의 추론을 무시할 수는 없었다. 만반의 준비를 해야 하는 일이기 때문에 당연히 둘이 흩어지는 것이 우월 전략이었다. 그리고 둘이 흩어져야 한다면 그 조합은 당연히⋯⋯.

"네가 오리안스 전 대신관님을 맡아. 세시안느 성녀님은 우리 올케가 될 사람이니 내가 맡고 싶어."

내 말에 반대할 여지는 없었다. 로버트 역시 바로 거들었다.

"하긴. 이안은 오리안스 전 대신관을 호위한 적이 꽤 많지 않나. 아마 그쪽에서도 더 편하게 여기겠지."

나는 격렬하게 고개를 끄덕이며 동의했고, 로버트가 진지하게 말을 이었다.

"내가 재무부 감사를 독촉할 테니 아마 그쪽에서도 빠르게 움직일 거야. 그러니 이안은 지금 당장 출발하는 것이 좋겠어."

그건 그랬다. 이런 경우에 움직임은 빠를수록 좋았다.

"만약 안 움직이면요?"

만일을 대비해서 반문하자 로버트는 별것 아니라는 듯이 어깨를 으쓱했다.

"그럼 패를 하나 더 쓰면 되지 않겠나. 우리에겐 호송 중인 죄수들이 있잖아."

바로 라넬라와 레이번을 말하는 것이었다.

그들은 남부에서부터 수도까지 세상 요란하게 이동하고 있는 중이었다. 그들이 수도에 도착하면 당연히 칼론은 굉장히 곤란해질 것이다.

"아직 도착하려면 꽤 시간이 걸릴 거라고 일단 미뤄 두고 있는 것 같은데, 더 급박한 상황을 만들어 줄 수 있겠지. 그건 걱정 마."

로버트는 이안을 바라보며 다정하게 웃었다.

"검술 대회가 정말 얼마 남지 않았으니 말이야. 우승 후보를 바나파림 해안에 두었다가 기권시킬 수는 없잖아."

그가 말하는 '우승 후보'는 당연히 이안이었다. 나름 '우승자'라고 말하지 않는 건 나에 대한 배려였다.

"그렇군요."

이안은 천천히 고개를 끄덕였다.

"이번 검술 대회만큼은 꼭 최선을 다하고 싶어서, 무슨 일이 있어도 꼭 그 전에 돌아오겠습니다."

그가 나를 빤히 바라보았다. 다른 것은 몰라도, 인생의 마지막 검술 대회 결승전에만큼은 우리가 묶여 있다는 듯이 말이다.

'그러고 보니 정말 검술 대회가 코앞이구나.'

검술 대회로 화제가 옮겨 가니 문득 무언가가 생각났다. 로버트의 유능함을 표현하기 위해 원작에 잠깐 스쳐 지나가는 내용이 있었다. 바로 이번 검술 대회 직전에 판을 치는 불법 약물을 로버트가 잡아내는 것이었다.

'혹시라도 부작용이 있거나 혹은 약물 검사에서 들킬까 봐 정말 우승을 노리고 있는 사람들은 먹지 않지만……. 아, 잠깐.'

이대로 가만히 있으면 자연스럽게 함정 하나를 더 팔 수 있을 것 같았다.

나는 로버트를 보면서 빙긋 웃었다.

"바쁘시겠네요, 황자님. 이 사건 말고도 신경 쓰고 있는 일이 많으시잖아요."

"그건 그렇지."

로버트는 한숨을 푹 쉬며 말했다.

"아무래도 수도에서 벌어지는 온갖 불법적인 일들을 거의 대부분 쫓고 있으니까 말이야."

로버트가 쫓고 있는 일 중 하나인 불법 약물이 우리에게 또 다른 함정이 되어 줄 것 같았다. 딱히 별다른 계획을 세우지 않아도, 지금 상황에서 아주 자연스럽게 말이다. 어림짐작을 끝낸 나는 여유 있게 고개를 끄덕였다.

로버트는 대화가 끝났다는 듯이 박수를 한 번 치고 상황을 정리했다.

"그러면 이안, 일단 함께 황궁으로 가지. 그 때처럼 원거리에서도 신호를 보낼 수 있는 마법 아이템을 줄 테니 나와 나눠 갖고 바로 출발하는 게 좋겠어."

그 말에 이안이 꿰뚫을 것만 같은 시선으로 나를 바라보았다.

"알겠습니다. 그런데 떠나기 전에 잠시 아나벨과 이야기를 하고 싶습니다."

분명히 로버트에게 말하고 있는데, 시선은 내게 고정된 상태였다.

"단 둘이서."

라기안은 몇 번이고 아나벨과의 결투를 곱씹고 있었다. 일단 연회 날에는 자신의 실력이 아나벨보다 훨씬 뛰어나다고 우겼다. 칼론에게 받은 돈도 있었고, 검사로서의 자존심도 상했기 때문이다. 다행히 마지막 순간 외에는 그가 일방적으로 아나벨을 몰아갔기 때문에 칼론은 대충 수긍하고 넘어간 것 같았다. 하지만 어쨌든 뛰어난 검사인 그는 마음속에 남은 찝찝함을 무시하지 않고 있었다. 게다가 하룻밤 지나고 객기가 좀 사라지니 슬슬 이성이 돌아왔다.

'만일…… 그 마지막 움직임이 진짜 실력인 건 아니겠지.'

입이 바짝바짝 말랐다.

'설마 진짜 실력이라면 말도 안 되게 실력이 성장한 셈인데.'

그가 분석하고 있는 아나벨의 정확도와 민첩성이라면 나올 수 없는 움직임이었다. 우연이라고 치부하기에는 그 순간 너무 정확하게 피했다. 그것은 제아무리 눈이 날카로운 관중일지라도 알아차리기 힘들고, 실제로 검을 겨룬 그만이 느낄 수 있는 감각이었다. 그렇다면 아나벨은 분명히 그와 비슷하거나 더 강할 것이었다.

'하수인 척 위장하여 상대의 무리한 움직임을 도발해 내는 건 분명 너무나도 비열한 수지만…….'

하지만 아나벨은 비열한 사람이었다. 연회 날 밤부터 칼론은 정신없이 바빠서 그를 제대로 추궁하지도 못했다. 외국인인 라기안은 그 속사정은 잘 몰랐지만, 리하르트가 쓰러진 것이 그에게 엄청난 타격을 준 모양이었다. 그리고 그 사실이 굉장히 마음에 걸렸다.

'이게 모두 다 아나벨 레인필드의 큰 그림일지도 모른다. 애초에 노린 것이 리하르트일 수도…….'

그렇다면 더 큰 일이었다. 라기안은 아나벨 레인필드를 죽일 수 있다고 큰소리를 쳤고, 결투 후에도 '그건 실수일 뿐'이라고 일관적으로 주장했다. 결국 칼론이 함정에 빠진다면 그것은 전적으로 자신의 탓 아닌가. 물론 그에게 칼론을 향한 충성심이 있을 리 없었다. 하지만 제국의 황태자를 상대로 사기를 쳤다는 오해를 받았을 때 살아남을 자신도 없었다.

'한 번 더 기회를 주면 아나벨 레인필드를 죽이겠다고 단언했는데…….'

칼론이 자신을 질책하지 않는 이유는 그다음 기회를 주려고 하는 것임에 틀림없었다. 그때 아나벨을 이기지 못하면 그가 칼론에게 죽임을 당할지도 모르는 일이었다. 문제는 아나벨의 실력을 짐작하지 못하겠다는 점이었다.

그가 손톱을 물어뜯고 있을 때였다. 조심스러운 노크 소리가 들렸다.

"들어오시오."

부루퉁하게 대꾸한 라기안은 들어온 상대를 보고 깜짝 놀랐다. 어제 처음으로 얼굴을 본 황후였다. 그녀는 하루 만에 얼굴이 꽤나 수척해 있었다. 하긴 외국인인 라기안 역시 황후를 향한 공격적인 여론을 눈치챌 수 있었다. 분노한 황제가 근신령을 내린 것은 물론 당분간 예산마저 끊겠다고 공언했다.

"남의 눈을 피해 온 것이니 빠르게 말하겠네."

황후는 주변을 살피더니 시약병 하나를 건넸다. 라기안은 유리병에 담겨 찰랑거리는 초록색 시약을 가만히 바라보며 물었다.

"이게 무엇입니까?"

"신체적 능력을 끌어올려 주는 약일세. 다만 효과는 한 시간뿐이지."

황후가 진지하게 말했다.

"알고 있겠지만 제국의 검술 대회가 코앞이야. 그래서 이런 약들이 뒷골목에서 유통되고 있네. 아주 비밀리에, 굉장히 비싸게."

"……."

"원래는 당연히 규칙에 위반되는 일이고, 혹시라도 무작위로 진행되는 약물 테스트에 걸리면 수상은 바로 취소돼. 한 번만이라도 복용하면 신체에 불가역적인 흔적이 남거든."

아나벨이 그녀의 마지막 검술 대회에 불참할 리가 없었다. 그러므로 다시 말하면 아나벨은 이 약물을 복용하지 못한다는 뜻이었다. 검술 대회에서 이런 약물을 복용하는 이들은 보통 잃을 것이 없는 사람들이었다. 이미 두 번 준우승을 한 아나벨이 괜히 복용했다가는 그마저의 명예조차 날릴 수 있었다. 하지만 당연히 라기안은 복용해도 상관없었다. 즉, 혼자서만 순간적인 실력 향상을 도모할 수 있는 매력적인 선택지였다.

"하지만 자네는 검술 대회에 참가할 것이 아니지 않나."

라기안은 황후가 하는 말을 단번에 이해했다. 그녀는 라기안이 제국에 온 진짜 목적을 알고 있을 것이다. 의심할 바 없는 칼론의 편이기 때문이었다.

"자네가 외국인이라서 내 수족을 보낼 수가 없었네. 내가 직접 와야 믿을 것같아서."

황후가 자리에 앉지도 않은 채 빠르게 설명했다. 그만큼 지금 이 시점에 함께 있는 것이 부담스러운 듯했다.

"이 약이 없어도 이길 수 있다면 그렇게 하게. 혹시 도움이 될지 몰라 가져온 것이야. 내가 괜한 짓거리를 하여 칼론을 더 불리하게 한 것 같아서……."

라기안은 자신의 손에 들어온 유리병을 한 번 굴렸다.

"그럼 나는 이만 가 보겠네."

황후는 자신의 할 말만 하고 재빨리 사라졌다.

보아하니 이건 칼론과 사전에 협의한 일이 아닌 듯했다. 그냥 조금이라도 칼론에게 도움이 되고자 하는 모정이었다. 그러니 이 약을 마실지 말지는 그의 선택에 달린 일이었다. 다른 누구도 아닌, 칼론의 모친이 그에게 해가 되는 약물을 주었을 리가 없었다. 물론 연회 전만 하더라도 '이딴 약물 없어도 아나벨 레인필드는 이길 수 있다'라며 자신만만하게 굴었겠지만…….

'마지막에 회피한 것이 제대로 된 실력이라고 해도, 나와 호각을 다툴 정도지 내가 질 수준은 아니다.'

그러니까 조금만, 조금만 더 자신의 능력이 뛰어나게 된다면…….

그는 황후가 건넨 약을 조심스럽게 속주머니에 챙겼다.

나와 단 둘이서 대화하고 싶다니, 어찌 보면 이안이 로버트에게 축객령을 내린 것이나 마찬가지였다. 이곳은 어쨌든 웨이드로스 공작저였고 당연히 이안은 그의 집에서 그가 하고 싶은 일을 할 권리가 있었다.

'아무리 그래도 로버트는 황자인데 저렇게 대놓고 나가라고 하다니······.'

하지만 지금 이 상황에서 아쉬운 사람은 로버트였다. 이안은 그저 선의와 우정으로 로버트를 돕고 있었고, 웨이드로스 공작가는 굳이 로버트의 힘이 필요 없을 정도로 굳건했다.

"그렇다면 잠시 자리를 비워 주도록 하지. 요 앞 정원에서 기다리고 있겠네. 그런데, 이안."

로버트는 순순히 동의했으나 엄숙하게 덧붙였다.

"둘 사이의 오랜 원한은 익히 알다마는······ 그래도 아나벨 양은 우리 편이야. 너무 과한 말은 하지 말아 줘. 부탁이야. 아나벨 양도 이안에게 너무 심하게 굴지 않기를 바라."

아마 이안은 나와 '단 둘이서' 할 말이 있다는 의도를 조금 다르게 해석한 듯했다. 로버트에게 험한 꼴 보이지 않고 둘이 남아 마지막으로 대판 싸우겠다는 의미에서 축객령을 내린 것이라고 판단한 것 같았다. 그러고는 자기도 주제넘었다고 생각했는지 우리가 뭐라고 부정하기도 전에 응접실을 나가 버렸다.

이안은 자리에서 일어난 뒤 성큼성큼 걸어 응접실의 커튼까지 쳐 버렸다. 정원이 보이던 창문은 그대로 시야에서 사라졌다. 응접실 앞 정원에는 우리가 이런저런 의논을 하는 동안에도 응원 선물이 계속 들어와 쌓여 있었다.

"어······ 음."

커튼까지 치고 나니 이제 아무도 우리의 모습을 볼 수 없었다. 이렇게 갑작스럽게 단 둘이 남게 되리라고는 상상도 못했기 때문에 내 머리가 다급하게 돌아가기 시작했다. 그런데 평상시에는 잘도 자기주도적으로 근무하던 두뇌가 이안의 입술만 보면 자꾸만 어제 기억을 재생시키며 파업을 했다.

'뭐라고 먼저 말을 꺼내야 할까······. 일단 기억 안 나는 척을 하면 본전이라

도 하려나? 아니, 어쩌면 이안이 모르는 척 할 수도 있는…….'

복잡한 생각을 채 정리하지도 못했는데 이안이 천천히 나를 내려다보았다.

"첫째로."

그리고 내 눈을 똑바로 바라보며 말했다.

"내가 어젯밤에 곰곰이 생각해 봤는데."

'첫째'가 나오는 것을 보니 할 말이 꽤 많은 듯 했다. 그리고 전혀 예상하지도 못한 말을 했다.

"그동안 정말 미안했다."

"뭐가?"

"네가 비겁하고 정정당당하지 못한 수를 써서 뒤에서 달려들 때 일관적으로 무시해서."

"응? 야, 미친 애한테는 무시가 답이야. 잘한 거야."

나는 어안이 벙벙해져서 그를 빤히 바라보았다.

이안의 담담한 말이 이어졌다.

"또, 온갖 욕들을 퍼붓고 나를 저주할 때 기분 나빠해서."

"그거 기분 좋아하면 그게 더 이상한 건데?"

"그리고 네가 어머니와 처음 친해졌을 때, 비열한 애니까 믿지 말라고 어머니에게 충고해서."

"나 비열한 애 맞아! 그 갸륵한 효심을 누가 이해 못 해!"

이안의 말이 너무 충격적이어서, 나는 열심히 대답했다.

"오히려 엄청나게 자비로운 대처였어. 명예 훼손으로 접근 금지 처분 안 내린 게 다행이지…… 안 그랬으면 대체 어떻게 했어야 했다는 얘기야?"

그리고 이안은 한 치의 망설임도 없이 대답했다.

"그렇게라도 내게 지속적인 관심과 성원을 가져 줘서 고맙다고 했어야…….'

"이안 웨이드로스."

갈수록 가관이었다. 나는 황급히 그의 말을 막았다.

"농담할 때에 그렇게 진지하고 신중한 얼굴로 하지 마. 그런 어이없는 말 하면서 왜 그렇게 말투는 더 없이 진중한데?"

"농담 아냐."

이안은 너무나도 단정한 옷차림새와 정갈한 얼굴로 말을 이었다.

"나 농담에는 재능 없어."

"……뭐, 알고는 있었다만. 어쨌든 그 말도 안 되는 사과를 이제 와서 하는 이유가 뭐야?"

나는 이안을 바라보며 진지하게 조언했다.

"혹시나 남들에게 그런 이유로 사과할 거라면 아예 하지 마. 네 평판에 하등 도움 될 게 없어. 완전 이상해 보이거든."

"남들에게는 사과할 일 없어. 아예 잘못하지 않으니까. 그리고 둘째로."

창문가에 기대어 선 이안이 내 눈을 똑바로 바라보며 말을 이었다.

"어젯밤에 우리가 키스한 건에 대해서 말인데."

순간 훅 들어오는 이안의 말에 나는 입을 떡 벌려 버렸다.

'아니, 이걸 이렇게 갑자기 말한다고?'

아직 뭐라고 대꾸해야 할지 마음의 준비가 전혀 되지 않은 상태였다. 심지어 아까 너무 황당한 말들이 이어져서 순간적으로 아예 잊어버리고 있었다.

"키, 키스라니."

하지만 너무 갑작스러웠기 때문에 이미 나는 본능적으로 의자 뒤로 몸을 물리고 있었다. 이안이 뭐라고 하지도 않는데 내 말이 구질구질하게 덧붙여졌다.

"그, 그게 무슨 소리야."

머지않아 내 몸이 의자에 푹 파묻히게 되었다.

"모르는 척하려고?"

이안은 느릿하게 내 쪽으로 다가왔다.

"기억이 안 난다면 소리부터 빽 질러야 정상이지 않을까. 너라면 말이야."

그의 긴 그림자가 먼저 나를 덮쳐 왔다. 그대로 잽싸게 피해 버리는 건 어렵지 않은 일인데 이상하게 몸이 굳었다.

"잊었어?"

이안은 꽤 가까이 다가온 뒤 천천히 멈췄다.

"나는 이 세상에서 너를 가장 꾸준히 봐 온 사람이잖아."

아직 손끝 하나 대지 않았는데도 몸에 전기가 오르는 것 같았다. 그가 속눈썹마저 헤아릴 수 있는 거리에서 속삭였다.

"이래도 기억 안 나?"

기억이 안 날 수 없었다. 내내 기억하고 있었지만 더 세세하게 떠올랐다. 그때도 이렇게 가까워서, 잔뜩 긴장한 서로의 몸을 의식한 뒤 숨이 섞이며…….

'……생각하지 마! 왜 이 순간에 회상이야!'

그런데 회상할 수밖에 없는 분위기였다. 왜냐하면 그의 눈도 내 입술에 못 박혀 있었기 때문이다. 그 역시 그때를 생각한다는 듯, 짙은 욕망을 숨기려고 하지도 않으면서.

'저런 표정을 할 거면 평소에 금욕적인 얼굴이나 하고 있지 말든가.'

나는 왠지 억울하다는 생각이 들었다.

'꼭 다른 사람처럼…….'

하긴 어제 키스할 때도 꼭 다른 사람 같았다. 신사적이고 정중할 것처럼 키스해 보라고 제안해 놓고서는 막상 입을 맞추니 짐승처럼…….

'아, 그만 생각하라고, 아나벨 레인필드.'

나도 모르게 긴장한 손이 치맛자락을 꼭 쥐었다.

그때였다. 커튼이 쳐져서 모습은 보이지 않았지만, 정원을 지나가는 사람들의 목소리가 들려왔다.

"별채 현관에는 둘 자리가 없던데."

"그래서 정원에 놓아두기로 했다더라."

"그렇군. 이 기세라면 오늘 저녁에는 정원까지 다 차겠어."

"그러게……. 수도의 평민이라면 모두가 다 선물을 보내는 것 같으니까."

웨이드로스 공작저의 사용인들이 웅성거리면서 짐을 옮기고 있었다. 물론 그 짐들은 모두 비슷한 응원의 메시지를 크게 달고 있을 것이 뻔했다.

「아나벨♡로버트, 사랑을 포기하지 말아요!」

「신분으로 인해 좌절하지 마세요, 우리가 뒤에서 지지하고 있어요!」

「아나벨 양과 로버트 황자님의 사랑을 진심으로 응원합니다.」

이미 현관 앞에 가득한 선물들처럼 말이다.

가까이 다가온 이안의 숨소리가 거칠어지는 것이 들렸다. 사용인들은 수다를 떨면서 천천히 멀어졌지만, 나는 지척에 있는 이안의 존재감 때문에 나는 마른침을 삼켰다. 정적이 잠시 흐르고 이안이 낮은 목소리로 말했다.

"대답 못 하는 것을 보니까 애초에 기억 못 한다는 건 거짓말이었나 봐."

거짓말은 아니고 순간적으로 주춤한 건데, 이안은 쓸데없이 정직에 대한 기준이 높았다.

"너는 거짓말에 능숙하잖아."

'날카롭기는. 역시 날 잘 알아.'

"그런데 나도 심문을 못하지는 않거든."

'그렇겠지, 지금 하는 꼴 봐.'

그가 심문에 재능이 없다면 웨이드로스 기사단을 이렇게 무탈하게 끌고 오지는 못했을 것이다.

"하긴, 왠지 네가 기억을 하더라도."

이안은 느긋하게 말을 이었다. 하지만 여유로운 말투와는 달리 욕망을 잔뜩

173

누른 듯 목소리는 한껏 잠겨 있었다. 여전히 우리 사이에는 아무런 접촉이 없었다. 그럼에도 불구하고 온몸이 타오르는 것 같았다.

"이렇게 피할 것 같긴 했지."

대답할 말이 없었다. 나는 차마 거리를 벌리지도 못한 채 침묵을 시켰다.

"사실 그동안 피하는 것도 눈치채고 있었어."

더 추궁할 수 있는데 다 알면서도 넘어가 준다는 어조였다.

"내 마음을 헷갈려 하면서도 굳이 생각하지 않는 것까지."

'귀신같은 놈……'

"네 마음을 천천히 기다려 줄 수 있지. 내 마음을 영원히 참아 줄 수도 있어."

'이 와중에 모범적인 사랑꾼……'

"하지만 어제의 일을 없던 일로 할 수는 없어. 그러고 싶지는 않아."

'그런데 회피하지도 않는 직진남……'

아무리 봐도 남주감인데 이렇게 내 남자감으로 굴면……. 진짜 충동적으로 고백을 받아 줘서 혼내 줄 수도 있었다.

문득 나는 우리를 둘러싼 분위기가 묘하다는 걸 깨달았다. 저 멀리서는 새가 울었고, 아무도 없는 응접실에 눈을 둘 곳은 서로밖에 없었다. 나를 원한다는 것이 느껴지는 그의 눈빛 아래, 피할 수 있는데 가만히 있는 내가 있었다. 어젯밤의 기억을 선명하게 가지고 또 몇 번이고 회상하는 채로.

그가 서늘한 목소리로 말을 이었다.

"게다가 모든 평민들이 너와 황자님을 응원하는 꼴에 이성이 좀 나가서."

이 정도가 이성이 나간 거라면 그 이성은 참 귀소본능이 강한 듯했다.

"뭐…… 그래도 너와 내가 염문설이 나는 것보다는 낫지. 내 앞에서 이성 좀 나가는 게 만인의 앞에서 정신이 나가는 것보다 낫지 않겠어?"

나는 머쓱하게 중얼거렸다.

"다들 진짜 네가 미쳤다고 생각할 테니까."

"상관없는데. 오히려 바라는 바고."

이안은 거침없이 대답했으나 나는 힘없이 고개를 저었다.

"막상 닥치면 또 생각이 달라질걸. 넌 구설수에 올라 본 적도 없잖아."

이안 웨이드로스라는 이름은 수도에서 성역이나 마찬가지였다. 압도적인 검술 1위, 흠 하나 없는 평판, 이득이 없어도 흑마법을 처단하는 정의로운 성정. 오죽하면 이안이 로버트와 한배를 탔다는 소문이 돌자마자 로버트의 지지율까지 오르겠는가. 그가 가십에 휩싸인다는 것 자체가 상상이 되지 않았다.

"글쎄."

그가 느릿하게 말하더니 피식 웃으며 덧붙였다.

"그 어떤 소문이 돌더라도 지금 이런 거지같은 상황보다는 나을걸."

저 멀리서 또 '아나벨! 황자님과의 사랑을 응원해요!' 같은 외침이 들려왔다.

그의 표정이 점점 더 서늘해져서 등 뒤로 식은땀이 흐를 정도였다.

"차라리…… 이안 웨이드로스가 아나벨 레인필드의 입술을 잡아먹을 듯이 물고 빨았다는 소문이 돌아도 이것보다 낫겠어."

"야!"

눈도 깜짝하지 않고 뱉어내는 외설스러운 말에 내가 버럭 소리를 질렀지만 이안은 평정심을 잃지 않고 대구했다.

"왜. 없던 일도 아니잖아."

그리고 나는 어쩔 수 없이 인정하고 말았다.

"그, 그건 그렇지. 정말 대단했지……."

"난 거짓말 안 해. 그리고……."

이안의 올곧은 정직함에 대해서는 동의하는 대답을 할 필요도 없었다. 내가 마른침을 삼키는데 그가 내 눈을 똑바로 바라보며 속삭였다.

"너는 어영부영 분위기에 휩쓸려서 키스한 것 같은데 난 아니었거든."

이안이 속삭일 때마다 그 숨결이 입술을 간지럽혔다.

"그 순간을 꽤 오랫동안 원해 왔고, 또 상상해 왔어…… 여전히 제정신을 차릴 수가 없을 만큼."

달콤하면서도 몽롱한 어조에 온몸이 간지러울 정도로 달아올랐다.

"나는 마음 없는 상대에게 키스하는 인간은 못 돼. 네가 제일 잘 알 텐데."

달아오른 이안의 눈가를 보면서, 나는 순간적으로 숨을 멈췄다.

'설마, 설마…… 지금 이안이 날 상대로 유혹하는 거야? 이제 진짜 본격적으로 꼬시려고 시동 거는 거야?'

이안이 누군가를 유혹한다는 건 상상조차 해 본 적이 없었다.

'아, 아니, 유머 감각 빼고 모든 것에 훌륭한 모범생이 혹시나 유혹 기술까지 웨이드로스 공작님을 닮았으면 나 곧 결혼식장 들어가야 될 것 같은데?'

이 충격적인 사실에 내가 대답조차 못할 때였다.

이안이 아무렇지도 않게 어조를 바꾸어 말을 이었다.

"그리고 세 번째로, 어머니께서 전해 달라는 말이 있어."

레슬리 님이 내게 하실 말이 있다니. 나는 재빠르게 정신을 차렸다.

다른 사람은 몰라도 레슬리 님의 일이라면 무조건 열심히 들어야 했다. 사랑과 관심이 필요한지도 모르던 시절 스스럼없이 내게 손을 내밀어 주던 사람이었다. 의도하시지는 않았다고 해도 내 친부모님과 안면을 트게 해 주신 은인이었다. 게다가 내 인생 유일한 제대로 된 스승이었다.

"어머니가 지금 좀 아프시거든."

"뭐?"

나는 화들짝 놀라 눈을 번쩍 떴다.

"어디가 어떻게? 많이 아프셔? 언제부터? 심각한 거야?"

이안은 쏟아지는 내 질문에 답하지 않고 대답했다.

"내가 아침에 병문안차 들렀을 때 별채에 간다고 하니 네게 부탁을 하나 전해 달라더군."

"무슨 부탁? 당연히 들어드려야지."

레슬리 님이 아프다고 하니 마음이 조급해졌다. 다 갖추고 사는 그녀가 내게 부탁할 일이 없는데, 순간 불안해졌다. 설마, 정말 너무 아파서 '마지막으로 얼굴 좀 보여 줘' 같은 말이라도 나오면……

"오스칼의 휴가지만, 너무 간절히 특제 생강 쿠키가 드시고 싶다고 하셨다."

"……응?"

"다른 보조가 만들면 그 맛이 안 난다고."

이안은 무표정으로 말을 이었다.

"어차피 네가 오늘 수업이 없다는 얘기를 들으면 병문안을 올 텐데, 그때 괜한 선물 고민하지 말고 그걸 가져와 달라고 하시더군."

"……."

내가 잘못 생각했다.

레슬리 님은 다 갖추고 살아도 언제나 먹을 것에는 진심인 분이셨다.

"어머니는 가끔씩 예전에 부상당한 다리가 쑤셔서 며칠 거동을 하실 수 없으신데, 지금이 바로 그 시기거든."

"어…… 알았어. 생강 쿠키 갖고 바로 병문안을 가도록 할게. 또 좋아하시는 건 없……."

"너."

이안은 내 말이 끝나기도 전에 피식 웃으며 말했다.

"너를 좋아하시지."

"으, 응?"

"너, 아나벨 레인필드를, 진심으로."

한 치의 망설임도 없는 이안의 대답에, 나는 왠지 귀가 붉어지는 것 같아서 괜히 딴청을 피웠다.

이안은 그 길로 황궁에 잠시 들린 뒤 바로 바나파림 해안으로 떠났다. 그리고 나는 아버지에게 부탁하여 즉시 생강 쿠키를 마련했다. 물론 레슬리 님은 담백한 생강 쿠키를 드시면 진한 초콜릿을 원하실 것 같아 브라우니도 함께 준비했다. 이 정도는 되어야 진정한 제자라고 할 수 있었다.

모든 것을 잘 챙긴 나는 멍하니 걸어서 본채로 향했다.

'이 기분 뭐지…….'

분명히 남의 집에 얹혀살고 있는데도 활보하기가 아주 편안했다. 8년간 미친 듯이 쳐들어왔었고 또 요 근래에는 더 자주 왕래해서 그런 듯했다. 어쨌든 이안은 앞으로 진짜 꽉꽉 들이댈 거라는 암시를 꽉꽉 풍긴 뒤 떠난 셈이었다.

'내가 유죄다, 유죄야.'

나는 한숨을 쉬며 생각했다.

'알아서 마음 정리하라는 말을 하다가 키스한 사람이 바로 나야 나…….'

그리고 아침에 일어나서 지금까지 계속 그 기억이 맴돌고 있었다. 아니, 이제 이안이 아까 했던 말까지 덧붙여져서 하루 종일 이안 생각이었다.

'아무래도 바나파림 해안에서 돌아오면 정식으로 고백할 것 같아.'

나는 그의 공격 패턴을 회상하면서 합리적인 추론을 하기 시작했다.

'이안은 보통 평범한 대련에서 결정타를 날리기 전에 이렇게 꼭 마음의 준비를 할 시간을 준단 말이야. 상대를 배려하는 전략이겠지.'

마음이 복잡해서 더 레슬리 님이 보고 싶기도 했다. 레슬리 님은 이안의 어머니인데도 불구하고 꼭 내가 의지할 수 있는 어른 같았기 때문이다.

"음? 아나벨 양?"

본채에 막 들어섰을 때, 나는 브레이든과 마주쳤다.

그는 내 손에 들린 먹을 것들을 보면서 알 만하다는 듯이 씩 웃었다.

"레슬리의 병문안을 온 모양이군."

"예, 공작님."

나는 일단 공손하게 대답했다. 나와 브레이든의 친분은 없다시피 했다. 오페라에서 마주쳐서 몇 마디 나눈 것이 다였다. 연무장에 종종 나타나는 레슬리 님과는 달리 브레이든은 굉장히 바빴다.

'하긴 공작위가 공짜는 아니겠지.'

결국 다 이안의 일이 될 것이고 말이다.

'이안이랑 많이 닮았다. 정말 잘생기셨네.'

나는 브레이든을 흘끗 보면서 생각했다. 레슬리 님이 브레이든을 두고 예전에 '그냥 어쩌다 보니 결혼했다'라고 말한 적 있었다. 듣자 하니 엄청난 계략남이라던데 레슬리 님을 보니 확실히 그런 것 같았다. 어쨌든 나와 크게 얽힐 사람은 아니어서, 나는 대충 예를 표하고 지나칠 예정이었다. 어차피 그쪽에서도 내게 관심이 없을 것 같았고 말이다.

"그런데 어쩌지? 레슬리는 지금 잠이 들었어."

브레이든은 부드럽게 웃으면서 말했다.

"수면 효과가 있는 약을 먹어서 오랫동안 깨지 않을 것 같은데."

"아…… 그런가요?"

"어차피 며칠 누워 있을 거야. 오늘은 이만 돌아가고, 내일 오는 게 어떤가."

나는 아쉬운 듯이 생강 쿠키와 브라우니가 든 바구니를 만지작거렸다.

브레이든은 귀신같이 눈치채고 바로 말했다.

"그건 하녀를 시켜서 전달하도록 하지. 아나벨 양이 들렀었다는 사실은 내가 직접 전해 줄게."

"예……."

너무 척척 이루어지는 말에 딱히 대꾸할 것이 없었다.

"특별히 전할 말이 또 있나?"

"어…… 음……."

브레이든의 눈짓에 하녀가 재빨리 다가왔고, 나는 머뭇머뭇 간식 바구니를 넘기면서 말했다.

"꼭 맛있는 것 드시는 꿈을 꾸시고……."

"호오?"

"잠에서 깨어나셨을 때 저녁 식사가 준비되어 있길 바란다고 전해 주세요."

"레슬리 맞춤형 축복이군. 정말 기뻐할 거야."

뭐 더 이상 내가 그와 나눌 말이 있을 리 없었다. 이안과 꼭 닮은 얼굴이 은근 어색해서 딱히 오래 마주하고 싶지도 않았고 말이다.

"그럼 안녕히……."

이제 인사만 하고 돌아서려는데, 그가 느긋하게 말했다.

"그 검 말인데."

"……네?"

"내가 레슬리에게 준 검 말이야. 지금은 아나벨 양의 허리춤에 있는."

"아."

나는 당황해서 눈을 깜빡였다. 안 그래도 이 검은 브레이든이 레슬리 님께 선물한 것이라고 했는데. 혹시라도 내가 갖고 있는 것을 보니 기분이 상했을지도 모른다는 생각이 들었다. 레슬리 님이 내게 주겠다고 우기는 걸 못 이겨서 그 당시에는 묵인했어도 말이다.

'다시 달라고 하면 어쩌지? 이 검은 이제 나와 한 몸이 되었는데…….'

아무래도 오래 말을 섞지 않고 내빼는 것이 우월 전략 같았다.

얼른 급한 척을 하며 자리를 피하려던 참이었다.

"혹시 그 검에 얽힌 이야기가 궁금하지 않나?"

"예?"

"어떤 대장장이가 만들었는지, 어느 유통 과정을 거쳤는지…… 검의 주인이라면 그 사연은 알고 있어야지."

'검의 주인'이라는 말에 긴장이 순식간에 풀어졌다.

브레이든이 부드럽게 웃으면서 제안했다.

"본채에 온 김에, 응접실에서 잠시 이야기를 듣지 않겠나."

분명히 별로 얽힐 일 없으니 대충 인사만 건네고 빠르게 내뺄 예정이었는데. 만일 그가 '아나벨 양, 지금 잠시 이야기를 할 수 있겠나' 같이 말했다면 어떤 핑계를 대서라도 피했을 것이다. 뭔가 홀린 것 같은 기분이었다. 하지만 검에 대한 이야기라면 정말 어쩔 수 없지 않나.

그렇게 나는 브레이든과 응접실에서 마주하게 되었다.

응접실에 들어가자마자 시선을 강탈하는 존재가 있었다.

"이, 이건……."

응접실 중앙에 내 팔뚝만 한 보석이 강렬한 이채를 내뿜고 있었다.

"마정석이지."

브레이든은 씩 웃으며 말했다.

"300년 전 가주인 오레스토 웨이드로스가 마탑의 테러를 막아 준 공로로 받은 것이란다."

"……이렇게 큰 마정석이 존재했군요."

"마탑에서도 이제 이 정도 크기의 마정석은 존재하지 않는다고 하더구나. 계속 탐내고 있지만 반환하지 않고 있지."

마정석은 마력을 응축한 보석이었다. 마정석이 있으면 마법사가 없어도 원하는 마법을 쓸 수 있었다. 물론 그 마정석을 깨트려야 하기 때문에 일회성이지만 말이다. 그 크기와 마법의 세기는 비례한다고 하는데, 이 정도 마정석이면 엄청난 마법이 가능할 듯싶었다.

역시 웨이드로스의 가보는 역시 차원이 달랐다. 황실이 끼고 도는 마탑조차도 안절부절 못한다는 가문의 위용을 당당히 뽐내고 있었으니까 말이다.

"마음먹으면 지금 황궁의 절반 정도는 날릴 수 있단다."

'그럼 지금 마정석으로 칼론을 날리면…….'

내가 어떤 생각을 하는지도 모르고 브레이든이 부드럽게 말을 이었다.

"웨이드로스가 지켜 왔고, 앞으로도 지켜 갈 가보란다. 검술로 제국을 지켜 온 웨이드로스의 명예를 상징한다고도 할 수 있지."

뭔가 결국 웨이드로스의 자랑으로 끝나는 대화였다. 나는 '마정석으로 칼론 살해하기' 계획을 조용히 접었다. 웨이드로스의 명예를 상징하는 가보로 아직 혐의 없는 황태자를 날릴 수는 없었다.

"일단 앉게."

거대한 마정석으로 내 기를 꽉 죽인 브레이든은 내게 자리를 권했다.

하녀가 재빠르게 티 푸드와 차를 내왔다.

"그러니까 이 검은……."

자리에 앉은 이후 브레이든은 내 앞에서 조곤조곤 검에 대해 이야기했다. 그 당시 유행했던 금속 조합이라든가 손잡이 디자인 같은 것들 말이다.

'묘하게 별 내용은 없네.'

이상하게 계속 앉아 있게 되는데 딱히 기억에는 남지 않는 이야기들이었다.

"……뭐, 그래서 말이다. 이 검은 내가 엄청나게 공을 들였다는 소리를 하고 싶었단다."

"그러시군요."

"이 검으로 마지막 검술 대회에서 레슬리와 거루지는 못했지만 말이다."

"아아."

"내가 그 검으로 그리려던 애초의 큰 그림은 실패했어도 다른 큰 그림은 성공하고 싶은데 말이다."

"다른 큰 그림이요?"

"혹시 레슬리가 말하지 않았나?"

어느새 긴장마저 풀어져 어영부영 마음 편히 이야기를 듣고 있을 때였다.

"이 검을 나는 며느릿감에게 주고 싶었다고."

나는 아주 평안하게 차를 마시다가 순간 뿜을 뻔했다.

'이럴 수가. 설마 이렇게 검의 역사를 읊고 나서 빼앗으려는 큰 그림이었나?'

검날에 대해서 설명한다며 그는 아까 내 검을 가져갔다.

나는 아직까지도 그의 손에 얌전히 놓여 있는 내 검을 애타게 바라보았다.

'지금까지 검에 대해서 자세하게 말한 것은 자신의 지분을 주장하려고?'

사실 다시 회수한다고 해도 내가 할 말은 없었다. 그러나 할 말이 없다고 해서 지을 표정까지 없는 건 아니었기에 나는 불쌍한 안면 근육으로 브레이든을 가만히 바라보았다.

"그런 표정으로 바라보면 장난을 더 치고 싶지만……."

브레이든은 내 생각을 모두 눈치챘다는 듯 씩 웃었다.

그러고는 순순히 내게 다시 검을 건넸다.

"사실 나는 이 검의 새로운 주인은 아나벨 양이라고 생각해서."

"어…… 음……."

나는 검을 냉큼 받아 들고 나서 잠시 망설였다. 내 어색한 표정을 보며 브레이든이 씩 웃으며 말했다.

"논리력이 평균 이상이라면 내가 무슨 소리를 하는 건지 잘 알 텐데."

물론 내 논리력은 평균 이상이었다. 아무래도 아까 언급한 '며느릿감'이 나를 뜻하는 것 같았다. 나는 난감한 듯이 중얼거렸다.

"예, 뭐…… 무슨 말씀을 하시는 건지는 알 것 같지만요……."

"내가 내 아들 마음도 눈치 못 챌 거라고 생각하나? 난 그놈보다도 먼저 그놈 마음을 알았던 사람이야."

정말 대단한 사람이었다. 등 뒤로 식은땀이 흘렀다.

"하지만……."

"뭘 망설이는 거지? 내 앞에서 설마 평민이라서 그렇다는 말 같지도 않은 핑계를 대지는 않겠지."

레슬리 님이 평민이었기 때문에 그건 정말 절대로 댈 수 없는 핑계였다.

"음…… 그게요……."

그때였다.

"아나벨 레인필드 양! 힘내요! 황실 입성 가능할 겁니다!"

"아나벨 양과 황자님을 응원합니다!"

"아나벨 양 뒤에는 우리가 있어요! 사랑을 포기하지 마세요!"

저 멀리서 함성 소리가 들려왔다. 아무래도 평민들이 웨이드로스 공작저의 담벼락에 대고 소리를 지르고 있는 듯했다.

나는 난감한 표정으로 눈을 굴리다가 조심스럽게 말했다.

"그런데 공작님…… 저는 이미 너무 시끄러운 염문설의 주인공이잖아요. 웨이드로스 공작가까지 가십에 휘말릴 거예요."

"레슬리가 좋아하겠구나. 드디어 웨이드로스 공작가의 마지막 가십거리에서 벗어났다고 말이야."

"하지만 심지어 상대가 황실인걸요."

"이안과 네가 결혼하면 너는 황실 대신 웨이드로스 공작가를 선택한 것이 되겠구나. 명예로운 일이지."

"제 전력을 아시잖아요. 인간으로서 기본적인 명예나 고상함도 없었다고요."

"이토록 자기 이해가 훌륭하다니. 명예나 고상함보다 그런 것이 중요해."

"이안이 저와 결혼하면 수도 사람들은 다 이안을 미친 또라이로 생각할 거예요. 아무리 요새 제정신 차렸다고 해도 8년간 괴롭힌 숙적과 이어지다니요."

"이안은 인생의 쓴맛을 좀 봐도 된다. 남들이 손가락질하는 것도 이안의 인생에 큰 거름이 될 거야."

"뭔가 이안이 좀 착각하고 있지만, 이안이 좋아하는 여자 스타일은 제가 아닐 거예요."

"그건 나도 잘 모르지만 대충 '정의롭고 선량한 여자' 정도일걸. 흑마법을 깨부수고 있는 아나벨 양이 아니라고 할 수준은 아닌 것 같은데."

"게다가 레슬리 님은 제 스승이세요. 곁에 아무도 없을 때 먼저 손을 내밀어 주신 분이시고요. 레슬리 님께 밉보이는 짓은 하고 싶지 않아요."

"그건 전혀 상관 안 해도 된다. 레슬리는 맛있는 것 다음으로 웃긴 걸 좋아하니까 말이다. 너희의 결합이 좀 웃기긴 하지."

나는 잠시 숨을 골랐다. 그리고 시험 삼아 다른 말을 해 보았다.

"사실 저는 외계인이에요, 공작님."

"오, 나도 드디어 외계인 혼혈 손자를 보게 되겠구나. 기대되는걸."

"당연히 거짓말이었고요."

"솔직하기까지. 완전 합격이다."

"공작님을 대상으로 장난친 건데요?"

"나는 언제나 내게 스스럼없는 며느리를 꿈꿔 왔지. 특히나 이안은 정말 재미없거든. 장난이라고는 모르는 애라."

나는 내가 어떤 말을 해도 철벽처럼 막힐 수밖에 없다는 걸 깨달았다.

"아나벨 양."

브레이든은 내 속내를 다 안다는 것처럼 씩 웃으며 말했다.

"아나벨 양이 정말 내 제안이 싫다면, 내게 딱 한마디만 하면 되네."

"네?"

"이안이 싫다고 말이야. 남자로 안 보인다고. 매력이 없다고 비난해 봐."

"……."

"황자님같이 비리비리하지 않고 튼튼해서, 황자님같이 매가리 없는 녹색 눈이 아니라 또릿또릿한 붉은 눈이라서."

그가 손가락을 꼽아 가며 진지하게 말했다.

"황자님같이 뱀처럼 비열한 술수를 쓰며 이리저리 재지 않고 강직해서, 황자님같이 시아버지감이 푼수가 아니라 훌륭한 계략남이라서…….”

분명 비난의 예시인데 묘하게 자신의 아들을 어필하는 화법이었다.

"그러면 돼. 아나벨 양이 탐나는 며느릿감이기는 하지만, 나는 싫다는 사람에게 강요까지 할 생각은 없으니까.”

그리고 나는 걸려들었음을 알았다.

도저히…… 도저히 거짓말로도 싫다는 소리가 나오지 않았다.

'아까 작정하고 유혹할 때 난 이미 넘어갔나 보다.'

나는 속으로 한숨을 푹 쉬었다. 이제 더 이상 피할 수가 없었다. 나 자신을 속일 수도 없었고 말이다.

'아니면 키스할 때…….'

생각이 이어졌다.

'아니면 사실, 훨씬 더 전부터…….'

아침에 일어나자마자 계속 혼란스러워 했던 만큼, 깨달음은 순식간에 오는 법이었다. 이제는 더 이상 부정할 수 없었다.

'나 아무래도…….'

이건 그냥 키스 한 번으로 끝날 일이 아니었다. 연회 때, 이안의 파트너가 없다는 걸 보고 내심 좋아했을 때부터 끝난 거였다. 이미 나는 이안이 다른 여자와 상상 속에서라도 얽히는 것이 싫었던 것이다.

'이안을 좋아하나 보다.'

나는 나의 뻔뻔함에 속으로 한숨을 쉬었다. 8년간 괴롭혀 왔고, 무시당하면서도 끝까지 온갖 욕설을 내뱉고, 심지어는 범죄까지 저지르려던 사람을 좋아하다니. 사실 이안 웨이드로스를 좋아하지 않기가 더 어려울 것이다. 단점을 찾기가 어려운, 제국에서 가장 완벽한 사람. 하나의 이야기 속에서 남주가 되기에 충분하고도 넘치는 남자.

"하지만 네 말대로, 내가 또라이라면 가능할지도 모르지."

물론 나랑 그렇게 얽히면서 이안은 벌써 좀 망했다.

'모든 사랑의 방식이 모범적이었는데, 결국 이안은 또라이가 되어 버렸잖아.'

그동안은 굳이 깊이 생각하지 않으려고 했다. 연회 전까지는 그 회피가 어떻게 잘 되었었다. 분위기 좀 이상해져도 생각을 멈춘 채, 검을 휘두르고 몸을 움직이면서 말이다. 머릿속 생각에서 회피하여 몸속 근육으로 도망치는 건 내게 쉬운 일이었다.

'키스 한 번 해 보고 나니까 마음을 주체 못 하겠어.'

그런데 몸이 기억하게 되는 순간 어디로 도망쳐야 할지 알 수가 없었다.

'어떡해, 진짜.'

한번 자각한 마음은 걷잡을 수 없이 뻗어 나가기 시작했다.

아무런 접촉이 없는데도 심장이 두근거렸다.

'나 진짜 이안 좋아하네…….'

원래부터 이안은 믿어도 되는 좋은 사람이라고 생각했다. 그래서 방심했다.

'진짜 일부러 생각 안 하려고, 어떻게든 회피하려고 했지만…….'

친자 검사 날, 그가 나를 쫓아와서 가족들에게 가 보라고 조언했을 때. 하나도 위험하지 않은 상황인데 조심하라고 진심으로 나를 걱정할 때. 카론다에서 가짜 애인 역할을 하면서 꼼꼼하게 배려하고 보살펴 줄 때. 웨이드로스 공작저에서 단둘이 훈련을 하며 하나하나 세심하게 챙겨 줄 때. 자신이 다 해치울 수 있음에도 불구하고 나를 존중해서 뒤에서 걱정하며 지켜봐 줄 때. 내 안에서 언젠가부터 '이안은 참 좋은 사람이다'가 슬금슬금 '이안이 좋다'로 바뀌어 버린 것이다. 양심상 회피해 온 진심이었지만, 브레이든이 나를 극한으로 몰아가자 무시했던 감정들이 한꺼번에 파도처럼 밀려왔다. 더 이상 부정할 수 없었다.

브레이든은 아차 싶다는 내 얼굴을 보며 부드럽게 말했다.

"내 아들이라면 분명히 지금쯤에 어떤 진전을 해 놨겠지. 그 성격에 대강 눈치라도 주지 않았겠나."

여기서 사실 키스까지 했다고 말할 수는 없었다. 그 말까지 하면 당장 결혼식 날짜 잡아야 할 분위기였다. 나는 검을 만지작거리다가 문득 조심스럽게 눈을 들어 그를 똑바로 바라보았다.

"공작님."

"말해 보게."

"제가 공작님 생각보다 나쁜 애라면…… 정말로 훨씬 더 비열하고 질이 나쁜 애였다면……."

"흠, 아나벨 양."

브레이든이 조금도 망설이지 않고 대답했다.

"솔직히 말해서 그런 건 전혀 중요하지 않아. 사실 그동안 나와 나눈 대화도 무의미하지. 이안이 좋다고 하면 우리 부부는 사실 그걸로 돼."

브레이든은 상냥하게 웃으며 천천히 일어섰다. 이만 대화를 끝내자는 표시이기도 했다.

"내 말이 길어진 것은, 혹시라도 아나벨 양이 이안 외의 요인들을 신경 쓴다면 그건 아니라는 말을 하고 싶어서 그랬네."

그가 상냥하게 웃으며 덧붙였다.

"사실 그래서 여기까지 부른 것이기도 하니까."

나는 문득 이런 생각이 들었다. 이안이 그렇게 바르고 올곧게 큰 데에는 정말 훌륭한 부모님의 영향도 있다고 말이다.

대신관, 벨리녹은 칼론 앞에 불려 와 덜덜 떨며 차를 마시고 있는 중이었다.

칼론이 기부를 한다며 신전에 방문한 터라 마주하지 않을 재간이 없었다. 대신관이 되고 나서 가장 불리한 것은 이럴 때였다. 칼론과 만나게 되어도 전혀 수상한 그림이 아니었다. 다시 말하면 칼론은 원할 때 언제든 신전에 찾아와 그를 만날 수 있다는 것이었다.

"재무부가 감사에 들어간다고 하니 급해."

흑마법은 이 세계에 존재하지 않는 마법을 실현해 주는 것이었다. 다시 말해서 단기간에 엄청난 돈을 벌기에 딱 좋은 힘이었다.

"그때 말한 적 있었지. 신력을 빼앗고 죽여 버리라고."

"하, 하지만…… 그만한 신력을 갖고 있는 자를 색출하기가 쉽지 않아서…… 시간을 주시면 좀 더 알아보겠습니다."

"시간은 충분히 준 것 같은데."

원래 칼론은 무리해서 일을 진행하는 성격이 아니었다. 특히나 로버트에게 꼬리가 잡힐까 봐 신중에 신중을 기하곤 했다. 평민인 아나벨도 정식 결투에서 죽이려고 할 만큼 말이다. 하지만 이제 일이 급박해진 만큼 승부수를 던지기로 결정한 것이다. 이렇게 끝나나 저렇게 끝나나 마찬가지였다. 이상한 살인 사건 몇 개를 일으키더라도 일단 재무부 감사에서 들키지 않는 것이 중요했다. 게다가 지금 그는 계속 수세에 몰리고 있었다.

카론다에서 호송 중인 라넬라와 레이번에 대해서는 느긋하게 생각하려고 했는데, 그것도 요즈음 골칫거리였다. 이상하게 그들이 속도를 내기 시작했기 때문이었다. 그렇다면 수도에 도착하기 전에 얼른 처리해야 했다.

"신력은 측정하기가 어려운 힘이기도 하고, 아주 신중하게 접근해야……."

이러나저러나 생각할 일이 많았기 때문에 칼론은 귀찮다는 듯이 벨리녹의 말을 끊었다.

"상대가 생각나지 않으면 내가 정해 주지."

칼론이 눈을 치켜뜨며 말했다.

"오리안스 전 대신관의 신력을 빼앗아. 그 손자가 지금 황궁에서 일하고 있으니 대충 데려가서 협박하면 신력을 옮기는 데에 동의해 줄 거야."

"오, 오리안스 님의 신력이요?"

"그래. 외곽에 혼자 머물고 있으니 삽시 없애도 뒤탈 없고, 노인이니 제압하기도 편하지."

벨리녹은 마른침을 삼켰다.

오리안스라니, 자신은 생각하지도 못한 인물이었다.

"게다가 전 대신관이니 신력은 충분할 것 아닌가. 자네와 달리 정당하게 대신관이 되었으니 말이야. 은퇴하는 마지막까지 친자 검사를 해 주지 않았나?"

"아!"

그리고 벨리녹은 '친자 검사'라는 말에 불현듯 무언가를 생각해 냈다.

"그렇다면 더 좋은 다른 상대가 있습니다."

오리안스를 없애 봤자 자신에게 이득이 되는 것은 하나도 없었다. 어차피 없앨 대상이라면 눈엣가시 같은 누군가를 없애는 것이 나았다.

"누군데?"

"세시안느라고, 아나벨 레인필드의 친자 검사를 해 준 성녀입니다."

칼론의 입술 끝이 미묘하게 올라갔다. 의견이 마음에 든다는 뜻이었다.

"그러니 신력은 보장되었고, 체구가 작은 여인이니 제압하기도 편하며 일가친척도 아무도 없죠. 게다가 수도에 머무니 빠르게 일 처리 하는 데에는 훨씬 더 편하지 않겠습니까?"

"괜찮군."

칼론은 천천히 고개를 끄덕였다.

"그런데 신력을 옮기는 데에는 동의가 필요하다며."

물론 그가 말하는 '동의'는 협박이었다.

"소중한 사람을 인질로 묶어 둘 생각이었는데. 일가친척이 없다면 누구를 인질로 삼지?"

"아론 레인필드가 연인입니다."

칼론은 평민의 연애사까지는 잘 알지 못했다. 하지만 '레인필드'가 아나벨의 성씨임은 알고 있었다. 그의 눈이 가늘어지자 세시안느를 처리할 수 있다는 기대에 들뜬 벨리녹이 재차 말했다.

"웨이드로스 기사단의 부관이기는 한데⋯⋯ 검술 대회에 아예 출전하지 않는 것을 보아 실력이 그렇게 뛰어난 것 같지는 않습니다. 딱히 인질로 삼기에 어렵지 않아 보입니다."

"어쨌든 검사라는 말 아닌가. 아나벨 레인필드라도 달려오면 곤란한데."

칼론이 신중하게 미간을 찌푸렸다.

"그냥 안전하게 오리안스 전 대신관으로⋯⋯."

그 말을 끊은 사람이 있었다. 바로 칼론의 뒤에 호위 명목으로 서 있던 라기안이었다.

"아나벨 레인필드라면 제가 제압할 수 있습니다. 그건 걱정하지 마십시오."

"⋯⋯."

칼론의 눈에 살짝 의심이 스쳤다. 지난번에도 졌는데 정말 믿어도 되냐는 눈초리였다.

"정식 결투라서 신경 쓸 것이 많았습니다."

라기안은 자신만만하게 말했다.

"남들 눈 의식하지 않고 마음껏 날뛰어도 되는 자리라면 무조건 이깁니다."

벨리녹은 라기안을 흘끗 보고 동의한다는 듯이 고개를 끄덕였다. 아나벨과는 비교가 안 되는 덩치였고 외양만으로 주는 위압감이 어마어마했던 것이다.

"그때도 리하르트인가 뭔가 하는 자식이 쓰러져서 놀라지만 않았어도⋯⋯."

라기안이 위협적으로 등 뒤의 검을 쳐 보이며 말했다.

"그렇게 허무하게 승리를 내어 주는 일은 없었을 겁니다."

191

칼론은 옅은 한숨을 내쉬었다. 뭔가 자꾸 몰리는 것 같은 기분이 들었지만 선택지가 없었다. 그리고 일관적인 라기안의 주장에 은근히 넘어가는 것은 어쩔 수 없었다. 사람이란 원래 듣고 싶은 말을 믿는 법이기 때문이었다.

"좋아, 그렇다면 결정되었군."

칼론이 음산하게 말했다.

"아론 레인필드를 미끼로 어떻게든 세시안느인가 하는 그 성녀를 꾀어내. 그리고 신력을 빼앗아 흑마법의 기원을 알아낸 다음 즉시 죽인다."

"예, 좋습니다."

벨리녹이 신나서 고개를 끄덕였다. 그는 세시안느가 정말 싫었다. 그동안 사람들 앞에서 그녀 때문에 당한 망신이 얼마인가.

"아론 레인필드는 웨이드로스 공작저 밖으로 절대 안 나오고 있지만 다 방법이 있습니다."

벨리녹은 세시안느를 없앤다는 생각에 그동안 찝찝해했던 것들도 잊었다.

"제가 세시안느에게 필사를 시켰거든요. 그 필사본을 보고 필체를 위조하여 아론 레인필드를 불러내면 될 겁니다."

"좋아."

칼론은 짧게 박수를 한 번 치고 말했다.

"내가 적당한 때를 지정해 줄 테니 얼른 시행하도록."

"네?"

벨리녹은 눈을 깜빡이며 반문했다.

"아까 재무부 감사 이야기를 하시지 않았습니까? 오늘 밤에라도 해야 하는 것 아닐까요?"

"아냐."

칼론이 뱀같이 씩 웃으며 대답했다.

"더 좋은 때가 있다. 아무래도 조금 더 멀리 봐야 해서."

그의 속내를 알 수 있는 방법은 없었다.

그렇게 며칠이 흘렀다. 그동안 칼론은 죄인 호송에 동원된 황실 기사단 중 자신의 사람들에게 지령을 내렸다. 라넬라와 레이번을 죽이라는 것이었다. 본디 죽은 자는 증언을 할 수 없는 법이었다. 그리고 드디어 칼론이 지정해 준 날 밤, 라기안은 쉽게 아론 레인필드 납치에 성공했다.

그 밤, 브레이든은 황제와 독대 중이었다. 정확히는 황제가 비밀리에 브레이든을 부른 것이었다.

"부탁하네, 웨이드로스 공작."

황제는 브레이든에게 직접 술을 따라주며 말했다.

"제국의 황후를 언제까지고 저렇게 둘 수는 없지 않나. 이 상황을 타개할 방법은 한 가지 뿐이야."

"……레슬리 말이군요."

브레이든은 사실 황제가 자신을 부를 때부터 눈치를 채고 있었다. 황후는 지금 아나벨을 의도적으로 연회에서 배척했다는 소문 때문에 근신 중이었다. 지금 황실의 재정 상태는 상당히 나빠서 평민 의회의 협조 없이는 해결이 쉽지 않아 보였다.

"그래. 황후와 웨이드로스 공작 부인이 잘 지내는 모습만 보여준다면, 황후가 차별주의자라는 소문은 좀 줄어들지 않겠나."

레슬리는 평민 출신의 공작 부인이었다. 그러므로 황후와 레슬리의 사이좋은 모습을 대외적으로 보여 주자는 것이 황제의 수였다.

브레이든은 눈을 내리깔고 가만히 술을 마셨다. 황제의 부탁을 바로 들어주는 것은 당연히 내키지 않았다. 20여 년 전, 그가 레슬리와 결혼했을 때 수도의 사교계는 한 번 뒤집어졌었다. 아무리 평민 인권이 높아졌어도 그렇지 어떻게 평민을 공작가의 부인으로 앉힐 수 있냐는 것이었다. 가문의 역사가 깊은 웨이드로스가 앞장서서 나라의 기강을 무너뜨린다는 말이 공공연하게 돌았다. 모든 사교 모임에서 레슬리를 은근히 무시하며 내리누른 것은 물론이었다. 브레이든은 레슬리를 위해서 모든 것을 다 해 줄 수 있었으나 실체가 없는 그런 은근한 따돌림은 어떻게 할 수가 없었다.

레슬리는 결혼 초기에 몇 번 공식적인 사교 모임에 나갔다 '이건 아니다' 싶었는지 즉시 사교계에 발길을 아예 끊어 버렸다. 독립적인 그녀는 어차피 그런 모임 안 해도 잘 먹고 잘 산다며 쾌활하게 웃었지만, 브레이든은 먹을 것 외에는 딱히 마음을 두지 못하는 그녀를 보며 내심 속이 쓰리곤 했다. 왠지 괜히 공작 부인 자리에 앉혀서 그녀가 안 당해도 될 꼴을 당하게 한 것 같았기 때문이다. 물론 레슬리는 그딴 소리 할 거면 돈이나 더 써서 레인필드 레스토랑의 셰프라도 고용하라고 호통을 쳤지만 말이다.

그래서 레슬리가 아나벨을 가르친다고 했을 때 그녀에게도 무언가 먹을 것 외의 의미 있는 일이 생긴 것 같아서 몹시 반가웠다. 그런데 심지어 아나벨이 연회에서 황후 무리를 엿 먹였다니 내심 너무 기특했다. 지난번에 보니 레슬리 역시 평민 의회가 발행한 소식지를 보며 콧노래까지 부르고 있었다.

'이안이 힘내야 할 텐데. 분명히 아나벨도 이안을 좋아하는데, 뭔가 마음에 걸리는 게 있는 모양이야. 자신이 생각보다 나쁜 애일지도 모른다는 그 발언에 뭔가 있는 것 같지만.'

아무리 생각해도 아나벨이 며느릿감으로 탐나서 어쩔 줄을 모를 지경이었다. 비록 황제에게 불려와 이런 부탁을 받게 되기는 했지만. 아무리 예전에 썩 좋은 인연으로 얽히지 않았다고 해도 황제와의 독대에서 부인들끼리 좋은 시간을 한 번만 가지게 해 달라는 부탁을 거절하기는 어려웠다.

"그럼 방법이 있습니다."

물론 브레이든은 이 사태를 유려하게 요리할 수 있는 사람이었다.

"지금 레슬리가 매년 이맘 때 찾아오는 다리 통증 때문에 자리보전 중입니다. 황후님께서 직접 병문안을 오시면 되겠군요."

레슬리가 입궁하여 남들 앞에서 황후와 한 번 다정다감한 티타임이나 가졌으면 좋겠다고 생각한 황제의 입이 그대로 다물렸다. 검술 마니아인 그는 당연히 레슬리의 다리 부상을 알고 있었다. 그러므로 그녀에게 직접 입궁하라는 소리는 할 수가 없었다. 그렇다고 황후가 직접 평민 출신의 공작 부인에게 문병을 갈 것 같지가 않았다.

"……황후에게 말은 해 보겠네."

"예. 아주 좋은 그림이 될 겁니다. 폐하께서 염려하시는 차별주의자 소문도 바로 잦아들 것이고요."

황제는 브레이든의 서글서글한 말에 속으로 한숨을 쉬었다.

'저 여우같은…….'

역시 세기의 계략남다웠다. 웃으면서 동의하니 뭐라고 화내기도 힘들었다.

"황후는 근신 중이니 나중에 다리 부상이 나으면 한 번 입궁하라고 하게."

"딱히 바쁜 일이 없으면 그렇게 하도록 하지요."

"웨이드로스 공작 부인이 바쁠 게 뭐가 있단 말인가?"

"뭐, 며느리를 볼 수도 있는 일이죠."

"하."

황제는 어깨를 으쓱하며 받아쳤다.

"이안 웨이드로스가 결혼한다고? 이미 검과 결혼하지 않았나?"

"……."

드디어 반격할 거리를 찾은 황제가 신나서 덧붙였다.

"혹시 여자와 결혼할 것이라고 기대하는 건가? 그 재미없는 성격에 결혼은 쉽지 않을 텐데. 공작 부인이 나서서 정략혼을 시키지 않는 이상 말이야."

브레이든은 '재미없는 성격'이라는 말에 차마 반박하지 못했다.

"그 전에 황실의 혼사가 더 빠를걸. 사실 평민 의회장과 나눈 말이 있어서."

"……물론 제 자식이 지극히 재미없다는 것에는 동의합니다. 하지만 그래도 제 감이……."

"감으로 결혼하는 자식도 있다던가, 허허."

"하지만 그 감이 바로 브레이든 웨이드로스의 감입니다, 폐하."

아까 '레슬리를 황궁으로 보내지 않겠다'라고 선언한 것이나 마찬가지인 브레이든이 얄미워, 황제는 놀리듯 밀어붙였다.

"언제 적 브레이든이란 말인가. 게다가 원래 자식 일은 마음대로 안 돼."

브레이든은 아주 오랜만에 호승심에 불타올랐다. 황제가 '평민 의회장과 나눈 말'이라면 그 상대가 누구인지 뻔했기 때문이다. 아마 아나벨과 로버트를 밀어주려고 하는가 본데…….

"그럼 내기하실까요, 폐하."

브레이든은 씩 웃으며 말했다.

"누가 먼저 시아버지가 되느냐로 말입니다."

"난 자신 있네. 자네가 이번 로버트의 생일 연회에 오지 않아 그 분위기를 몰라서 그래."

황제는 턱을 치켜 올리며 말했다.

"이안은 그 누구와도 춤을 추지 않던데…… 정말 내기를 하겠어?"

"그럼요."

"요새 황실에 예산이 부족한데 잘 됐군. 크게 걸겠네."

"곧 들어올 며느리에게 꽤 큰 결혼 선물을 해 줄 수 있겠군요."

그 밤, 레슬리의 행보 때문에 모였던 두 남자는 결국 아나벨의 행보에 꽤 큰 돈을 걸게 되었다.

깊은 밤이었다.

'무슨 서커스단의 원숭이도 아니고…….'

라넬라는 초조하게 손톱을 물어뜯었다. 카론다에서 수도까지 호송을 당하는 중이었는데, 사람들이 호기심 어린 눈으로 자꾸만 구경하고 갔다. 그중에는 돌이나 계란을 던지는 자들도 많았다.

'이렇게 질질 끌면서 수도까지 대륙 횡단을 시키다니.'

심지어 호송되면서 안 좋은 생각만 자꾸 들었다. 하지만 칼론이 구해 줄 것 같다는 희망도 놓지 못하고 있는 상태였다. 분명히 황실 기사단이 칼론의 관리하에 있으니 그녀를 호송하고 있는 기사들 중 칼론의 최측근이 있을 법도 했다. 물론 이 호송을 책임지고 있는 닉 때문에 움직임이 쉬운 것 같지는 않았지만 말이다.

이건 라넬라와 레이번에게 너무나도 잔인한 방식이었다. 이렇게 오랫동안 사람들에게 비난을 받으면서 처분을 기다리고 있자니 정말 머리가 어떻게 될 것만 같았다. 아무리 생각해도 이건 아나벨, 그 애의 의견인 것 같았다. 라넬라를 바라보는 그녀의 눈빛에는 경멸과 분노가 가득 차 있었으니까.

'하지만 메릴린과 오스칼, 그것들이 얼마나 내게 잔인했는데!'

갇혀 있어서 그런지 과거의 일들만 생각만 났다.

'내가 오스칼을 좋아했다는 걸 알면서…… 아이를 낳으러 우리 병원에 와?'

그리고 바로 그 아이가 그녀를 이렇게 만들었다. 다짜고짜 농장에 불을 지르다니, 메릴린을 닮아서 정말 무식하고 포악하지 않은가. 그때 흑마법의 기원인 사슴까지도 그 와중에 휩쓸려 죽어 버린 듯했다. 감옥에 찾아와 그녀를 모욕하던 때를 생각하면 이가 저절로 갈렸다.

"저기, 일어나 봐."

과거를 회상하던 라넬라가 깜빡 졸고 있을 때였나. 어느 순간부터 이동 속도가 빨라져서 고단했다.

"······응?"

"가까이 와 봐. 네 배후께서 보내셨으니까."

배후라는 말에 라넬라의 눈이 번쩍 뜨였다. 칼론이 떠올랐던 것이다.

과연 창살 밖에 있는 남자는 황실 기사단의 제복을 입고 있었다.

"그럴 줄 알았어!"

라넬라가 환희에 차서 외쳤다.

"드디어 우리를 구해 주시려나 보다!"

그녀가 창살로 가까이 갈 때였다. 그녀를 부른 기사가 섬뜩하게 검을 빼어 들었다. 그리고 그 검은 그녀의 목으로 가차 없이 향했다.

"이, 이게 무슨······!"

라넬라가 순식간에 덮쳐오는 죽음의 냄새에 쿵, 하고 주저앉았다.

하지만 그녀는 죽지 않았다. 대신 친숙한 목소리가 들렸다.

"로버트 황자님이 분명히 생포해 오라고 명령했는데······."

황실 기사의 뒤에서 닉이 나타나 황실 기사를 압박한 것이다.

"그 말을 어긴 걸 보면 이들의 배후와 한 패인가 보지?"

닉은 그 기사를 단숨에 포박했다.

"왜, 이들이 수도에 가서 진실을 말할까 봐 겁나냐."

라넬라는 닉의 말에 빠르게 모든 것을 추론해 냈다. 그러니까 저 기사는 칼론이 보낸 사람이 맞았다. 다만 그녀를 죽이려고 온 것이었다. 혹시라도 칼론에게 불리한 증언이라도 할까 봐 말이다.

"너희도 호송 중인 죄인과 마찬가지 신세야, 이것들아."

닉은 의기양양하게 라넬라를 노려보며 말했다.

"이런 사람에게 뒤를 맡기고 그렇게 큰일을 벌였어?"

그들을 책임지고 호송 중이던 닉은 아주 오랫동안 잠복해 있었는지 머리카락에 나뭇잎까지 붙인 채였다. 마치 이런 일이 벌어질 줄 알았던 것처럼 말이다.

"아나벨의 말이 맞았군. 분명 이동 속도를 좀 빠르게 하면 호송 중에 죽일 것이라던데."

그리고 닉의 어깨에는 로버트의 비둘기 한 마리가 앉아 있었다.

"황실 기사단에 배후의 입김이 작용하고 있었음을 증명할 수 있겠군."

라넬라가 칼론의 사람에게 죽을 뻔하고, 황제와 브레이든이 내기를 걸게 된 밤이었다. 수도의 한 뒷골목에서도 일이 하나 벌어지고 있었다. 아론이 팔다리가 묶인 채 창고에 널브러져 있었던 것이다.

"소리 지르면 한 대 얻어터질 테니 알아서 닥치고 있어."

"처음부터 지를 생각 없었어. 내 성대는 소중하니까. 나를 왜 납치한 거지?"

"어차피 대답해 주지 않을 테니 성대가 소중하다면 쓸데없이 질문하지 마."

"이 정도 질문하는 걸로 성대가 상하지는 않는데. 보아하니 지금까지 근육에만 관심을 둔 모양이군. 앞으로 우리 몸에게 고루고루 관심을 주도록 해."

쉴 새 없이 이죽거리는 아론은 긴장한 기색조차 전혀 보이지 않았다.

라기안은 아론과 말을 섞으면 섞을수록 화가 났다.

"저기."

그가 아무리 무시해도 아론은 입을 멈추지 않았다.

"궁금한 게 있는데."

아론은 절대 지치지 않고 라기안을 빤히 쳐다보며 끊임없이 말을 걸었다.

"말하지 않았나. 어차피 내게 무엇을 물어봤자 소용없……."

당연히 납치 이유나 배후를 물을 줄 알았던 아론은 곧바로 라기안의 말을 끊으며 뜬금없는 소리를 뱉었다.

"당신, 진짜 슬픈 일이 생겨도 안 우나?"

"무슨 소리지?"

라기안은 뜬금없는 아론의 말에 어이가 없어서 대꾸하고야 말았다.

"혹시 나 같은 사람은 피도 눈물도 없이 잔인하냐고 묻는 거라면……."

"아니, 댁의 잔인함에는 딱히 관심 없고."

아론은 푸른 눈을 데굴데굴 굴리며 말했다.

"댁 같은 사람들은 근손실 무서워서 안 운다는 괴담이 사실인가 궁금해서."

"이 새끼가 지금!"

"아, 관심 없다고 해서 화났어?"

라기안이 손을 번쩍 들어 올리자 아론은 알 만하다는 눈빛으로 혀를 차며 재빨리 말했다.

"미안하지만 내게는 연인이 있어서. 관심받지 못해도 이해해 주길 바라."

'연인'이라는 말에 라기안은 억지로 참으며 주먹을 내렸다.

"아마 확인해 보면 내 무관심의 이유를 받아들이게 될 거야. 어려모로 외양이 당신과 다르거든. 뭐, 다행이지."

아나벨도 그렇고 아론도 그렇고 레인필드 남매는 자신의 화를 돋우는 재능이 있었다. 라기안은 진심으로 그를 한 대 치고 싶었으나 간신히 참았다. 벨리녹의 말에 따르면 세시안느는 꽤 강단 있는 성격이었다. 잡혀 오자마자 곤죽이 된 연인의 모습을 본다면 오기로 말하지 않을 수도 있었다. 그러므로 벨리녹이 세시안느를 데리고 오면 그때 차근차근 한 대씩 때려 줘야 했다. 멀쩡했던 연인의 모습이 점점 망가져 가는 것을 보면 견딜 수 없을 것이었다. '나만 한 번에 입을 열었어도 아론은 멀쩡했을 텐데'라는 생각을 하게 하는 것이 목표였다.

"뭐, 그건 당신의 잘못이 아니지. 알고 있긴 해."

하지만 아론이 저렇게 떠들 때면 정말이지 참기가 어려웠다.

"근데 이렇게 늦게까지 안 자도 괜찮아? 내일 근 손실 오면 어떡해?"

아론을 납치할 때는 납치보다 수다를 견디는 것이 더 어려울 줄 몰랐다.

칼론이 다녀간 뒤, 벨리뉵은 세시안느의 글씨체를 흉내 내어 간단한 편지를 썼다. 오늘 저녁 인적 드문 창고에서 만나자는 내용이었다. 예상대로 아론은 약속 장소에 유유히 나타났다. 라기안은 쉽게 그를 제압해서 손발을 묶고 던져 둔 참이었다.

"……아론?"

얼마 지나지 않아 창고 안으로 세시안느가 질질 끌려 들어왔다. 그녀를 끌고 들어온 사람은 후드를 둘러쓴 벨리뉵이었다. 벨리뉵은 체격이 좋다고 할 수는 없었으나 세시안느 정도는 끌고 올 수 있었던 것이다.

"대신관님, 이게 대체 무슨 일인가요?"

세시안느는 끌려온 주제에 전혀 주눅 들어 보이지 않았다.

"제 신력을 필요로 하는 불쌍한 어린 신도에게 가자고 하셨잖아요. 저는 정의롭고 선량해서 그 말에 따를 수밖에 없었고요!"

그녀가 아론을 가리키며 또박또박 따지고 들었다.

"그런데 왜 저기에 제 소중한 연인이 인질처럼 묶여 있는 거죠? 지금 이게 사랑과 정의를 수호해야 할 대신관님이 벌여도 되는 짓이라고 생각하세요?"

어이가 없다는 표정의 라기안에게 벨리뉵이 고개를 저으며 말했다.

"원래 이런 애니까 신경 쓰지 말게."

"그렇군."

라기안은 속으로 아론과 세시안느는 참 잘 어울리는 커플이라고 생각했다. 오늘 밤 함께 나란히 세상을 떠날 것이지만 말이다.

“세시안느.”

벨리늑은 세시안느를 바닥에 내팽개치며 말했다.

“네 신력이 필요한 사람은 나다.”

“세상에, 양심이 없으시군요!”

세시안느가 카랑카랑한 목소리로 외쳤다.

“자신을 두고 불쌍한 어린 신도라니, 어떻게 그런 망언을!”

“앞으로 네 신력을 내게 옮길 텐데…….”

벨리늑은 세시안느의 말을 무시하며 고개를 치켜들었다.

“네가 동의를 하지 않으면 네 애인은 무사하지 못할 줄 알아라.”

세시안느는 잠시 숨을 몰아쉬더니 아론을 보며 비장하게 말했다.

“아론, 그동안 고마웠고 당신의 희생 잊지 않을게요…….”

“무슨 소리야, 세시안느. 나는 희생할 생각이 없어.”

아론은 고개를 세차게 저으며 말했다.

“얼른 동의해. 절대로 버티지 말고. 이 근육 인간은 내 입부터 아작 낼 것 같
단 말이야.”

아론의 입을 막지 않은 보람이 있었다. 그것은 벨리늑의 지시였다. 그는 세
시안느가 쓸데없는 정의감에 불타서 애인을 희생시킬 가능성이 높다고 예상했
다. 하지만 아론은 입이 살아 있고 겁이 많기 때문에 어떻게든 세시안느를 설
득시킬 것이라고도 했다. 그 예측은 맞아떨어져서, 결국 세시안느는 벨리늑에
게 신력을 넘기기로 합의했다.

“대신…… 아론의 몸에 손 하나 대시면 안 돼요.”

그다음부터 일은 일사천리로 진행됐다. 라기안은 알지 못하는 절차가 꽤 오
랜 시간 이어졌다. 바닥에 진을 그리고 두 사람이 기도문을 외웠다. 얼마 지나
지 않아 파란색 빛이 세시안느에게서 천천히 벨리늑에게로 흐르기 시작했다.

“오.”

아론이 묶인 채로 탄성을 질렀다.

"내 생애 신력이 움직이는 것을 눈앞에서 볼 줄이야…… 삶의 지평이 또 한 번 넓어지는군."

솔직히 장관은 장관이어서 라기안 역시 마른침을 삼켰다.

가만히 신력을 옮기던 세시안느가 눈을 번쩍 떴다.

"대신관님!"

그러더니 또다시 호통을 쳤다.

"지금…… 제 신력으로 뭘 하시려는 거죠? 악마에게 바치시려고요?"

아무래도 생각과 감정이 공유되기 시작한 것 같았다.

벨리녹이 퉁명스럽게 말했다.

"네 신력이라니. 내게 옮겨 왔으니 내 신력이지."

그는 세시안느에게서 받은 신력을 그대로 악마에게 바쳐서 세 번째 흑마법의 기원에 대해 묻고 있는 중이었다. 옮긴 신력은 즉시 써야 했기 때문이다.

"지옥 불에 떨어져도 내가 떨어지니 너는 그냥 닥치고……."

그러다가 벨리녹의 눈마저 커다랗게 변했다.

"이, 이건……."

이제 세시안느의 생각까지 벨리녹에게 스며들기 시작한 것이다. 벨리녹이 허겁지겁 일어나서 주위를 두리번거렸다. 세시안느가 버럭 소리를 질렀다.

"지금이에요, 아나벨 님!"

연결되고 있던 푸른빛이 완전히 사라졌다. 세시안느가 일방적으로 연결을 끊어 버린 것이다. 그리고 그녀의 비명 소리와 함께 외딴 창고의 문이 쾅, 하고 열렸다. 달빛을 등에 진 채 아나벨이 씩 웃고 있었다.

"안녕."

그녀의 손에 들린 검이 섬뜩하게 빛났다. 세시안느의 생각을 읽어 버린 벨리녹은 마른침을 삼켰다. 그러니까 이건 모든 것을 계산한 상대의 노림수였다.

"제기랄, 이걸 어쩌면 좋소?"

벨리녹은 간절한 눈으로 라기안을 바라보았다.

"모든 것이 함정이었소."

"뭐요?"

"아론은 일부러 미끼가 되었고, 아나벨이 뒤를 밟은 거요!"

라기안은 머리를 한 대 얻어맞은 것처럼 살짝 멍해졌다. 생각해 보면 납치를 당했음에도 전혀 긴장하지 않은 것 같은 아론의 모습이 아주 거슬리기는 했다. 하지만 이제 와서 어떻게 할 수 있는 것도 아니었다. 이미 일은 벌어지지 않았는가. 칼론은 워낙에 철저한 사람이라 다른 사람을 붙이지도 않았다. 이 일에 연관된 사람은 자신과 벨리녹, 두 명뿐이었다.

'무슨 일이 있으면 외국인인 내게만 다 덮어씌울 생각인 거겠지.'

라기안은 열심히 머리를 굴렸다. 어차피 돈으로 연결된 사이니 대단한 유대감이 있을 리 없었다. 하지만 받은 돈도 상당했고, 아나벨을 없앤 뒤에 받기로 약속한 돈도 어마어마한 액수였다.

'상관없어.'

라기안은 출발하기 전, 그가 칼론에게 받았던 마지막 지시를 떠올렸다.

'어차피 그 인간은 내국인이라고 해서 완전히 자기 사람으로 포용하는 것도 아니니까.'

그러니 서로 불신 상태에서 힘만 합치면 되는 것이었다. 무엇보다 그는 진심으로 아나벨이 싫었다. 그래서 어떻게든 그의 손으로 죽이고 싶었다.

'어차피 둘 다 죽이면 된다. 그리고 만약에 일이 잘못되더라도…….'

라기안은 빠르게 계산을 마치고 검을 고쳐 쥐었다.

"맞아."

달을 등지고 나타난 아나벨은 벨리녹의 말에 싱긋 웃으며 품속에서 단검을 꺼내 휙 던졌다.

"너희는 내 함정에 걸린 거야."

그 단검은 그대로 아론의 팔을 묶고 있던 밧줄에 명중했다. 작은 틈에 명중시킨 단검 던지는 실력도 실력이지만, 아나벨을 믿고 꼼짝도 안 한 아론의 담력 역시 대단했다.

"오."

아론은 자유로워진 손으로 단검을 들어 다리의 밧줄마저 끊어 내며 어깨를 으쓱했다.

"감사합니다, 누님."

묶인 것들을 다 풀고 난 그는 날래게 일어섰다.

"아무리 작전이라고 해도 애인 앞에서 미끼 노릇 하는 건 없어 보여서요."

라기안은 아론의 움직임에 살짝 놀랐다. 아론은 열두 살 때 한 번 이안에게 진 이후로는 검술 대회에 참가하지 않았다. 납치도 너무 쉬워서 크게 경계하지 않았는데 생각보다 몹시 몸이 날랬다.

"아무리 삶의 지평이 넓어졌다 할지라도 오래 하고 싶지는 않더라고요."

아론이 훌쩍 뛰어 세시안느의 앞에 섰다.

"누구든 내 여자를 건드리면 가만두지 않겠다! 기왕이면 유치하더라도 뭐 이런 대사를 원했답니다."

라기안은 빠르게 계산했다. 저쪽은 검사가 둘이지만 지켜야 하는 여자가 있었다. 자신의 검술 실력이 가장 뛰어나다는 것을 감안할 때 그렇게까지 밀리는 조합은 아니었다.

'어차피 저놈은 자기 애인에게 묶여 있을 테니 아나벨 쪽부터……'

그는 바로 검을 들고 아나벨에게 달려들었다. 아나벨은 그의 검을 가볍게 쳐낸 뒤 창고의 선반으로 날래게 뛰어올랐다.

"이런 쥐새끼 같은!"

쉽게 제압할 수 있을 것 같은 바로 그 시점에서 아나벨은 훌쩍 피해 버리곤 했다. 그리고 그 태도가 라기안을 몹시 열받게 했다.

"네가 나를 무서워하는 건 알지만, 진정한 검사라면 피하지만 말고 부딪쳐!"

"너무 화내지 마."

아나벨이 걱정된다는 표정으로 말했다.

"흥분하면 큰 손실 생길지도 몰라."

라기안이 아나벨을 쫓아 창고를 빙빙 돈 지 얼마 되지 않아, 창고에 비명 소리가 울렸다. 벨리녹의 비명 소리였다.

"으악!"

아론이 벨리녹의 명치를 걷어찬 참이었다.

"자, 그럼."

그가 세시안느를 안아 들고 씩 웃었다.

"대신관 살해범은 되고 싶지 않으니 저는 여기까지 하겠습니다."

라기안은 아론 쪽으로 즉시 단검을 날렸으나 완전히 빗나갔다. 예상외로 아론이 몹시 날쌨던 것이다. 세시안느를 안은 채로도 그는 손쉽게 모든 단검을 피하고 아나벨이 들어왔던 문으로 유유히 빠져나갔다.

라기안이 그것을 보고 쫓아가려던 찰나, 아나벨이 정확히 그의 목뒤를 가격했다. 모든 것이 너무 순식간에 벌어져서 정신이 없었다.

휘청거리며 그가 무릎을 꿇었을 때였다.

"그럼 안녕."

아나벨이 산뜻하게 웃었다.

"아쉽지만 오늘은 여기까지 하자고."

그녀가 그의 등을 밟고 다시 한번 도약하여 아론과 세시안느를 따라 나갔다.

"무슨 소리야? 이렇게 간다고?"

라기안이 이를 갈며 그들을 쫓아가려고 할 때였다.

"안 돼!"

그의 팔을 잡아끈 사람이 있었다. 바로 벨리녹이었다.

"뭐요? 성가시게!"

벨리녹 정도야 바로 튕겨 낼 수 있었던 라기안이 팔을 휘두르려고 하자, 벨리녹이 다급히 말했다.

"아나벨을 죽이면 안 되오! 그런다면 칼론 님께서 크게 화내실 것이오!"

"뭔 헛소리요?"

라기안은 '칼론'이라는 말에 일단은 잠시 멈칫했다. 하지만 아나벨과 제대로 된 결투를 못 해 봤다는 생각에 격한 짜증을 쏟아 냈다.

"불과 오늘만 해도 당장 죽이라고 펄펄 뛰시던 분인데! 이번에야말로 바로 죽일 수 있었는데, 당신이 다 망쳤소!"

"하지만 어쩔 수 없는 일이오!"

벨리녹이 거친 숨을 몰아쉬었다. 그러고는 분노하고 있는 라기안을 달래기 위해 바로 말을 이었다.

"나와 세시안느는 생각을 공유하고 있지 않소. 한 번 신력을 주고받으면 이제 우리는 그 시점부터 계속 생각을 공유한다오."

"그게 뭐……."

"그래서 알 수 있었지. 그들은 일부러 이 함정을 판 거요. 내가 세시안느의 신력을 받아서 악마에게 바치도록 말이오."

왜냐하면 세시안느가 직접 신력을 악마에게 바친다면 그녀의 윤회가 어긋나기 때문에 벨리녹을 이용한 것이었다.

"그들도 세 번째 흑마법의 기원을 찾고 있소. 왜냐하면……."

벨리녹은 다시 한번 충격을 되새김질한다는 표정으로 중얼거렸다.

"……아나벨 레인필드가 그 흑마법의 기원을 알아볼 수 있는 눈을 갖고 있기 때문이지."

"뭐요?"

"그녀는 이 세계에서 유일하게 '흑마법의 기원'을 알아볼 수 있다고 하오. 아마도 앞의 두 개를 그토록 쉽게 파괴했던 건 이안 웨이드로스가 아닌 그녀의 역할이었던 것 같소."

라기안은 딱히 그런 것들에 대해서는 흥미가 없었다. 흑마법의 기원이고 뭐고 다 칼론과 벨리녹의 관심사였다. 그는 그저 아나벨을 죽이고 돈을 받아 가면 그만이었다.

"그녀는 그걸 대가로 축복을 받고 있는 것 같다는데 자세한 건 모르겠군."

그래서 그는 성의 없게 대충 흘려들으며 그의 분노를 표출하기에 바빴다.

"아니, 그럼 더더욱 없애야지! 흑마법의 기원을 알아볼 수 있다면 얼른 죽여야 하는 것 아니오? 당신이 망쳤네!"

"아냐."

벨리녹은 고개를 저었다.

"악마에게 신력을 바치고 흑마법의 기원을 알아내려고 했는데…… 그 중간에 세시안느가 신력을 끊어 버려서 온전히 바치지 못했소."

라기안은 잠시 그때를 회상했다. 하기야 중간에 갑자기 세시안느가 소리를 지르면서 일방적으로 연결을 끊어 버리기는 했다.

"그래서 흑마법의 기원이 스마호 숲에 있다는 것만 알아내고, 정작 무엇인지는 끝까지 듣지 못했지."

벨리녹은 한숨을 쉬었다.

"그들은 일부러 그 타이밍을 노린 거요. 위치만 듣고 그것이 무엇인지는 모를 때 끊기로……. 어차피 아나벨은 알아볼 수 있으니까 말이오."

"아니, 그게 무슨……."

"우리가 흑마법의 기원을 찾을 수 있는 방법은 이제 한 가지요."

"설마……."

"아나벨의 뒤를 쫓는 것 말이오. 그녀가 알아볼 수 있으니까. 그래서 내가 아까 아나벨을 죽이면 안 된다고 당신을 말린 것이오."

그가 라기안을 보며 혀를 찼다.

"어차피 그들은 당신과 제대로 된 결투를 치를 생각이 없었소. 아나벨은 당신에게 이길 자신이 전혀 없다고 예전에 세시안느에게 말했단 말이오."

그 말에 라기안의 마음이 살짝 누그러졌다.

'이길 자신이 없다니, 자신의 실력은 대충 알고 있나 보군. 역시 연회 때에는 우연이었던 거야.'

벨리녹이 그의 검을 흘끗 바라보며 말을 이었다.

"그러니 화는 그만 내시오. 그들도 계획대로 되지 않아서 당황하고 있는 중이니까."

"……무슨 계획?"

"그들은 우리가 이렇게 늦게 움직일 줄 예상하지 못했소. 아마 칼론 황태자님이 무언가를 간파하신 것 같군."

"그럼 지금도 그럼 세시안느와 생각이 연결되어 있나?"

"그렇소."

라기안의 질문에 벨리녹은 신음 소리를 흘렸다.

"계획대로 되었다며 좋아하고 있군. 물론 그쪽도 내가 당신에게 이런 이야기를 하고 있다는 걸 파악하고 있을 거요."

"……그렇군."

라기안은 천천히 대답했다.

"하."

그리고 옅은 한숨을 쉬며 머리카락을 쓸어 올렸다.

"결국 이렇게 되다니."

그의 낮은 목소리에 벨리녹은 고개를 절레절레 저었다.

"이번에는 그쪽의 함정에 넘어간 걸 인정…… 윽!"

벨리녹의 말은 이어지지 못했다. 라기안이 가볍게 휘두른 검에 그대로 쓰러져 즉사한 것이다.

"라기안, 혹시라도 일이 잘못되어 세시안느를 죽일 수 없게 되면 최대한 빨리 벨리녹을 죽여라."

"예?"

"생각이 공유된다고 하지 않나. 그쪽에 우리의 계획을 알려 줄 수는 없지."

"음…… 대신관님께 더 이상 무언가를 안 가르쳐 주면 되는 일 아닙니까?"

"난 찝찝한 건 굳이 남겨 두지 않아."

사실 칼론이 라기안에게 미리 한 지시가 바로 이것이었다. 일이 잘못되면 벨리녹을 죽이는 것. 그래서 상대가 이쪽의 속셈을 더 이상 알지 못하게 하는 것.

"역시……."

라기안은 칼론의 말을 회상하며 고개를 절레절레 저었다.

"자기편이라는 것이 없는 남자라니까. 그래서 여기까지 올 수 있었던 거지."

조금이라도 걸리는 것이 있으면 무조건 쳐 내어 꼬리를 자른다. 그것이 칼론의 지론이었다. 오랫동안 그와 협력하여 돈을 보내온 라넬라와 레이번조차 가차 없이 죽이라고 명령하는 사람이 바로 칼론이었다. 정작 라넬라와 레이번은 칼론이 그들을 구해 줄 거라 철석같이 믿고 있을 텐데 말이다.

그런 사람이 적과 연결된 벨리녹을 살려 둘 리 없었다. 벨리녹에게 얻어 낼 정보는 이미 모두 얻어 냈다. 마지막 흑마법의 기원은 스마호 숲에 있으며, 아나벨이 알아볼 수 있다는 것. 그들이 예상한 시기와 달라서 상당히 당황하고 있다는 것. 가장 중요한, 아나벨은 그에게 이길 자신이 없다는 것.

어차피 세시안느와 아론, 아나벨은 자신과 벨리녹의 얼굴을 봤다. 내일 당장 공론화를 시킨다고 하면 난감해질 것이 뻔했다. 자신은 어떻게 칼론의 뒤에 숨어서 빠져나갈 수 있었다. 칼론이 내내 자신과 함께 있었다고 증언해 주면 되니까 말이다. 그들은 어쨌든 한낱 평민이었고 황자의 증언을 뒤엎을 만한 힘이 없었다. 하지만 벨리녹은 아니었다. 지금 이 시각. 그가 신전에 없었다는 걸 증언해 줄 신전 사람들이 차고 넘쳤으니까. 어찌 되었든 벨리녹을 죽이는 것이 뒤탈 없는 방법이었다.

"참⋯⋯."

라기안은 벨리녹의 시체를 처리하며 중얼거렸다.

"꼬리 하나 남기지 않는 것이 철저하긴 하다만⋯⋯ 이렇게 자기 사람을 아끼지 않아서야."

리하르트가 다쳤을 때에도 자신의 안위만 걱정하던 칼론이 떠올라 그는 혀를 끌끌 찼다.

"뭐, 내가 알 바 아니지."

어차피 그 역시 돈만 받으면 되는 일이었기 때문이다. 아, 하나 더 있었다. 창고에서 끝까지 자신을 이용한 건방진 아나벨 레인필드를 어떻게든 죽이는 것. 돈도 돈이지만, 그는 약이 바짝 올라 그녀를 향해 이를 한 번 더 갈았다.

"어?"

아론에게 안겨 있던 세시안느가 흠칫 놀랐다.

"생각의 연결이 끊겼어요!"

그녀의 말에 나와 아론은 서로 눈짓을 주고받았다. 사실 놀라움의 연속이었다. 칼론의 신전 협조자가 대신관 벨리녹이라니. 아니, 애초에 칼론에게 협조해서 대신관이 되었을 수도 있었다.

"⋯⋯대신관님께 무슨 일이 있나 봐요!"

순진한 세시안느가 눈을 굴리며 말했고, 나는 한숨을 쉬며 대답했다.

"아마 지금 라기안이 그 사람을 죽였나 봐요."

"네에? 같은 편 아니에요?"

"성녀님, 악당들은 원래 쉽게 서로를 배신해요."

나는 충격에 휩싸인 세시안느의 등을 다독였다.

"나랑 리어드도 그랬거든요."

사실 세시안느는 짐작하지 못했겠지만, 나와 아론으로서는 예상하고 있던 바였다. 세시안느에게 말하지 않은 것은 혹시라도 그 짐작이 벨리눅에게 전달될 수도 있다고 생각했기 때문이다. 물론 세시안느는 착하지만 강인한 성격이었기 때문에 금방 충격을 이겨 냈다.

"휴…… 정말 나쁜 사람들이군요. 그런데 괜찮을까요?"

그녀가 다시 걱정스러운 눈으로 나를 바라보며 말했다.

"아나벨 님께서 흑마법의 기원을 알아볼 수 있다는 사실을 알았는데……."

"아."

나는 싱긋 웃으며 대답했다.

"들킬까 봐 그동안 말 못 해서 미안해요. 사실 그것까지 계산한 거였어요."

"네에?"

"속여서 미안해요, 성녀님."

나는 배시시 웃으면서 말했다.

"하지만 성녀님의 생각도 그쪽에 전달될 테니까…… 이렇게 끊기기 전까지는 모두 다 설명할 수 없었어요."

솔직히 요새 내 뇌세포는 과로 상태였다.

'난 몸 쓰는 게 적성이야. 이건 아냐.'

그런고로 오래 끌 생각이 없었다.

'자잘하게 오랫동안 머리를 쓰느니 한 번에 왕창 쓰고 끝낸다!'

그래서 한 번에 다 해결해 버리기로 한 것이다. 흑마법의 기원을 찾을 때 칼론의 만행도 알려서 함께 보내 버리는 것이 내 목적이었다.

'다 끝나면 머리 안 써. 긴 휴가를 줄 테다.'

그러려면 그들이 무조건적으로 나를 찾아오도록 해야 했다. 그래서 흑마법의 기원이 무엇인지 알아내기 직전에 세시안느로 하여금 신력을 끊으라고 했던 것이었다. 그들이 할 생각은 이제 뻔했다.

'라기안의 실력이 나보다 더 뛰어나다고 여길 테니…….'

나를 따라와서 어떻게든 흑마법의 기원만 알아낸 뒤 죽이려고 할 것이다. 당연히 나는 그 허점을 이용하려는 것이었고 말이다.

"어머, 어머!"

세시안느는 눈을 깜빡거렸다. 실제로 세시안느에게 모든 것을 얘기하지 못했다. 왜냐하면 벨리녹과 생각을 공유할 것이기 때문이었다. 물론 그것이 꺼림칙하면 바로 죽여 버리는 방법도 있었다. 그게 칼론의 선택이었고 말이다.

"라기안과 맞붙어서 이길 자신이 없어요……. 그러니 그날은 제대로 싸우지 않고 성녀님만 바로 구출할 거예요."

나는 그동안 세시안느에게 그렇게 말해 왔다.

세시안느는 눈을 동그랗게 뜨며 물었다.

"그럼, 라기안 님에게 이길 자신이 없다는 것도 거짓이었어요?"

"아…… 네."

나는 머쓱하게 대답했다.

"사실 이길 수 있을 것 같아요."

"세상에!"

세시안느가 펄쩍 뛰며 내 손을 꽉 잡았다.

"역시 아나벨 님, 너무 멋있으셨어요."

"네?"

"창고 문이 열릴 때 기절할 뻔했어요. 알고 있었는데도 멋있더라니까요."

세시안느의 감탄에 아론이 어깨를 으쓱했다. 그리고 뒤에서 아쉽다는 듯이 중얼거렸다.

"마지막에 멋진 대사 한마디 하는 걸로는 부족했나 보네요."

그는 세시안느가 나만을 바라보며 눈을 반짝이는 것이 내심 슬픈 듯했다.

"역시 사람은 등장이 멋있어야 하는데……. 언젠가는 세시안느도 내 실력을 알 수 있는 날이 오겠지요."

"어머, 아론. 저는 아론의 검술 실력을 잘 몰라도 상관없……."

"거짓말하시면 안 돼요, 성녀님."

아론은 눈을 가늘게 뜨며 세시안느의 머리를 쓰다듬었다.

"강한 사람 좋아하는 거 이미 들켰으니까."

나는 행복해 보이는 아론과 세시안느를 보면서 씁쓸한 미소를 삼켰다.

'세시안느는 강한 걸 좋아하는구나…….'

원작대로라면 곧 있을 검술 대회에서 이안의 우승 훈장을 받는 영광을 누렸을 텐데. 지금 행복해 보이니 다행이지만, 그래도 그 엄청난 이벤트를 못 받는 것이 내가 다 아쉬웠다.

'맞아…… 검술 대회.'

정말 검술 대회가 코앞이었다. 한 가지 예상에서 벗어난 것이 바로 이 함정의 시기였다.

'생각보다 칼론의 움직임이 늦었어……. 재무부 감사 때문에 최대한 빠르게 움직일 줄 알았는데.'

허접한 편지 따위 조작하는 데 이렇게 시간이 오래 걸릴 리가 없었다. 결국 결론은 하나였다. 칼론이 판단하기에 지금이 가장 적기였던 것이다. 나와 이안의 검술 대회가 코앞인 바로 지금. 그는 우리 둘 모두 이 검술 대회에 일정이 묶여 있다고 판단한 듯했다. 확실히 검술 대회까지 신경 쓰자면 움직임이 자유롭지 못했다. 나만 해도 바나파림 해안에 있는 이안을 계속 신경 쓰고 있었으니까 말이다.

'바나파림에서 수도까지 오려면 시간이 넉넉하지 않아. 오히려 좀 촉박한 것 같은데…….'

최대한 빠르게 움직일 것이라고 예상했던 것이 살짝 어긋난 셈이었다. 물론 그쪽도 계산이 어긋나긴 마찬가지였다. 나는 검술 대회에 미련이 전혀 없었던 것이다. 그러니 적어도 나만큼은 검술 대회 일정에 좌지우지되지 않았다.

어차피 전생을 기억한 이후 우승하겠다는 생각은 예전에 버렸다. 심지어 리어드를 엿 먹이겠다고 기권할 계획까지 세웠으니 말이다. 이제 굳이 우승해서 작위를 따겠다는 목표 의식도 없었다. 물론 기권할 필요도 없긴 했다.

'어쩌면 세 번째 흑마법의 기원을 파괴하면 이안과는 실력이 비등비등해질 것 같기도 한데…….'

하지만 지금 내가 검술 대회를 신경 쓸 때는 아니었다. 칼론을 이 기회에 날려 버리지 못하면 평생 웨이드로스 공작저에 신세 지고 살게 될지도 모르는 상황이니까.

"어쨌든."

나는 복잡한 생각을 억지로 미루며 말했다.

"세 번째 흑마법의 기원은 스마호 숲에 있다는 거죠?"

"네. 정말 의외인 곳이네요."

세시안느가 고개를 갸웃하며 대답했다.

"스마호 숲이라면 출입 통제 구역이잖아요."

스마호 숲은 심지어 수도와 가까운 곳에 있었다. 말만 '숲'일 뿐 그렇게 거대한 면적의 구역도 아니었다. 다만 스마호 숲은 오랫동안 민간인들에게 개방되지 않았다. 그 숲은 황족과 동행해야만 들어갈 수 있다고 들었다. 그렇지 않으면 숲에 서식하는 마물들이 공격한다고 했다.

"거기는…… 황족 친화적인 차별주의자, 아니 차별주의 숲 아니야."

그렇다고 해서 황족들이 그곳에 자주 가느냐 하면 또 그것도 아니었다. 초대 황제가 남긴 문서에는 '절대로 스마호 숲에 가지 마라'라는 말이 남겨져 있었기 때문이다. 그 이유는 지금까지 밝혀지지 않았다. 애초에 민간인에게 잘 알려진 일이 아니기도 하고 말이다.

"어머."

세시안느가 무언가를 깨달았다는 듯이 중얼거렸다.

"초대 황제 폐하께서는 뭔가 알고 계셨나 봐요. 아마 그런 말씀을 남긴 것이 흑마법의 기원 때문 아닐까요?"

사실 나 같은 민간인들은 스마호 숲 자체를 깊게 생각해 본 적이 없었다. 세상에 놀러 갈 곳이 얼마나 많은데 굳이 음침한 숲에 가고 싶다고 생각하지는 않기 때문이었다. 심지어 규칙을 어기면서까지 마물과 만나는 게 취미인 사람은 더더욱 없고 말이다.

"어쨌든 그럼 날이 밝자마자 로버트 황자님께 가야겠어."

나는 생각에 잠겨 말했다.

"이제 다음 일을 의논해 보아야겠지. 심지어 스마호 숲이라면 황족의 도움 없이는 아무것도 못 하니까."

당장 다음 날 로버트를 만나서 다음 일을 의논해 봐야 했다.

때마침 웨이드로스 공작저에 도착하자마자 로버트의 비둘기가 날아왔다.

「일은 어떻게 되고 있어? 그리고 오늘 리하르트 아베데스의 징계가

 결정됐어.」

리하르트의 징계라면 예전에 작전을 짤 때 로버트가 대충 설명해 준 적이 있었다. 공문서를 조작한 것이 밝혀지면 직위 해제는 물론 오랜 징역을 살아야 한다고 했다. 부상 중이라 도주 위험이 없으니 바로 구금은 하지 않겠지만, 정신을 차리면 바로 황궁에 출두하라는 공문이 아베데스 후작가에 내려갔을 것이다.

'일단은 내일 로버트를 만나야 하니까 잘됐네.'

나는 간단한 답장을 써서 비둘기의 다리에 묶은 뒤 다시 날려 보냈다.

「내일 오전에 입궁해서 설명하도록 하겠습니다.」

그리고 비둘기가 향하는 황궁 쪽을 가만히 바라보았다. 내일 아침에는 혼자 입궁해야 했다. 예전에는 이안이 에스코트해 주었는데 말이다. 생각해 보면 그때부터 그의 손을 잡을 때 열이 올랐던 것 같기도 했다. 그 희한한 마차 때문이라고 혼자 합리화했지만, 솔직히 그것 때문일 리는 없었다. 아무하고나 그런 마차에 탄다고 해서 두근거리지는 않을 것이기 때문이었다.

'몰라. 생각하지 말고 얼른 일찍 자자.'

나는 이안의 생각을 지우려고 애쓰며 속엣말을 중얼거렸다.

'아침에 가자. 얼른 모든 걸 속전속결로 해결해야지.'

하지만 내 아침 입궁 계획은 바로 틀어지고야 말았다. 동이 트자마자 또 웨이드로스 공작저로 나를 찾아온 사람이 둘이나 있었기 때문이다.

둘 중 먼저 찾아온 사람은 아베데스 후작이었다.

"부탁이 있다, 아나벨."

아베데스 후작은 마지막으로 보았을 때보다 훨씬 수척해진 얼굴을 하고 있었다. 마지막으로 본 게 친자 검사 날이었던 것 같은데. 예상하지 못한 그의 등장에 나는 물론 가족들까지 깜짝 놀랐다.

그는 나를 보자마자 숨을 몰아쉬면서 무릎을 꿇었다.

"부디 로버트 황자님께 우리 리하르트의 선처를 부탁해 주렴……."

"네?"

"아나벨, 알잖니."

아베데스 후작은 여전히 내 옷자락을 잡은 채 처절한 표정으로 말했다.

"나는 친자 검사 전에도 너를 저녁 식사에 초대했단다. 앞으로 잘 지내보자고 말이지."

"허……."

"부디 황자님께 잘 말씀드려 줘. 네 말은 들어줄 수 있을 것 아니냐. 리하르트에게 내려진 징계가 너무 세다. 아직 정신도 못 차리고 있는 그 애에게……."

나는 어디까지 하나 보자는 심정으로 팔짱을 꼈다.

"그게 어렵다면 재무부 감사라도 좀 취소해 주렴."

그가 나를 간절하게 바라보며 말을 이었다.

"제발 옛정을 생각해서, 부디……."

나는 어안이 벙벙한 와중에도 어이가 없어서 반문했다.

"……옛정이요?"

한때 나를 무시하고 또 이용하려던 사람이 내 앞에서 기고 있는 건 통쾌한 일이었다. 하지만 '옛정'이라니, 그건 통쾌함을 넘어서 불쾌함까지 느껴지는 발언이었다.

아베데스 후작은 쉰 목소리로 말을 이었다.

"엘번도 매일 잠을 못 이루고 있어."

그것참 듣던 중 반가운 소식이었다. 아마 자기도 그만한 징계를 받을 것 같아서 그럴 것이다. 내가 신랄하게 대답해 주려던 찰나였다. 응접실의 문이 다시 조심스럽게 열렸다.

"저기…… 어머."

난생처음 보는 중년의 여성이 들어오더니 이 광경을 보고 입을 떡 벌렸다. 문에서부터 뒤돌아 있던 아베데스 후작은 물론 그 여성을 보지 못한 상태였다. 목소리가 들렸어도 그냥 하녀라고 생각하는 듯했다.

"아나벨, 아나벨."

생각지도 못한 사람의 등장에 살짝 놀라서 잠시 대꾸를 하지 못한 것인데, 아베데스 후작은 내가 망설이고 있다고 착각한 모양이었다. 그는 내 뒤에 서 있던 가족들을 한번 흘끗 보더니 꺽꺽대는 목소리로 말을 이었다.

"친자 검사가 아니었다면, 너는 이런 천한 평민 집안이 아니라 우리 후작가의 막내가 되었을 수도 있었을 거다. 나는 정말이지 너를 받아들일 생각……."

'천한 평민 집안'이라는 단어에 안 봐도 우리 부모님의 표정을 읽을 수 있을 것 같았다. 더 이상 들을 필요도 없었다.

"후작님."

나는 내 옷자락을 잡고 있는 그를 내려다보며 말했다.

"이러지 마세요. 더러운 것이 묻잖아요."

"괜찮다. 이건 내 마음……."

"무슨 소리세요. 어머니가 손수 만들어 주신 제 귀한 옷자락에 더러운 후작님의 손이 묻는다고요."

냉담하게 말한 나는 그의 손을 탁, 하고 쳐 버렸다.

"얻을 것이 있어 보이면 거머리처럼 달라붙는 꼴이 딱 케이틀린인데요. 괜히 두 분이 어울리신 게 아닌가 봐요."

"너, 너……."

아베데스 후작이 분노에 찬 얼굴로 나를 바라보았다. 나는 주위를 둘러보다가 응접실에 있는 찻잔 하나를 그의 발 앞에 툭, 떨어트려 주었다.

"그날 저녁값이 아까우시면 이거 가져가세요. 꽤 비싸서 그 정도는 되거든요."

찻잔에서 찻물이 흘러서 그의 발끝을 적셨다.

"옛정을 충분히 생각해 드리지요. 제가 로버트 황자님과의 염문설이 나지 않았다면 딱 이렇게 저를 대우해 주셨을 텐데요."

나는 난생처음 이런 모욕을 경험해 보는 그에게 씩 웃으며 대꾸했다.

"사실 뭐, 이 정도가 적절하지 않나요? 아무리 가짜 가족으로 몇 년가 얽혀 있었어도 말이에요."

맨 처음 그를 마주했을 때, 그가 내게 한 말까지 덧붙여서 말이다.

"서로 별로 닮지도 않았는데."

아베데스 후작이 벌떡 일어서서 이를 갈았다.

"이, 이 건방지고 천한 평민 주제에, 역시 그 피를 물려받아서⋯⋯."

아무래도 어떻게 부탁하든 내가 들어줄 생각이 없다는 걸 알아챈 듯했다. 나는 괜찮은데, 우리 부모님을 천하다고 하다니 화가 머리끝까지 났다.

내가 한마디 더 해서 속을 긁으려던 찰나였다.

"건방지고 천한 평민 옷자락에 매달려 본 소감이 어떠실까? 조금 더 자세히 말씀해 주시면 좋을 것 같은데."

아까 응접실에 들어왔던, 처음 보는 중년의 여성이 깔깔거리며 끼어들었다.

"내일 저희가 돌릴 소식지에 실으면 딱일 것 같아서."

아베데스 후작의 입이 떡 벌어졌다.

"마, 마이에나 플리몬?"

나 역시 놀라서 눈을 깜빡였다. 마이에나 플리몬이라면 나도 이름은 몇 번 들어 본 적 있었다. 바로 평민 의회장 아닌가. 그러니까 연회에서의 내 활약을 수도 곳곳에 알린 평민 의회의 수장. '로버트와 아나벨의 사랑을 응원합니다' 따위의 응원 현수막이 집 앞 현관에 쌓여 있도록 만든 장본인.

나는 신나서 덧붙였다.

"그럼 내일 이 광경이 소식지로 나가는 거죠?"

"네. 평민들에게 아주 즐거운 소식이 될 것 같은데요."

"자, 후작님."

나는 아연실색한 표정의 아베데스 후작을 바라보며 말했다.

"여기서 무슨 말을 해도 손해일 텐데 이만 꺼지시는 게 어때요?"

그건 내 말이 맞았다. 내게 화를 내도 웃기고 빌어도 웃긴 상황이었다. 그는 씩씩거리며 콧김을 내뿜더니 발밑에 구르는 찻잔을 힘껏 걷어차고는 응접실을 나가 버렸다. 그리고 나는 그의 뒷모습에 대고 외쳤다.

"사실 이거 비싼 찻잔 아니었는데. 발만 아프셨겠어요."

마이에나와 아론이 내 말에 낄낄거리며 웃었다.

그렇게 한차례 폭풍이 지나간 뒤, 마이에나가 손을 내밀며 눈웃음을 쳤다.

"안녕하세요, 아나벨 양. 정식으로 인사할게요. 평민 의회장 마이에나 플리몬입니다."

"네……. 아나벨 레인필드입니다."

인사를 나눈 뒤 우리는 응접실에 앉았다. 드디어 정상적으로 손님을 맞는 모양새가 되었다. 아론은 부모님과 함께 눈치껏 응접실을 나갔다.

단둘이 되자, 마이에나는 싱긋 웃으며 먼저 말을 꺼냈다.

"미리 연락도 못 하고 급히 왔는데, 재미있는 구경을 하게 되었군요. 아나벨 양이 원치 않으시면 당연히 소식지에는 내지 않을 테니 걱정 마세요."

"아뇨, 엄청 원하는데요."

나는 천연덕스럽게 대답했다.

"수도에서 웃음거리 좀 되어 보라지요. 전 8년 동안 그렇게 살았는데, 생각보다 별거 아니거든요."

"하지만 아나벨 양을 둘러싸고 또 시끄러워지는 것이니……."

"상관없어요. 저 관심받는 거 좋아해요."

가볍게 대꾸한 나는 그녀를 바라보며 본격적으로 물었다.

"그런데 이렇게 저를 찾아오신 이유가 무엇이실까요?"

"아, 다름이 아니라."

마이에나는 생글거리는 눈으로 나를 바라보았다.

"아나벨 양이 걸어온 삶의 궤적이 평민들에게 힘이 되는 걸 알고 있겠지요?"

갑자기 위인전 서문 같은 분위기가 형성되었다. 나는 눈을 굴리며 대답했다.

"저는 평민들을 위해서가 아니라 저 자신을 위해서 산 것뿐인데요……"

"그렇다고 해도 평민 권리 향상에 엄청난 의미가 되는 분이시지요. 그래서 말인데요."

마이에나가 내 손을 맞잡으며 말했다.

"로버트 황자님과의 결혼도 너무 불가능한 일이라고 생각하지 마세요."

"……네?"

"저희 평민 의회가 든든하게 지지하고 있으니 말이에요."

나는 한숨을 푹 쉬었다. 마이에나의 착각을 탓할 생각은 없었다. 스캔들 하나 없던 로버트가 유일하게 시내에서 함께 식사를 한 여자. 친자 검사 요청에 곧바로 허가를 내어 준 여자. 갑자기 말을 달려 저택까지 허겁지겁 찾아간 여자. 오페라는 물론이고 탄신 연회에까지 파트너로 초대한 여자. 그게 다 나였다. 앞으로 보고 뒤로 봐도 그냥 이건 잘되어 가는 사이였다. 그리고 나 역시 일을 진행하기 위해서 어느 정도 그것을 이용하기도 했다.

"저희가 잘될 일은 없으니 굳이 지지하지 않으셔도 돼요."

나는 그녀에게서 잡힌 손을 빼내며 말했다.

"좀 이상하게 들린다는 건 알지만, 그동안 있었던 모든 일에도 불구하고 저는 황자님을 남자로 좋아하지 않는답니다."

"뭐, 그럴 수는 있죠. 저도 취향은 존중하거든요."

마이에나는 예상외로 순순히 고개를 끄덕였다.

"심지어 로버트 황자님은 이안 웨이드로스 님과 친하잖아요? 그렇다면 두 분이 비슷한 성향이라는 뜻이니…… 아나벨 양이 싫어할 수도 있다는 생각은 잠시 했었답니다."

"……."

참 진실의 정반대에 있는 추측이었다.

"아니, 그럼 그런 생각도 하셨는데 왜 그런 기사를 내신 건가요?"

"하지만 남자로 좋아하지 않아도 로버트 황자님은 상당히 매력적인 결혼 상대잖아요."

"네? 그게 무슨 소리죠? 맛없는데 먹고 싶다는 말도 아니고……."

"글쎄요, 아나벨 양. 잘 생각해 보세요."

마이에나가 눈을 반짝이며 나를 똑바로 바라보았다.

"로버트 황자님과의 염문설이 없었더라면 아베데스 후작이 아나벨 양 앞에서 무릎을 꿇었을까요?"

맞는 말이었다. 사실 그 염문설로 인해 친자 검사도 할 수 있었던 셈이었다.

"아무리 시대가 변하고 있어도, 황실의 권력이란 그런 거랍니다. 만약 염문설이 아니라 정말로 결혼으로 얽혔다면……."

그녀가 내게 비밀을 말해 주는 것처럼 속삭였다.

"아베데스 후작이 레인필드 부부를 보며 '천한 평민'이라 하지도 못했겠죠."

"……."

"아나벨 양, 이 시대의 가장 높은 평민이 되어 주지 않겠어요? 다른 모든 평민들이 아나벨 양을 보며 대리 만족을 느낄 거예요."

마이에나는 싱긋 웃으며 말을 이었다.

"레슬리 웨이드로스 역시 더 이상 평민 출신 공작 부인이라고 손가락질당하지 않아도 되지요. 평민 출신 황자비도 있는 시대가 온 거니까요."

"글쎄요."

나는 바로 반박했다.

"제가 이 시대의 가장 높은 평민이 된다면 그건 황실의 권위를 빌려서가 아니라 그냥 제가 잘나서일 거예요."

마이에나는 뜨끔한 표정을 지어 보였다.

자신의 모순을 그제야 알아챈 모양이었다.

"제가 상징성이 있는 인물이라는 건 알아요."

나는 어린 시절 귀족가의 일원으로 인정받기 위해 추문을 달고 살았다. 그러다가 평민이라는 것이 밝혀졌고, 그 이후 제국을 위해 흑마법을 퇴치하는 영웅이 되었다. 황제의 명예를 위한 결투에 승리했으며 그 결과로 황제가 친히 술도 하사했다. 로버트 황자와 연을 맺게 된다면 그거야말로 엄청나게 아름다운 이야기가 될 것이 뻔했다.

"그 상징성을 잊고 있는 건 아니에요. 특히나 요즘 같은 시대에."

하지만 그렇다고 해서 로버트와 잘해 볼 생각은 조금도 없었다. 그건 내가 이안을 좋아하는 것과는 또 다른 문제였다. 이 사실을 분명히 짚어 줄 필요가 있었다.

"그 진심을 제 삶의 궤적으로 보여 드리겠어요. 결혼이 아니라."

조금 머쓱했지만, 아직 할 말이 남아 있었다.

나는 목소리를 가다듬고 다시 입을 열었다.

"그리고 레슬리 님은 어쩔 수 없이 손가락질당하고 계신 게 아니에요. 그냥 남의 시선을 신경 쓸 시간에 맛있는 것 하나라도 더 먹자는 인생의 지론을 가지신 훌륭한 분이시거든요."

"……."

"레슬리 님도 제가 그분의 방패막이 되기를 원하시지 않을 거예요. 그런 것이 전혀 필요 없으신, 제가 아는 가장 단단하고 고귀하신 분이니까요."

나는 단단한 어조로 말을 이었다.

"저 역시 저희 부모님이 평민인 것이 진심으로 상관없어요. 오히려 아베데스 후작가의 핏줄이 아니라는 데 감사하기까지 해요."

문밖에서 으흑, 하는 소리가 들렸고 나는 옅은 한숨을 쉬었다. 인기척으로 이미 눈치는 채고 있었지만, 가족들이 우리의 대화를 엿듣고 있었던 것이다. 저 울음소리는 분명히 아버지의 것이었다. 아무래도 가족들이 필요 이상으로 감동받은 것 같았다.

'잠시만.'

순간적으로 문밖에 집중한 나는 희미한 기척을 알아채고 잠시 놀라서 숨을 몰아쉬었다.

'레슬리 님도 계신가 봐!'

레슬리 님은 우리 가족들과는 달리 쉽게 인기척을 감출 수 있어서 지금까지 잘 몰랐던 것이다.

'왠지 엄청 감동받으셨을 것 같다.'

좀 머쓱했지만 나는 애써 그 민망함을 눌러 참았다. 심지어는 마이에나마저 조금 감동한 얼굴이었다.

"그럼 이만 대화를 끝내도 될까요? 저도 약속이 있어서요."

"당연하죠. 미리 약속하지 않고 온 제 탓이지요."

마이에나가 순순히 일어났다.

"그런데 어쩌죠……."

그러고는 난감한 듯이 손가락을 꼬물거렸다.

"왜요? 또 무슨 일이 있나요?"

"사실 제가 예전에 황제 폐하를 독대했었는데……."

나는 평민 의회가 이렇게 컸나 싶어서 입을 떡 벌렸다. 황제가 평민에게 호의적이라는 건 알았지만 독대라니.

"저는 아나벨 양과 로버트 황자님이 정말 신분의 격차 때문에 망설이고 있는 연인들인 줄 알고……."

그녀가 눈을 깜빡이며 한숨을 쉬었다.

"……응원하는 마음으로 제안을 하나 했거든요."

225

나는 자초지종을 들은 뒤 그녀와 똑같은 표정으로 한숨을 쉬었다.

아무래도 그것까지 해결하고 와야 할 듯했다.

로버트는 아침 일찍부터 일어나 정원을 서성이고 있었다. 아나벨의 쪽지에 '오전'이라고 명시되어 있었지만, 정오까지는 꽤 시간이 많이 남아 있었다.

'또 내가 웨이드로스 공작저에 가면 아나벨이 너무 부담스러워하려나.'

솔직히 오전에 입궁한다고 했는데 자신이 참지 못해 아침부터 웨이드로스 공작저에 말을 달려서 가는 건 웃긴 일이었다.

'하지만 비둘기가 왔는데…… 얼른 전해 주고 싶군.'

카론다에서 호송 중인 죄수들에 대한 계획이 예상대로 이루어졌다는 쪽지였다. 그것을 핑계 삼아서라도 얼른 아나벨에게 가고 싶다는 충동이 솟구쳤다.

로버트는 한숨을 쉬며 이마를 짚었다. 오로지 칼론의 뒤를 밟는 것 때문에 그러한가 생각해 보면 그건 아니었다. 왜냐하면 같은 임무를 가지고 흩어진 다른 사람, 이안에 대해서는 그동안 하나도 안 궁금했었다.

'미안하다, 이안.'

로버트는 신음 소리를 흘리며 생각했다.

'아무래도 나는, 너를 그토록 괴롭혔던 아나벨을 진심으로…….'

그때였다.

시종이 하나 급히 들어와서 고했다.

"황자님, 폐하께서 부르십니다."

"……지금?"

"예."

로버트는 초조하게 마른침을 삼켰다. 이 상황에서 가지 않을 수는 없었다. 어쩔 수 없이 그는 황제에게 가기 전, 자신의 시종에게 몇 번이나 강조했다.

"아나벨이 오면 무조건 최고급 쿠키와 차를 내주고 잠시 기다리라고 해. 아주 정중하게."

그리고 그는 성급히 발걸음을 옮겼다. 황제에게 가는 동안 그의 마음은 싱숭생숭하기 그지없었다. 시종들에게 몇 번이나 금방 올 것이라고 강조했는데도 마음이 급했다. 조금이라도 발걸음이 엇갈릴까 봐 초조했다.

"로버트, 왔구나."

거의 뛰다시피 한 로버트는 애써 표정을 관리하며 황제 앞에 섰다. 그러고는 대충 빠르게 인사말을 주고받은 뒤 바로 짐작하는 내용을 먼저 말했다.

"며칠 전에 평민 의회장을 독대하셨다고 들었습니다."

황실의 빚이 막대하다고 하니 어쩔 수 없는 일이었다.

이제 평민 의회장은 황제까지 독대할 수 있는 위치에 선 것이다.

"아, 그래."

황제는 어두운 표정으로 고개를 끄덕였다.

"그래서…… 오랜 고민 끝에 네게 부탁을 하나 좀 하고 싶은데."

"말씀하십시오."

"혹시 아나벨 양과 서로 마음이 있는 사이라면……."

거기까지는 짐작하지 못한 로버트의 눈이 커졌다.

"……약혼 정도를 하는 것에 대해 어떻게 생각하지? 결혼은 더 좋고."

"예?"

"평민 의회장이 먼저 제안하더군."

황제가 차분하게 말했다.

"신분으로 인해 결혼하지 못하는 관례를 깨트려 주었으면 좋겠다고."

하지만 가라앉은 목소리와는 다르게 표정은 은근히 달아올라 있었다.

"나는 아나벨 양이라면 살짝 찬성이기는 하다."

로버트는 순간 심장이 두근거리는 것을 느꼈다. 아나벨은 예전에 황좌에 도움이 되는 정략혼을 하라며 자신을 밀어냈었다. 그녀가 자신에게 별 마음이 없다는 건 알고 있지만……. 그래도 혹시 그게 황좌를 원하는 자신을 못 믿어서라면, 어느 정도의 신뢰감을 주고 관계를 다시 형성해 볼 여지가 있지 않을까.

"아니, 사실 꽤 많이……."

로버트가 무슨 생각을 하는지도 모르고 황제는 헛기침을 하며 말을 이었다.

"솔직히 정말 멋진 검사 아니더냐. 최근 행보를 보면 애국심도 보장되었고 말이다."

"폐하께서 원하신다면…… 제가 오늘 아나벨 양에게 말해 보지요."

로버트는 애써 표정 관리를 하며 간신히 평온하게 말했다.

"오늘?"

"곧 입궁하기로 했으니까요."

황제의 눈이 반달 모양으로 휘었다. 그럴 줄 알았다는 장난기가 어린 눈웃음이었다. 그도 그럴 것이, 로버트의 의복이 평소보다 더 화려했던 것이다.

"크흠. 안 그래도 내가 어젯밤 잠시 입궁한 웨이드로스 공작과 내기를 했다."

"내기요?"

"누가 먼저 며느리를 보느냐에 대한 건데…… 이상하게 웨이드로스 공작이 자신감에 넘쳐 있더군. 혹시 이안이 만나는 여자가 있던가?"

"제가 알기로 전혀 없는데……."

로버트는 고개를 갸웃했고 황제는 호탕하게 웃었다.

"어쨌든 그 내기는 내가 이길 것 같구나."

황제가 킬킬거리며 덧붙였다.

"그럼 얼른 가 봐라. 아나벨 양을 만나기로 했다며."

"예, 폐하."

다시 자신의 처소로 돌아가는 로버트의 귀가 달아올라 있었다.

마이에나를 보내고 나서 나는 정신이 좀 아득해졌다. 악의 없이 한 행동이므로 비난할 생각은 없었다. 하지만 황제에게 나를 며느리로 받아 달라는 얘기를 하다니 이게 무슨 오지랖인가.

"아나벨."

마이에나가 사라지고 나서, 나를 꽉 끌어안아 준 사람은 레슬리 님이었다. 나는 칼론이 일을 치기를 기다리는 동안 선물도 보내고 병문안도 종종 갔었다.

"고맙다. 그렇게 말해 줘서."

다리가 다 나은 그녀는 병문안에 대한 고마움을 표시하려고 온 것이었다.

"네가 나를 위해 황자비가 된다고 대답했다면 좀 비참했을 텐데. 있는 그대로 나를 인정해 줘서 고마워."

나는 레슬리 님에게 안겨서 어색하게 웃었다. 레슬리 님이 밖에 있는 줄 알았더라면 그렇게 말하지는 않았을 것이다.

'더 길고 화려하게 말할걸⋯⋯.'

물론 아론마저도 박수를 치고 있었다.

"감동했습니다, 누님. 삶의 궤적으로 저희 가족에 대한 인정을 보여 주신다니요. 참으로 고귀한 대사였습니다."

"아나벨⋯⋯."

아버지 역시 훌쩍이면서 중얼거렸다.

"내 딸이 개차반이어도 사랑할 수 있었는데, 심지어 훌륭하기까지 해."

"그래서 처음에 저를 바로 사랑하셨던 거군요. 정말 감사합니다."

나는 좀 난감해져서 어설프게 웃었다. 갑자기 레슬리 님과 가족들에게서 내면으로 인정받게 된 것 같아 어색했다.

"어쨌든 일단은 제가 입궁을 해야 해서요. 자세한 이야기는 다녀와서 해요!"

내 말에 아론이 문득 물었다.

"그럼 이제 이안 님께서는 돌아오시는 겁니까?"

"응?"

"이안 님도 어디론가 떠나셨잖아요."

"아……."

아론은 우리의 계획을 잘 몰랐다. 굳이 많은 사람들에게 알리지 않았기 때문이었다. 칼론 쪽에서도 신중을 기하며 최소한의 사람들로만 움직이고 있었다. 우리 역시 모든 것을 알고 있는 사람은 로버트와 이안, 나뿐이었다.

"글쎄."

나는 애매하게 대답했다.

이안은 오리안스 전 대신관이 있는 바나파림 해안으로 갔다. 로버트와 바로 소통할 수 있는 마법 아이템 반지를 끼고 간 것은 물론이었다. 그러니 입궁하는 김에 로버트에게 말해서 바로 수도로 소환할 수 있었다.

"잘 모르겠네."

바나파림 해안과 스마호의 숲은 생각보다 가까웠다. 그러므로 어차피 함께 스마호의 숲에 간다고 치면 굳이 이곳으로 다시 올 필요가 없었다. 하지만 그러기에는 걸리는 것이 있었다. 바로 검술 대회였다.

잘못하다가는 검술 대회와 결전의 날이 겹쳐 버릴 것 같았다. 아니, 칼론의 속셈이 바로 그것이었다. 우리의 발을 검술 대회로 묶어 버리려고 했을 것이 뻔했다. 분명히 그때 무슨 일을 저지르려고 했을 것이다. 그러므로 그쪽에서도 지금 골치 아플 것이 틀림없었다. 내가 흑마법의 기원을 알아볼 수 있고, 나를 꼭 이용해야 한다는 사실을 알았기 때문이었다.

"이안은 굳이 필요하지 않은 것 같기도 하고……."

"와, 누님."

아론이 혀를 내두르며 말했다.

"결정적일 때가 다가오니 스포트라이트를 혼자 받고 싶은 모양이시군요."

나는 멋대로 착각하게 놔두며 그냥 어깨를 으쓱했다. 실제로 이안이 딱히 필요 없는 건 사실이었다. 세 번째 흑마법의 기원만 없애면 무조건 라기안보다는 강해지니까 말이다. 스마호의 숲은 어쨌든 마물이 나오는 출입 통제 구역이었다. 칼론 측에서도 라기안 이상의 전력을 투입하기는 어려울 것이었다.

"하긴……."

아론은 볼을 긁으며 중얼거렸다.

"어차피 이안 님은 곧 검술 대회에서 충분히 주목받을 테니 상관없겠지요."

나는 어이가 없어서 바로 대꾸했다.

"내가 네 누나인데."

"죄송합니다, 누님. 아무리 혈연이라고 해도 검 앞에서는 솔직해야지요. 특히나 검술 대회 같은 공식적인 행사에서 말이에요."

"그 공식적인 행사에서 내게 지나치게 냉정한 거 아니니? 너 검술 대회에서 형제자매의 의미는 알고 있지?"

"물론이죠."

아론은 순순히 고개를 끄덕였다.

"참가 신청을 사전에 하지 않았어도 대리로 참가할 수 있는 유일한 조건 아니겠습니까."

당연히 검술 대회는 사전에 신청을 받는다. 참가자가 그날 불참하면, 한 가지 경우 빼고는 그대로 기권 처리가 된다. 그 한 가지가 바로 형제자매가 대리로 참가하는 것이었다. 이 경우에도 나이 제한은 그대로 유지되고 말이다.

물론 그동안 나는 그 조항에 대해서 단 한 번도 생각해 본 적이 없었다. 리어드가 나 대신 검술 대회에 나간다는 건 상상도 하지 못할 일이었기 때문이었다. 하지만 아론은 타협할 수 없다는 듯이 단호하게 말했다.

"하지만 그 어떤 조건에서도 누님은 이안 님께 안 됩니다. 저도 누님이 검 쓰는 걸 8년간 봐 왔다고요."

그가 눈을 치켜뜨며 덧붙였다.

"저는 실력 앞에서는 냉정합니다. 8년 동안 제가 단 한 번도 누님을 비웃은 적 없다는 걸 상기해 보십시오."

"쓸데없이 일관성 있구나."

나는 코웃음을 치고 나서 그 화제에 대해 더 이상 언급하지 않았다. 칼론이 검술 대회 날을 노리고 있다는 것을 눈치 챈 후 나 역시 생각이 많았다. 나는 사전 신청을 했고, 아론은 하지 않았다. 그리고 내 대리로 아론이 나설 수 있다.

'……굳이 지금 설명하지 않아도 되겠지.'

일단은 지금 더 급한 일이 있었다.

"어쨌든 저는 입궁부터 하고 올게요."

"지금?"

레슬리 님이 아쉽다는 듯이 눈을 깜빡였다.

"네, 레슬리 님. 다녀와서 찾아뵐게요. 일단은 급한 일이 있어서요."

나는 레슬리 님을 한 번 꼭 안은 뒤 바로 채비를 하고 궁으로 향했다.

두 번째라 황궁에서 그다지 헤매지 않았다.

나는 꽤 능숙하게 로버트를 찾아갈 수 있었다.

"아, 아나벨 양. 왔어?"

로버트는 연회 때처럼 과하게 차려입고 나를 맞아 주었다.

"예, 황자님. 너무 이른 시간에 왔나요?"

내가 도착하자마자 시종들이 굉장히 열심히 대접해 주었다. 아무래도 수도 전반을 강타하고 있는 소식을 들은 듯했다.

'뭐야, 이미 황자비라도 된 것처럼.'

나는 내 앞에 죽 차려진 온갖 티 푸드들을 보며 속으로 한숨을 쉬었다.

"아, 아니야. 전혀 이르지 않아. 이미 아침에 황제 폐하도 알현하고 왔는걸."

시종들은 물론이고 로버트까지 왠지 어딘가 상기되어 보였다. 이미 마이에 나를 만나고 온지라 그 이유를 알 것 같아서 착잡했다.

'황제에게 한 소리 들었나 보다. 나랑 결혼하라고…….'

속으로 한숨을 쉬었지만 일단 모른 척하기로 했다. 굳이 일찌감치 알은척할 필요가 없었기 때문이다.

"일단 나도 할 말이 있어."

로버트는 비둘기를 쓰다듬으며 말했다.

"닉에게 연락이 왔어. 라넬라와 레이번을 죽이려고 한 기사들을 생포했대."

"어머, 잘됐네요. 역시 빠르게 움직이라고 한 보람이 있어요."

나는 잘했다는 듯이 비둘기에게 쿠키 한쪽을 주었다. 그리고 나도 로버트에게 어제 있었던 일들을 설명해 주었다. 계획대로 다 이루어졌고, 세 번째 흑마법의 기원은 스마호 숲에 있다는 것까지 말이다. 벨리녹이 죽었다는 말을 했을 때에는 로버트가 한숨을 쉬었다.

"이런. 오후쯤 되면 행방불명 소식이 들리겠군."

어차피 나와 아론, 세시안느가 어제 있었던 일들을 고발한다 해도 별 소용이 없을 터였다. 황태자가 자신의 호위와 같이 있었다는데, 굳이 우리의 말을 들어 줄 리가 없었기 때문이다. 물론 고발해서 어설프게 질질 끌 생각도 없었다. 황태자의 호위가 대신관을 죽인 것 같다고 해 봐야 굳이 얻을 것도 없었다. 칼론이 꼬리를 잘라 낼 것은 너무나 당연한 일이었기 때문이다. 어젯밤, 웨이드로스 기사단들을 이끌고 현장을 덮치지 않은 것도 그 이유에서였다. 더 확실한 정황을 명확하게 포착해야 했다. 그것도 수많은 사람들이 알 수 있도록 말이다.

"어쨌든 스마호 숲에 가야 해요. 지금쯤 황태자님 귀에도 들어갔을 텐데요."

"흠."

로버트는 팔짱을 끼며 말했다.

"아나벨, 알다시피 스마호 숲은 황족과 함께 가야만 해. 그것도 동반 1인까지밖에 안 돼. 그러지 않으면 마물들의 공격을 받거든."

그는 이내 심각한 표정으로 말을 이었다.

"게다가 초대 황제께서는 절대로 그 숲에 가지 말라고 기록에 남겼어."

"원래 그런 경고는 어기라고 있는 거예요."

물론 나는 대수롭지 않게 대답했다.

"그런 경고 다 지키면 세상에 재미있는 얘기는 하나도 없어요."

"오죽하면 맨 처음 그 숲을 밟고 난 뒤, 수도에 아직 아무도 없어서 다행이라고 했을까."

"흠…… 그랬나요?"

"귀족들이 주로 보는 교양서에는 적혀 있는 내용이야. 초대 황제가 터를 잡을 때 이곳은 황무지였다고 해."

"어렴풋이 들은 것 같기는 하네요."

"물론 민간인에게 알려지지 않은 그 후의 이야기도 있어."

"뭔데요?"

"그곳에는 인간의 문명이 머문 적 없고 동물의 발이 닿은 적 없다고 했어. 피치 못해 가야 한다면 입 다물고 빠르게 스쳐 지나가라고 했지."

"흠."

왠지 뭔가 알 것 같았다.

"그럼 결과는 정해졌군요. 그쪽에서는 칼론 황태자님과 라기안이 올 거고, 우리 쪽에서는 저와 황자님이 가면 되겠어요."

잠시 생각을 정리한 나는 명쾌하게 말했다.

"일단 세 번째 흑마법의 기원은 알 것 같으니까요."

"……응? 어떻게?"

"그냥 아까 해 주신 말을 들으니 생각나는 게 있어서요. 확실하지는 않으니 가 봐야 알 것 같지만요."

내 말에 로버트의 눈이 커졌다. 하지만 나도 짐작뿐이니 직접 가서 확인해 봐야 확신할 수 있었다. 지금 내 짐작이 맞는다면 정말 멋지게 모든 일을 끝낼 수 있을 것 같았다.

"어쨌든 그럼 이제 앞으로의 일을 좀 의논해 볼까요?"

내가 야무지게 말하자 로버트는 나를 빤히 바라보았다. 누가 봐도 앞으로의 일을 의논하기 싫어하는 얼굴이었다.

"아나벨."

로버트가 차분하게 내 이름을 불렀다.

"지난번에 나보고 황위를 위한 계약 결혼을 하라고 하지 않았었나?"

"아하하, 뭐…… 그랬죠."

"그래서 말인데."

로버트는 생긋 웃으면서 말했다.

"내게 원하는 게 있을까?"

"네?"

"아무래도 아나벨 양이 나를 좋아하지 않는 것 같으니……."

나는 올 것이 왔구나 싶어서 한숨을 쉴 수밖에 없었다.

로버트가 살짝 긴장감이 감도는 목소리로 말을 이었다.

"……조건 맞춘 정략혼이라도 하고 싶어서 말이야."

"……."

"놀라지 않는군."

"사실 좀 예상하고 있었거든요."

잠시 정적이 흘렀다.

나는 그 정적을 깰 시도조차도 하지 않고 진지하게 생각하는 표정을 지어 보였다. 그리고 꽤 오랜 시간이 흐른 뒤에야 천천히 대답했다.

"일단 원하는 건, 워프 반지 하나요."

"……응?"

"황실 유물을 때려 부숴야 하니까 황자님의 재력과 허락이 필요하겠죠."

"뭐…… 그거야 어렵지 않지."

"어렵지 않으니까 그게 결혼의 조건은 아니고요."

나는 살짝 웃으며 대답했다.

"황태자 자리의 값이에요."

"……."

"제가 이번에 황태자 자리를 드릴게요. 더 이상 안 기다려도 돼요."

원작에 비하면 정말 엄청난 시간 단축이었다.

"하지만 제 남편 자리는 안 되겠어요."

내 말에 로버트가 억지로 웃음을 지어 보이며 말했다.

"이유를 물어봐도 될까, 아나벨 양."

그의 초록색 눈이 충격을 감추지 못하고 일렁거렸다. 이렇게 내가 즉시 거절할 것이라고는 생각하지 않은 듯했다.

'참사랑인가.'

나는 씁쓸하게 생각했다.

'황태자 자리를 준다는데도 별로 안 기뻐 보이는 걸 보면.'

로버트는 살짝 패닉에 빠진 표정으로 천천히 입을 열었다.

"나는…… 아나벨 양이 나를 거절한 건 내가 너무 야망에 차 있어서 그런 줄 알았어. 결국에는 황위 자리에 어울리는 여자를 선택할까 봐."

분명히 나는 그렇게 생각했었다. 로버트는 사랑보다는 황위를 선택할 사람이 분명했기 때문이다. 물론 이제 내가 그 조건에 들어맞기는 했다. 마이에나는 황실에 엄청난 금액을 지원하는 대가 중 하나로 내 결혼을 내걸었다고 했다. 그러니 황제의 눈에 확실히 들기 위해서 나와 결혼하는 것이 꽤 괜찮은 방법이었다. 황실 재정에도 도움이 되고 말이다. 로버트 입장에서는 확실히 내가 꽤 좋은 패였다.

"거절당하니 생각보다 너무 마음이 아픈데. 심장이 막 따끔거려."

하지만 로버트의 이어지는 말을 들으니, 꼭 내가 좋은 패라서 결혼을 제안하고 있는 건 아닌 듯 했다.

"어떻게…… 안 될까? 좋아하는 여자 앞에서 이렇게 질척거리는 것, 정말 나 스스로도 구질구질하지만."

저 서글픈 말에 내가 해 줄 수 있는 최대한의 배려는 단호한 거절이었다.

"황자님, 일단 저는 머리 쓰는 건 적성이 아니라 황후 자리는 부담스러워요."

"음? 술수에 재능이 있는 것 같던데."

"재능이 있어도 쓰기 싫으면 그만이죠. 저는 원래 몸이 나쁘면 머리가 고생한다는 지론을 갖고 있어서."

나는 한숨을 푹 쉬면서 말했다.

"이번 일 끝나면 뇌세포들 대거 은퇴시킬 거예요. 요새 무리하고 있거든요."

"만일 황후 자리에서 계략을 짜야 한다는 게 걱정이라면……."

"하지만 무엇보다."

그리고 가장 중요한 사실을 짚어 주었다.

"아시겠지만 저는 황자님 안 좋아해요. 전 결혼은 좋아하는 사람이랑 할 거라서요."

"글쎄. 내가 노력하면 되지 않을까?"

"네, 안 돼요."

"아나벨 양의 이상형에 안 맞더라도 모두가 이상형과 결혼하는 건 아니니까 어떻게든……."

"그래도 안 돼요. 이상형이 중요한 건 아니라서요."

"그럼 뭐가 중요한데?"

"그냥 제 마음이 다른 데에 가 있어서 안 돼요."

나는 가차 없이 대답했다.

"어쨌든 그럼 이 건은 여기서 마무리 짓고, 하던 의논이나 마저 해요."

"……정말 소신 있게 걷어차는데? 뭐 협상의 여지가 없군."

"다 황자님을 위해서예요. 알고 계시잖아요. 이런 일에 여지를 주는 게 최악이라는 거."

로버트는 한숨을 쉬었지만 더 이상 할 수 있는 말이 없는 듯했다. 당사자가 싫다는데 뭐 어쩌겠는가. 게다가 더 나를 밀어붙이기에는 앞으로의 일들이 너무 중요했다.

"그럼 바나파림 해안에서 오리안스와 함께 있을 이안부터 불러들여야겠어."

로버트가 비둘기에게 보낼 쪽지를 쓸 준비를 하며 말했다.

"아닌가. 바나파림과 스마호 숲이 가까우니 거기서 만나면 되나?"

그는 미간을 찌푸리며 중얼거렸다.

"형님이 일을 미룬 이유가 있군. 검술 대회가 너무 가까워……. 이안과 아나벨의 마지막 검술 대회를 망치고 싶은 생각은 없었는데."

로버트가 손가락을 꼽아 보며 날짜를 셌다.

"……너무 촉박하지 않나? 지금 당장 출발해야 어떻게든……."

"아, 아뇨."

나는 그의 말을 도중에 막았다.

"그래서 제가 워프 반지를 요구한 거예요."

"응? 지금 나랑 워프하자고? 하지만 형님이 따라올지 아닐지도 미지수고, 일을 다 해결하고 난 뒤 다시 검술 대회 날까지 수도로 오려면 하나로는 부족해."

다 맞는 말이었다. 내가 검술 대회에 참가할 마음이 없다는 것을 알면 모든 것이 달라지지만 말이다.

"검술 대회는…… 이안만 참가하게 해 주려고 해요. 어차피 스마호 숲에 이안은 못 들어가니까요."

나는 쓸쓸하게 웃으며 말했고 로버트가 흠칫 놀라며 말을 더듬었다.

"아, 아, 아나벨 양…… 지금 마지막 검술 대회를 포기하겠다는 뜻이야?"

"네, 검술 대회 때 흑마법의 기원을 없애야 해요."

"왜 하필 검술 대회 날이지?"

"정확히 말하면 그다음 날, 시상식 날인데…… 그날 사람들이 수도에 잔뜩 모여 있잖아요. 그때 일을 쳐야 황태자를 확실하게 보내 버릴 수 있거든요."

내가 짐작한 세 번째 흑마법의 기원이 맞는다면, 칼론의 만행을 수도의 모든 사람에게 알릴 수 있었다. 왜냐하면 그 흑마법의 기원이 가진 특징이 '불특정 다수에게 알림'과 관련되어 있었기 때문이다.

'그 동화는 여러 가지 버전이 있는 걸로 알고 있어……. 끝내 어영부영 파괴되지 않는 결말의 이야기도 있었던 것 같아. 아무래도 그 이야기가 넘어왔나 봐.'

내가 잠시 생각에 잠긴 동안 로버트가 믿기지 않는다는 듯이 말을 꺼냈다.

"아나벨 양, 하지만 아나벨 양은 그 동안……."

"검술 대회 결승전보다는 제 가족의 안위가 중요하죠. 얼른 이 일을 끝내야 어머니도 일을 다시 하실 수 있으실 거고……. 하지만 이안까지 불참할 이유는 없으니까……."

충격 받은 로버트의 얼굴을 보며 나는 천천히 말을 이었다.

"저희가 스마호 숲에 가는 길에 바나파림 해안에 들러서, 검술 대회 날 워프 반지로 이안을 수도에 보내 주고 싶은데요."

"뭐…… 지금 당장 수도로 불러들인다고 해도 혹시나 길이 끊긴다거나 하는 변수가 생길 수도 있는 일이니, 무조건 검술 대회에 참가하게 하려면 워프 반지가 확실한 방법이기는 하지. 하지만 믿기가 어렵군."

로버트는 벙찐 얼굴로 중얼거렸다.

"이안과의 마지막 결승전을 안 하겠다니⋯⋯."

"어차피 질 텐데요, 뭐."

"그걸 몰라서 지금까지 그 진상⋯⋯ 아니, 그 난리를 친 건 아니지 않나?"

"제게 품은 감정과 상관없는 올바른 평가 정말 감사합니다. 이토록 객관적이시니 성군이 되실 거예요."

그날 로버트와 나는 몇 가지 계획을 더 세웠고, 나는 복도에 있던 그림을 하나 찢은 뒤 워프 반지 하나를 받았다. 그리고 검술대회 날짜에 딱 맞추어 바나파림 해안에 도착하도록 적절한 시기에 출발하기로 약속했다.

바나파림 해안은 한적하다 못해 고즈넉했다. 잔잔한 파도가 모래사장에 흩어졌다. 이미 해가 진 해안가에 싸늘한 바닷바람이 불었다.

"좀 추워도 밤낚시는 운치가 꽤 있지. 별이 꽤 예쁘지 않소."

은퇴한 전 대신관 오리안스는 수염을 쓸면서 느긋하게 밤낚시 중이었다.

"지난번에 나를 지키러 온 것이 헛짓이라고 했던 말, 사과하겠소."

그리고 옆에서 함께 낚싯대를 드리우고 있는 이안에게 대뜸 말했다.

"벨리녹이 실종되었다는군. 허어⋯⋯."

며칠 전, 언제나처럼 낚시를 가려던 오리안스의 앞에 이안이 나타났다.

"이안 웨이드로스 소공작? 여기는 대체 무슨 일이오?"

"오리안스 님께 위험이 닥칠지도 몰라서 호위차 왔습니다."

"나를? 나는 더 이상 아무 영향력 없는 뒷방 늙은이인데⋯⋯. 이제는 무신론자들도 전혀 건드리지 않소. 걱정 마시오."

"어쨌든 당분간 제가 호위를 하겠습니다. 말씀드리기 힘든 이유가 있습니다."

"아무래도 헛짓 같지만…… 이왕 온 것, 그냥 푹 쉬었다 가시오."

그래서 오리안스와 이안은 며칠째 같이 다니고 있었던 것이다. 홀로 살고 있던 오리안스에게 이안과의 동거는 나쁘지 않은 일상이었다. 이안이 예상외로 살림을 아주 잘한다는 것을 알아챈 오리안스는 은근슬쩍 오래 머물기를 종종 권하곤 했다. 아무런 긴장감 없이 이안과 함께 낚시나 다니던 그는 수도에서 날아온 소식에 화들짝 놀랐다. 현 대신관 벨리녹이 소리 소문 없이 실종되었다는 것이었다.

"분명 신전을 대상으로 아주 무서운 일이 벌어지고 있는가 보군."

오리안스는 심각하게 중얼거렸다.

"소공작 같은 훌륭한 전력이 전 대신관인 내게 붙은 것 보면 말이오."

딱히 신전이 대상인 일은 아니었지만 이안은 군이 대답하지 않았다.

"혹시 내가 짐을 싸야 하거든 미리미리 말해 주시오. 수도에 있는 손자 녀석에게 알려 주고 싶거든."

오리안스의 자식 내외는 마차 사고로 죽고, 손자만 하나 남아 있는 상태였다.

"짐을 싸신다고요?"

이안의 반문에 오리안스가 눈을 깜빡이며 대답했다.

"곧 검술 대회가 열리지 않소. 소공작은 당연히 참가할 거고, 그럼 나를 호위할 수 없지 않소? 당연히 내가 따라가야지."

"……."

"그런데 지금 출발해도 여유가 없는 것 아니오?"

이안은 생각에 잠긴 얼굴로 시선을 다시 먼 바다에 두었다. 날이 어둑해져서 수평선조차 잘 보이지 않았다. 이렇게 또 하루가 갔다. 하루하루 다가오는 검술 대회 일정을 의식하지 않고 있는 건 아니었다. 하지만 수도에서는 아무런 연락이 없었다. 벨리녹이 실종되었다는 소식이 들려왔는데도 말이다.

로버트가 준 통신 반지는 잠잠했으며 비둘기도 날아오지 않았다. 물론 그냥 다 내팽개치고 수도로 올라갈 수도 있었다. 오리안스의 말대로, 검술 대회에 참가하려면 진작 출발했어야 했다. 하지만 아무런 연락이 없었기에 그는 그저 대기하고 있는 중이었다. 이 모든 계획은 아나벨이 생각해 냈다. 그러므로 그녀의 뜻에 무조건 따라 주고 싶었다. 설사 그가 이렇게 바나파림 해안에서 발이 묶여서 검술 대회에 참가하지 못할지라도. 이 모든 것이 검술 대회 우승을 위한 아나벨의 계략이었어도, 그래서 그녀가 우승을 하더라도 상관없었다.

"허허, 보안을 지켜야 하는 사안인가 보군."

오리안스는 침묵을 지키는 이안의 옆에서 너털웃음을 지었다.

"어차피 소공작이 옆에 있으면 무사하겠지. 그걸로 나는 됐소."

벨리녹의 실종이 정말 그의 죽음을 말하는 것이라면, 실제로 오리안스는 이제 안전한 것이나 다름없었다. 이제 신력을 옮겨 받아 악마에게 넘길 수 있는 사람이 없는 셈이었기 때문이다. 물론 오리안스의 손자를 데려와 그를 협박하여 직접 물어볼 수도 있었다. 하지만 칼론은 그런 모험을 하는 사람이 아니었다. 오리안스가 끝까지 거부하거나 거짓을 말할 수도 있기 때문이었다.

그런데 대체 왜 아무런 연락이 없는 건지……. 자꾸만 생각이 안 좋은 쪽으로 퍼져 나갔다. 마지막에 그가 수도를 떠날 때, 사람들은 모두 로버트와 아나벨의 결합에 대해 떠들고 있었다. 이제 막 직진하려고 마음먹은 차에 떨어지게 되었다. 이 또한 아나벨의 계획이었으니 어쩔 수 없었다.

그가 가장 힘든 것은 검술 대회를 코앞에 두고 기약 없이 수도를 떠나 있는 상황이 아니었다. 로버트와 아나벨이 지금 자신이 없는 수도에 함께 있다는 것을 생각하면 질투로 마음이 타오르는 것 같았다.

'정말…… 정말 안달이 나서 미치겠군.'

머리로는 비록 제가 좋아하는 이가 저를 좋아하지 않더라도 상대의 행복을 빌어 줘야 한다는 걸 아는데 가슴이 아직 받아들이지 못했다.

'혹시 다 내 착각이었나.'

이안은 몇 번이고 곱씹은 생각을 되새기기 시작했다. 단둘이 훈련했을 때 종종 엇갈리던 시선과 긴장감. 입술이 맞닿을 때 그들을 둘러싸고 있던 떨림, 설렘, 공기와 분위기. 어쩌면 그녀 역시 자신을 좋아할지도 모른다 생각했는데.

"그럼 조금 더 가벼운 이야기를 해도 되겠소? 소공작, 이번 마지막 검술 대회가 끝나면 작위를 물려받는다지?"

"아마도 그럴 것 같습니다."

"슬슬 검 외에 다른 데에도 눈을 돌려야겠구려. 예를 들어 결혼이라든가."

"……."

"웨이드로스 공작 내외라면 분명히 상대에 대해서는 그 어떤 부담도 주지 않을 것 같은데."

"뭐, 그러시겠지요."

무심한 이안의 대답에 오리안스는 눈을 빛내며 물었다.

"그럼 소공작의 이상형은 어떻게 되오?"

지금쯤 아나벨은 잠자리에 들었을까, 수도는 어떤 분위기일까 생각하고 있던 이안은 잠시 헛기침을 했다. 이상형이라. 아나벨의 생각을 좀 지우기 위해서라도 한번 고민해 볼 가치가 있는 듯했다.

"물론 대충 착하고 바른 여자를 원할 것 같기는 하다만……."

오리안스는 떠보듯이 중얼거렸고, 이안은 진지하게 생각에 잠겼다.

'이상형이라…….'

이상형이라면 너무 오랫동안 생각하지 않았다. 어느 날부터 그냥 그런 것과 상관없이 아나벨이 좋았던 것이다.

"눈앞에 안 보여도 생각나고, 눈앞에 있으면 더 생각나고."

언젠가 아론이 그런 말을 할 때 생각나던 사람. 아닐 거라고 혼자서 몇 번을 부정해 보았지만, 잠 못 이루던 밤마다 결국 인정할 수밖에 없었던 마음.

"다른 남자와 잘될 수도 있다고 생각하면 이상한 분노가 끓어오르는, 뭐 그런 것 아니겠습니까."

그녀가 로버트와 있을 때면 왜 그렇게 화가 나던지. 괜히 시간을 준다고 여유 있는 척했었나. 어떻게든 책임지라고 밀어붙였어야 했나. 어차피 그녀 앞에서 그는 이미 신사적이지 못한 전례를 쌓았는데.

"이상형은…… 이상형일 뿐 막상 그 사람 앞에서는 무의미하지 않을까요."

이안은 천천히 대답했다. 아나벨은 분명 자신이 이상형이라고 했지만 슬프게도 딱히 그를 원하는 것 같지가 않았다. 물론 오리안스는 포기하지 않았다.

"그래도 자신의 약점을 이해하고 있는 건 중요한 일이오. 예상치 못한 순간에 눈이 뒤집힐 수 있거든."

이상형이 약점이라는 오리안스의 해석은 분명 독창적이었다. 그래서 이안은 아나벨을 딱히 좋아하지 않았던 과거를 되짚어 가며 천천히 대답했다.

"바르고 착한 사람…… 물론 좋다고 생각합니다."

그는 미동도 하지 않는 낚싯대를 바라보며 생각을 정리하듯 말을 이었다.

"하지만 잘못을 직면할 줄 아는 사람을 더 대단하게 여기는 것 같군요."

"음?"

"기사단을 이끌고 있으면 별별 경우를 다 보는데……."

최대한 아나벨을 배제하고 생각하려다 보니 말이 점점 더 느려졌다.

"입 다물고 있으면 아무도 모를 잘못을 솔직하게 고백하는 사람들이 있죠."

"흠, 이해하오. 나도 신전에서 그런 아랫사람들을 종종 보았지."

"저는 그냥 본능적으로 그런 이들을 좋아했던 것 같습니다."

이안은 담담하게 말을 이었다.

"애초부터 완벽한 사람보다 어느 면에서는 더 인정하기도 했고요."

"오오, 그랬군."

"아니, 어쩌면 인정한다는 것보다 더 넘어서서……."

그의 붉은 눈이 아득하게 깊어졌다.

"……웨이드로스 기사단에서 놓치지 않기 위해 기를 썼던 것 같군요."

"호오."

"아마도 저는 그런 사람들을 정말로 갖고 싶어 하는 것 같습니다."

"눈빛만 봐도 알겠군."

오리안스가 너털웃음을 지었다.

"그대가 이렇게 소유욕을 대놓고 드러내는 것은 처음인 것 같소."

그러고는 짓궂게 덧붙였다.

"그런 여인이 나타나면 천하의 이안 웨이드로스도 정말 눈이 뒤집히겠구려."

"뭐, 벌써 뒤집어졌을 수도 있지요."

"아니, 아니야. 소공작은 아직 눈이 뒤집히지 않았다오."

이안이 아나벨을 생각하며 중얼거린 말에, 오리안스는 단호하게 부정했다.

"그 여자가 아닌 이 늙은이와 함께 있는 것을 보면 말이오."

"하지만 그건 사정이……."

"그 '사정'조차 상관없이, 앞뒤전후 보지 않고 그 사람에게 달려가 매달리는 것을 우리는 '눈이 뒤집힌다'라고 말하는 거요. 이성을 잃었으니 배려할 여유조차 사라지는 그런 광기 말이오. 그런 의미에서 소공작은 아직 아니지."

"……."

"지금은 누군가를 그리워하고 있는 것 같긴 하지만, 일단은 지나치게 이성적으로 보이는데."

오리안스가 껄껄대며 웃었다.

그들의 대화를 물고기들조차 흥미롭게 듣고 있는지, 한참 동안이나 그들의 낚싯대는 움직일 줄 몰랐다.

드디어 떠나기 전날 밤이었다. 나는 침대에 누워서 억지로 오지 않는 잠을 청하고 있었다. 밤이 꽤 깊었는데도 저 멀리서 소란스러운 소리가 들려왔다.

수도 전체가 다가오는 검술 대회 때문에 계속 번잡스러웠다. 지방이나 외국에서 구경 온 검사들로 외부인들이 넘쳐났기 때문이다. 그 와중에 이안 웨이드 로스는 계속해서 수도에 나타나지 않고 있었다.

'쓸데없이 우직하기는.'

물론 모두들 이안의 검술 대회 참가를 의심하지 않았다. 적절한 때에 당연히 나타날 것이라고 예상하고 있었던 것이다. 레슬리 님조차도 '뭐 알아서 시간 맞춰 오겠지.'라며 딱히 걱정하지 않고 있었다.

'수도에서 연락이 없으니 기다리고 있는 거겠지. 훈련 잘된 사냥개처럼.'

내일이면 로버트와 함께 바나파림 해안으로 떠난다. 바나파림 해안에 들러서 이안을 만나고, 그 후에 스마호의 숲으로 갈 예정이었다. 그리고 결전의 순간이 다가오겠지. 칼론을 제대로 보내 버릴 수 있는 그 순간 말이다. 그러면서 세 번째 흑마법의 기원도 없애 버릴 것이다.

'그러면 가족을 찾아 주신 신께 내 의무는 다하는 거야. 그거면 돼.'

나는 검을 만지작거리면서 생각했다.

'물론 더 강해지겠지.'

세 번째 흑마법의 기원까지 없애고 나면 내게는 또 다른 능력이 생길 것이었다. 거울을 깨고 나서 기본자세를 완벽히 모방하여 기본기가 탄탄해졌다. 사슴을 죽이고 나서 민첩성이 높아져 움직임이 날렵해졌다. 이번에는 그러면…….

하지만 아무리 강해지는 생각을 하려고 해도 자꾸 이안의 얼굴이 떠올랐다.

"어젯밤에 우리가 키스한 건에 대해서 말인데."

이안도 나만큼이나 그날 밤을 몇 번이고 곱씹고 있을까.

'곧 이안을 만나.'

바나파림 해안은 몹시 가까웠다. 그러므로 정말 이제 그를 보는 것이 얼마 남지 않았다.

'……떨려. 진짜 떨려서 죽을 것 같다.'

이제 그를 만나면 다시는 예전처럼 아무렇지도 않게 대할 수 없을 것이다. 그 역시 나를 그렇게 대하지 않을 것이고 말이다.

'분명 또 그 때처럼 유혹해 댈 텐데, 나는 이미 넘어갔을 뿐이고…….'

하지만 사실 나는 정작 이안을 좋아한다는 자각을 한 뒤부터 상당히 심란해하고 있는 중이었다. 계속해서 마음에 걸리는 사실이 있었기 때문이다.

결국 잠이 들지 못하고 한 번 더 뒤척일 때였다.

"아나벨, 자니?"

노크 소리와 함께 어머니의 목소리가 들렸다.

말똥말똥 눈을 뜨고 있던 나는 몸을 일으키고 대답했다.

"아, 아뇨."

"잠깐 이야기 좀 할 수 있을까?"

"네, 그럼요!"

문이 조심스럽게 열렸다. 어머니가 실내복 차림으로 들어왔다.

"어, 어머니. 무슨 일이세요?"

내가 이불을 젖히며 침대에서 내려오려던 찰나였다.

"일어날 필요 없다. 누워 있으렴."

어머니는 빠르게 다가와 내 가슴을 눌러서 나를 다시 눕혔다.

'억, 힘이…….'

방심하고 있던 나는 그대로 쓰러지듯 침대에 누웠다. 아무래도 내 기본 근력은 어머니를 닮은 듯했다. 어머니는 침대 머리맡에 앉아 내 머리카락을 쓸어주었다. 어린 시절에 이런 적이 한 번도 없었던 나는 꽤 당황스러웠다. 케이틀린은 단 한 번도 내 잠자리를 살펴 준 적이 없었기 때문이다. 생각해 보니 잠들때까지 누가 함께 있어 준 것도 카론다에서가 처음이었다. 그 상대가 이안이라는 것도 참 묘한 일이었다.

"아나벨."

나는 그대로 누운 채 어머니를 올려다보았다.

"혹시 무슨 고민 있니?"

"……네?"

"요즈음 표정이 계속 어두워서. 입궁 후부터 계속 그렇구나."

지난 입궁으로부터 며칠이 흘렀다. 그러니까 로버트의 청혼을 거절하면서 앞으로의 일을 의논하고 난 뒤 시간이 좀 지난 셈이었다. 그동안 나와 로버트의 염문설은 서서히 가라앉았다. 더 이상 부추기는 마이에나의 뒷공작이 사라지면서 사람들의 관심도 서서히 사그라들었던 것이다. 그건 당연한 일이었다. 사람들은 생각보다 남들의 일에 오랫동안 관심을 두지 않으니까 말이다. 그리고 나는 그동안 꽤 평소처럼 지냈다고 생각했다. 그런데 어머니의 눈에는 내 심란함이 보인 듯했다.

"내가 너를 키우지는 않았어도, 본능적으로 느껴지는 것들이 있단다."

나는 은근히 가슴이 찡해서 어머니를 올려다보았다.

"지금 너는, 혼자서 뭔가를 잔뜩 끌어안고 있는 것 같구나."

문득 나는 지금까지 혼자서 끙끙 앓고 있었다는 것을 깨달았다.

'하긴 당연히 혼자서 괴로울 수밖에 없지. 이 세상 누가 짐작이나 하겠냐고.'

내가 이안 때문에 머리 싸매고 고민 중이라는 것을 말이다.

"혹시 조인이 필요하거나 대화 상대가 필요하지는 않니? 내가 그 정도의 역할은 해 주고 싶은데."

어머니의 부드러운 말에 나는 이불을 꼭 말아 쥐었다. 누군가에게 털어놓고 싶다는 충동이 밀려들었다.

어머니는 걱정스러운 얼굴로 물었다.

"황자님과의 일 때문이니?"

"황자님이요?"

"내일 또 황자님과 어디를 간다며……."

나는 가족들에게 내일 로버트와 몇몇 기사들을 데리고 잠시 어딘가를 다녀올 것이라고 통보한 상태였다. 흑마법과 관련된 일이라는 걸 알았는지 가족들은 더 이상 묻지 않았다. 하지만 다들 걱정스러움을 숨기지 못했다.

"혹시 그 황자 놈이 모종의 이유로 너를 굴리고 있는 건 아니겠지?"

어느 순간 황자님이 '황자 놈'으로 변했지만 나는 애써 흘려 넘겼다.

"아니에요, 어머니. 전혀 걱정하지 마세요."

"검술 대회도 얼마 안 남았는데…… 그때까지 수도에 돌아올 거니?"

"……그건 잘 모르겠지만, 그래도 걱정하지 않으셔도 돼요. 황자님의 기사들도 잔뜩 같이 가거든요."

로버트는 물론 기사들까지 함께 요란하게 움직이는 것은 하나의 신호이기도 했다. 칼론보고 따라오라는 메시지 말이다. 그는 어쩔 수 없이 따라올 것이었다.

'흑마법의 기원을 알아보고 난 후에, 라기안에게 바로 죽이라고 시키겠지.'

라기안은 나를 이길 수 있다고 철석같이 믿고 있는 상태기 때문이었다.

'게다가 아마 라기안은 그 약도 수중에 넣었을 테니…….'

그러므로 지금 우리는 서로가 서로를 유인하고 있는 셈이었다.

"아나벨."

어머니는 잠시 침묵을 지키더니 조심스럽게 말했다.

"나는 네가 아무것도 되지 않아도 괜찮단다."

"네?"

"굳이 흑마법을 퇴치해서 영웅이 되지 않아도 되고, 심지어는 검술 대회에서 예선 탈락을 해도 좋아."

"……."

"그러니 하기 싫은 건 하지 마라. 우리는 세계의 구원자인 딸도, 황자비인 딸도 필요 없고 그저 행복한 딸을 원해."

아무래도 어머니는 오해를 하고 있는 듯했다. 내가 로버트와 함께 흑마법의 기원을 없애러 가는 것이 싫어서 기운 빠져 있는 것이라고 말이다. 아니면 사람들이 하도 평민의 희망이라느니 이 시대 최고의 평민이라느니 하는 것이 부담스럽다고 여기거나.

"그런 거 아니에요, 어머니."

하지만 둘 다 아니었다. 내가 기운이 빠져 있는 건 정말 이 상황에 어이없을 정도로 사적인 이유였다. 평민의 희망이자 이 시대 최고의 평민, 흑마법의 기원을 알아볼 수 있는 선택받은 영웅인 나는…….

'이안과의 사이를 어떻게 해야 할지 결정해야 해.'

지금 결전을 앞두고 남자 하나 때문에 속이 시끄러워 심란함을 폴폴 내비치고 있는 것이었다.

"어머니, 있잖아요."

나는 손가락을 꼬물거리다가 불쑥 말했다.

"어머니도 어떤 일에 대해서 미친 듯이 고민해 본 적이 있으세요?"

어머니는 가만히 내 눈을 보더니 조곤조곤 말을 시작했다.

"음……. 아론이 아주 어렸을 때, 그러니까 20년 정도 된 일인데 말이야."

"네."

"네 아버지의 작은 레스토랑이 막 승승장구하고 있을 때였지. 입소문도 막 타고 말이야."

나는 눈을 깜빡이며 이불을 꼭 잡았다. 내가 모르는 부모님의 이야기는 언제나 흥미로웠다.

"그런데 어느 날, 상한 재료를 쓴 걸 이틀이 지나서야 알게 된 거야. 주방 보조의 실수였지."

"어머."

"분명히 누군가는 배가 아프거나 했겠지만 아무런 항의가 들어오지 않은 상태였어."

나는 눈을 굴리며 어머니를 바라보았다. 예전의 아나벨 나디트라면 당연히 '그냥 버텨야죠. 누가 항의하더라도 입 딱 씻고요'라고 대답했을 것이다.

"우리는 밤새 고민하고 나서, 다음 날 식당에 안내문을 붙이고 연락이 닿는 손님들께 모두 그 사실을 알렸단다."

"……네?"

"혹시 한 명이라도 아픈 원인을 몰라서 고생하고 있으면 어쩌니. 물론 눈감고 넘어가면 아무 일도 생기지 않을 수 있겠지. 하지만 우리는 평생 그 찝찝함을 감당하고 싶지 않았어."

막 자리를 잡기 시작한 레스토랑에서, 가시적인 문제가 벌어지지도 않았는데 대놓고 잘못을 시인하는 게 쉬운 일은 아니었다.

"물론 환불해 달라는 사람이 대부분이었고 항의하는 사람도 많았지. 매출도 많이 떨어졌어. 사실 파산 직전까지 갔었는데……."

"아……."

"그래도 그렇게 한 걸 후회하지는 않았단다. 장사하는 입장에서 고객들은 가장 소중한 사람이었고 그런 사람들에게 비밀을 가진다는 건 말이 안 되니까."

나는 마른침을 삼키며 고개를 끄덕였다. 확실히 우리 부모님은 케이틀린이

나 리어드와는 완전히 다른 삶의 궤적을 갖고 있었다. 내가 어릴 때부터 우리 부모님의 밑에서 컸다면 좀 이상하긴 해도 올바르게 잘 컸을 텐데. 검술 대회에서 이기겠다고 범죄를 기획하는 일 따위는 안 했을 것이다.

사실 내가 지금까지 계속 망설이고 있는 것은 바로 내 과거 때문이었다. 나는 이안이 좋았다. 하지만 내가 예전에 이안에게 범죄를 저지르려고 했던 것은 사실이었다. 아무리 전생이 생각나기 전이라고 해도, 리어드의 계획에 동조한 것뿐이라고 해도 말이다. 나쁜 마음으로 행했던 일들을 억지로 묻어 두기 위해 나선 것뿐인데, 이안과 다른 양상으로 얽히기 시작했다.

물론 차라리 받아들여서 인생의 매운맛을 알려 줄까 잠시 고민했던 것은 사실이다. 그런데 그냥 그 일들이 이루어지지 않았다는 이유만으로 입 싹 씻고 이안과 연애를 해도 되는 것인가? 결혼이라도 하게 되면 그 비밀들을 평생 숨겨야 할 텐데 그건 옳은 것일까? 그러다가 어쩌다 생각하지도 못한 요인으로 밝혀지기라도 하면? 나는 그 불안감을 평생 안고 살아가야 하는 걸까? 우연이라도 그때의 화제가 나온다면 속으로 얼마나 흠칫할까. 그를 해치기 위해 약물이나 독침, 테러는 물론 심지어 불법 마법 아이템 등까지 동원했었다. 그건 비열하게 갑자기 뒤에서 공격하고, 막무가내로 욕설을 내뱉는 것과는 차원이 다른 범죄였다. 괜히 원작에서 내가 감옥 엔딩을 맞은 것이 아니었다.

지금 이안은 나를 좋아한다. 하지만 내가 자신을 대상으로 범죄까지 저지르려던 것을 알아도 여전히 나를 좋아할까. 그런 생각이 계속 맴돌아서 그동안 심란했던 것이다. 그렇다고 솔직히 말하고, '너를 상대로 범죄를 기획했던 여자랑 연애할래?'라고 제안하기는 쉽지 않았다.

다시 차가워지고 실망하는 이안의 얼굴을 보는 건 두려운 일이었다. 그리고 다른 사람은 몰라도 레슬리 님이 나를 경멸하게 되는 것도 무서웠다. 그렇다면 결국 답은 '널 안 좋아해'라고 거짓말을 한 뒤 멀어지는 것이었다. 처음 마음먹었던 대로, 이안과 아예 상관없는 삶을 살면 그 과거를 묻어둘 수 있었다. 물론 그것 또한 거짓을 말하는 것이니 내키지 않아서 계속 망설인 것이었는데…….

놀랍게도 어머니와 이야기하고 나니 갈 길이 선명하게 보이는 듯한 기분이었다. 내가 정말로 아나벨 레인필드라면, 우리 부모님의 자식이라면 어떻게 행동해야 할까. 답은 나와 있었다.

"저기, 메릴린 님. 그런데 굳이 제게 그런 말씀까지 하시는 이유가 뭔가요?"

"한 사람을 진심으로 대하려면, 아무리 어두운 마음이라고 할지라도 숨기는 것은 없어야 된다고 생각해서요. 그러라는 법은 없지만, 나는 그냥 그렇게 살아왔어요."

굳이 말하지 않아도 되는 어두운 속마음을 이미 어머니는 내게 드러낸 적이 있었다. 그냥 좋게만 지낼 수 있는 사이었는데 당당하게 자신의 치부를 밝힌 것이다. 나는 이안을 진심으로 대하고 싶었고, 그러므로 뭐든지 숨기고 싶지 않았다. 특히나 이렇게 감정이 깊어진 상태라면 말이다.

'그래. 결국 이안과 이어지지 않더라도 떳떳하고 싶어. 무섭다고 해서 과거의 내 잘못을 회피하고 싶지 않아.'

어머니 말대로, 그러라는 법은 없지만 그냥 그렇게 살고 싶었다.

"고마워요, 어머니."

흔들리는 마음을 한 번 정하니 홀가분해진 기분이었다.

"저, 이제 고민이 끝났어요."

무섭고 두려워도, 지금까지 쌓아 온 모든 것들이 위태로워져도 솔직하게 잘못을 인정하고 고백하는 것이 맞았다. 다른 사람이라면 몰라도 이안 웨이드로스는 내가 정말로 좋아하는 사람이니까. 그에게만큼은 무언가를 숨기고 싶지 않았다. 나는 그렇게 지금까지 생각해 왔던 '네가 남자로 보이지 않아' 같은 거짓말 등을 모두 마음속에서 기각해 버렸다.

바나파림 해안에서 이안을 만나면, 그에게 모든 것을 솔직하게 말하고 내 마음을 전할 것이다. 너를 좋아하지만 나는 원래 이렇게 나쁜 애였다고. 그가 나를 경멸해도, 다시는 보고 싶지 않다고 욕해도 받아들일 것이다. 그리고 검숙 대회에 보내서 마지막 우승을 할 수 있게 해 줄 것이다.

나는 어머니의 부드러운 손길을 느끼며 천천히 눈을 감았다.

"어머니…… 정말 죄송해요."

"응?"

"그냥 저 때문에 계속 웨이드로스 공작저에 계시면서 의상실도 못 나가시고…… 칭찬하는 사람들도 많다지만 어쨌든 안 좋은 구설수에도 계속 오르내리고…… 아베데스 후작한테 나쁜 소리나 듣게 만들고……."

"아나벨, 내가 그런 소리 하지 말랬지."

"그래도요."

나는 어머니의 손에 볼을 부비며 말했다.

"얼른 이번 일이 다 끝나고 가족들이 다시 안전하고 편하게 살 수 있었으면…… 조금이라도 더 자랑스러운 딸이 되었으면…… 아나벨 아베데스가 아니라 아나벨 레인필드라서 너무 행복한 이 마음을 누구나 인정해 줬으면……."

이안과 이어지지 못해도, 그가 나를 비난해서 크게 상처를 입더라도 괜찮았다. 가족들이 받아줄 것이라는 사실을 알고 있기 때문이었다. 나의 소중한 가족들에게 떳떳하고 좋은 딸이 되고 싶었다. 이번에 꼭, 칼론을 끝장내서 모든 일을 끝낼 것이라는 다짐이 더 굳어졌다.

아론은 눈을 가늘게 뜨고 며칠간 아나벨을 주시하고 있었다. 요즈음 아나벨이 이상했다. 물론 원래 좀 이상했지만 더더욱 이상했다.

"다들 입궁하고 난 뒤라고 하지만……."

아론은 같은 쪽 팔과 다리가 함께 나가는 아나벨을 보며 고개를 갸웃했다.

"내 생각에는 연회 이후부터인 것 같단 말이지."

대체 연회에서 무슨 일이 생겼기에 저렇게 어디 고장 난 목각 인형처럼 군단 말인가. 그가 이렇게 아나벨에게 신경 쓸 수 있는 데에는 이안의 부재라는 좋은 기회가 있었다. 연회 후 얼마 지나지 않아 이안은 어디론가 떠났다. 평소에도 그냥 훌쩍 떠나서 정의로운 일을 하고 돌아오는 사람이라 아무도 신경 쓰지 않았다. 제국에서 이안의 안전을 신경 쓰는 사람은 단 한 명도 없었기 때문이다. 그래서 아론은 슬슬 농땡이를 치며 아나벨을 관찰할 수 있었다.

그리고 며칠이 또 흘렀다. 아나벨은 딱히 숨기지도 않고 로버트와 흑마법의 기원을 없애러 떠난다고 했다. 기사들까지 몇 명 대동하고 말이다. 수도를 한번 휩쓸었다가 잠잠해진 염문설이 또다시 들썩이기 시작했다.

그리고 그날 새벽, 아나벨은 부모님 몰래 아론을 불렀다.

"이럴 줄 알았습니다."

아론은 진지하게 말했다.

"얼른 말하십시오. 대체 어떤 사고를 치신 겁니까?"

"무슨 소리야?"

"누님께서 연회에 다녀온 이후 정신이 좀 나가 있는 걸 저는 이미 눈치챘단 말입니다."

"사고……."

아나벨은 딱히 부인하지 않고 한숨을 한번 쉬었다.

"……응, 쳤지……. 좀 옛날이기는 하지만. 어쨌든 말이야, 그래서 네가 해줄 일이 있어."

"제가요?"

"응. 싫으면 안 해도 되지만."

"일단 들어 보겠습니다."

아론은 잔뜩 긴장해서 물었다.

"너무 심한 범죄라면 함께할 수 없…….."

"날 뭘로 보고……. 아나벨 나디트라고 생각하는 거야, 뭐야."

아나벨은 툴툴거리며 그의 말을 잘랐다.

"다름이 아니라 내가 검술 대회에 참석하지 못하면 네가 대신 나가 달라는 말을 하고 싶었어."

아론의 표정이 굳어졌다. 사실 아나벨이 이 시점에 떠난다고 할 때부터 조금 불안했다. 검술 대회가 코앞이었던 것이다.

"누님, 하지만 이건 누님의 마지막 검술 대회잖아요."

아론은 드디어 진지한 표정으로 목소리를 깔았다.

"물론 이안 님께 패배하시겠지만 실력이 많이 느셔서 지난번보다 훨씬 더 오래 버틸 수 있을 텐데…….."

"정확한 칭찬 몹시 고마워."

아나벨은 부루퉁하게 대답하고 나서 말을 이었다.

"내가 불참하면 부모님이 몹시 걱정하시겠지. 그러니까 네가 대충 둘러대."

"둘러대다뇨?"

"널 검술 대회에 내보내기 위해서 내가 일부러 안 오고 있다고 말이야. 네 랭킹이 궁금해서 어쩔 줄 모르는 누나의 깊은 뜻이라고 해."

"믿으실까요? 안 믿으실 것 같은데요."

"안 믿으셔도 어쨌든 100만큼 걱정할 걸 99만큼 줄일 수라도 있지 않겠니."

"하, 하지만…….."

"이참에 네가 레인필드의 이름을 드높여 주면 그것도 좋고."

"누님."

아론은 아랫입술을 잠시 물고 생각에 잠겨 있다가 말했다.

"혹시 그렇다면 이안 님도……."

"아니, 이안은 참가할 거야."

아나벨은 단호하게 아론의 기대를 박살 냈다.

"그러니 넌 잘해 봤자 2등일 테지만, 어쨌든 그것도 대단한 거잖니."

"……정확하고 섬세한 칭찬 감사합니다."

"그리고 하나 더."

그녀는 자기 할 말만 하겠다는 듯 아론의 말을 막았다.

"요즈음 검술 대회 때문에 불법 약물이 엄청나게 돌고 있거든."

"그거야 뭐, 늘 그렇죠."

"이번에는 특히나 좀 심각한 약물이 있어서…… 로버트 황자님이 직접 단속하셨어. 이건 그 보고서."

아론은 아나벨이 건넨 두툼한 보고서를 받아 들었다. 어느 불법 약물의 유통 경로를 추적하여 사용자들을 분석한 서류였다.

"로버트 황자님이요? 몸이 세 개는 되시는 것 같네요. 언제 이런 걸 또……."

"괜찮아. 최측근에서 살펴본 바로는, 다행히도 황좌에 앉을 몸은 하나니까."

아나벨은 가볍게 말한 뒤 아론의 눈을 바라보며 덧붙였다.

"대회 전에 본부에 전달해. 그럼 알아서 대상자들 걸러 내어 검사하겠지."

"제, 제가요?"

"로버트 황자님은 나랑 가실 거고…… 이안은 좀 늦을지도 몰라. 그러니 믿을 사람은 너뿐이지."

"이럴 수가."

"어쩔 수 없어. 황가에서도 관련된 일이라 좀 무게가 있거든."

"……황가까지요?"

"정확히 말하면 황후인데…… 뭐 네가 거기까지 신경 쓸 건 없고."

너무 중요한 일을 맡고 싶지 않았던 아론은 슬픈 표정을 지어 보였으나 어쩔 수 없었다. 믿을 만한 로버트의 기사들은 모두 이번 일정에 동행했다. 그리고 검술 대회와 관련된 일이니 혹시라도 불법 약물을 섭취한 누군가가 눈치챈다면 무력으로라도 빼앗을 수 있었다. 그러므로 실력이 출중한 자 중 수도에서 완벽하게 믿을 만한 사람은 아론뿐이었다.

"이안이 제시간에 도착한다면 이안에게 맡겨도 좋고."

"오, 감사합니다. 희망이 생겼군요."

"자, 그럼."

아나벨은 씩 웃으며 아론의 등을 두드렸다.

"부모님이 걱정하시지 않도록 잘 부탁해. 이번에는 네가 한 경기 정도는 이기지 않을까?"

"아아, 누님…… 예선 첫 경기에서 처참하게 패배했던 열두 살의 기억을 건드리시다니."

아론이 툴툴거리며 괜히 서류를 만지작거렸다.

"게다가 이안 님은 참가하신다면서요. 어쨌든 또 한 번 깨지게 생겼군요."

물론 아나벨은 아론이 떨떠름해할 때 완벽하게 꼬시는 법을 알고 있었다.

"대신 정말 재미있는 일을 겪게 해 줄게."

"네?"

"기대해도 좋아. 정말이야."

아나벨이 자신만만한 눈으로 말했다.

"검술 대회보다 즐거울지도 몰라."

검술 대회는 제국에서 상당히 큰 행사 중 하나였다. 검술 대회 자체도 볼만했지만, 다음 날 이루어지는 시상식도 장관이었다. 화려한 축하 공연, 황제가 직접 하사하는 훈장 수여식, 그리고 퍼레이드까지. 검술 대회 당일이 손에 땀을 쥐게 하는 경기들의 향연이라면 다음 날의 시상식은 수도 전체가 들뜨는 축제나 마찬가지였다. 검술에 관심이 없더라도 시상식을 보기 위해 올라오는 사람들도 많았다. 물론 아나벨은 검술 대회 때 결승전에서 두 번 지고 나서 그 축제에 한 번도 참가하지 않았지만 말이다.

"약속할게, 진짜로."

아론은 아나벨의 호언장담에 결국 고개를 끄덕이고 말았다.

"알겠습니다."

그리고 문득 새로운 것을 눈치챘다. 아나벨의 표정이 예전보다 한껏 가벼워진 것 같았다. 오래도록 고민하던 무언가를 해결한 듯이 말이다.

우리는 꽤 요란하게 수도를 떠났다. 행선지는 딱히 밝히지 않았지만 아무도 뭐라고 하는 사람이 없었다. 마지막 남은 흑마법의 기원을 없애러 간다고 오만 군데에 광고하고 난 뒤 떠났기 때문이었다.

"감사해요, 황자님."

나는 바나파림 해안으로 가는 길에 문득 로버트에게 말했다.

"제 말을 들어주셔서요."

"……뭐."

로버트는 살짝 굳은 얼굴로 나를 잠시 바라보았다. 사실 이안을 검술 대회에 참가할 수 있게 하는 건 흑마법의 기원을 퇴치하는 것과 상관없는 부탁이었다.

"아나벨 양. 다시 한 번 생각해 봐. 이번이 마지막 검술 대회잖아. 정말 이안과 제대로 겨뤄 보지도 않고 이대로 포기해도 되겠어?"

"이안만 잘 참가할 수 있으면 돼요. 출전한 모든 검술 대회에서 우승하는 건 검사로서 엄청난 영예니까요."

나는 어차피 기권할 생각이었다지만, 이안이 군이 마지막 검술 대회에 불참할 이유는 없었다. 참가한 모든 검술 대회에서 우승 훈장을 받는다는 것이 얼마나 영예로운 일인가. 어차피 이것은 신이 후원하는 나와 악마를 등에 업은 칼론의 싸움이었다. 로버트는 나를 도와주는 대가로 황좌라도 얻지, 이안은 아무것도 얻는 것이 없었다. 그러니까 이안은 이번 일로 인해서 무언가를 희생할 필요가 없었다. 물론 그의 성정이라면 검술 대회를 내팽개치고 우리를 돕겠다고 할 것이 뻔했다. 심지어 그는 일단 지금 나를 좋아하는 상태였으니까.

그래서 나는 애초에 검술 대회 날에 맞추어 바나파림 해안에 도착하려고 일정을 짠 것이었다. 어떻게 보면 칼론에게 감사해야 했다. 검술 대회까지 시간을 질질 끌어 준 덕분에 어차피 일정이 늘어져서 나도 이런 생각을 해 낼 수 있었다. 이안은 검술 대회에서 우승하고, 나는 그동안 그의 바람대로 세계 평화를 이뤄줄 것이다.

"아나벨 양······."

바나파림 해안까지 가는 길, 나는 기사들 사이에서 말을 타고 이동했다. 그동안 아론에게 승마를 배워서 이제 곧잘 말을 탈 수 있었다.

로버트는 내 곁에 다가와 아주 어려운 말을 꺼낸다는 듯이 망설이며 물었다.

"혹시, 정말 혹시 이렇게까지 이안을 생각하는 이유가······ 아니, 나는 이렇게까지 아나벨 양이 이안을 배려하는 모습을 상상도 못 해 봐서······."

그가 진지하게 덧붙였다.

"오히려 이안과 나를 스마호 숲으로 보내고 혼자 검술 대회에 참가하면 참가했지 말이야."

"뭐 제가 개과천선하기는 했죠."

나는 시원스럽게 대답했다.

"하지만 그것보다, 저는 이안을 진심으로 좋아하거든요."

"······뭐?"

"솔직히 기대는 안 하지만, 이번에 만나면 좋아한다고 고백할 거긴 해요."

로버트의 입이 떡 벌어졌다. 나는 담담하게 말했다.

"그래서 황자님의 마음을 받아들일 수가 없었던 거예요."

"하, 하지만…… 그 동안 그렇게 싫어했으면서 갑자기 이안을 좋아할 정도로 이안이……."

로버트는 혼란스러운 표정으로 한참을 생각에 잠겨 있다가 말을 이었다.

"……이안이 멋진 남자기는 하지. 그런데 이안은 아나벨 양을……."

나는 로버트가 뒷말을 흐린 이유를 알고 있었기 때문에 대신 말해 주었다.

"물론 차일 일만 남았겠죠."

어머니와 대화한 뒤 나는 예전의 일을 다 솔직하게 털어놓겠다고 마음먹었다. 이안이 나를 좋아하는 건 사실이었지만, 그가 제정신이라면 자신을 상대로 악질 범죄를 계획했던 애를 계속 좋아하기는 힘들 것이다. 그냥 진상인 애랑, 악질 범죄자랑은 좀 다른 이야기니까 말이다.

'그래도 솔직하게 말하고 차이는 게 낫지, 비밀을 가진 채로 애인이 되는 건 진짜 아닌 것 같아. 특히나 이안 같은 바른생활 모범생한테…….'

물론 그 사정을 잘 모르는데도 불구하고, 로버트는 차일 것이라는 내 말에 반박조차 하지 않았다.

"황자님, 라넬라 일행은 수도로 지금 오고 있겠죠?"

"응, 서두르라 했으니 아마도 시간 맞춰 올 것 같아."

"제가…… 그때 바뀌지 않았다면 어땠을까요. 하필 케이틀린이 어머니와 같이 입원하지 않았더라면, 어머니가 다른 공공 병원에 갔었더라면……."

나는 한숨을 쉬며 중얼거렸다. 가족들에게는 마음 아파할까 봐 하지 못했던 말이었다.

"그러면 아마도 저는 처음부터 적절한 교육을 받아서 이안과 정말 좋은 라이벌 관계가 되었을 수도 있겠지요?"

로버트는 천천히 고개를 끄덕이며 동의했다.

"폐하도 그런 말씀을 하신 적이 있지. 아나벨 나디트가 이안 웨이드로스만큼의 지원을 받았더라면 결과가 좀 달라질 수 있었을 거라고.”

그런 분석까지 해내다니 황제는 역시 검술 분석에 진심인 자가 맞았다.

나는 피식 웃으며 상상을 이어갔다.

“웨이드로스 기사단에 들어가서 꽤나 좋은 부관이 되었을 수도 있을 것 같아요. 이안이 공작위를 물려받으면 기사단장도 노려보고요. 사실 저는 귀족가 기사단에 들어가고 싶었거든요.”

“…….”

“부모님께 사랑받고 자라서, 꼬인 데 없이 이안에게도 개차반으로 굴지 않았을 거고요.”

“…….”

“죄송해요. 의미 없는 자기연민이 좀 심했죠. 근데 자꾸만 그런 생각이 나는 건 어쩔 수 없더라고요.”

로버트는 한숨을 쉬며 나를 토닥이려다가 손을 멈칫하며 내렸다. 대신 나를 안쓰러워하는 마음을 숨기지 못하며 대답했다.

“네 마음이 접히면 그때는 언제든 내게 와.”

그동안의 악행만 해도 이안이 나를 좋아할 리 없다는 표정이었다.

“기다릴 수 있으니까.”

너무나 간절한 진심이라는 것이 슬프면서도 웃겼다.

로버트와 아나벨은 요란스럽게 수도를 떠났다. 온 제국이 그들의 흑마법 퇴치행을 알게 되었다. 심지어 남부에서는 흑마법에 연관된 죄수들이 호송되고 있었다. 수도의 일을 잘 모르는 곳마저도 이제 흑마법에 관련된 일로 시끄러웠다. 문제는 로버트를 향한 여론이 너무 호의적이라는 것이었다. 황태자인 칼론에 대한 언급은 거의 없고, 제국민들은 모두 다 로버트만 찬양하고 있었다.

물론 칼론에게 닥친 시련은 그저 '언급 없음'이 전부가 아니었다. 황후는 금족령이 내려져 사교계에서 그 어떤 영향력도 끼칠 수 없었다. 그 와중에 행정부 감사로 인해 리하르트는 정신을 차리지 못하는 와중에도 커다란 징계를 받았다. 그 서류가 다 칼론과 연관되어 있음은 두말할 필요도 없다.

"아무리 무능력해도 그렇지! 서류를 조작하면 어쩌자는 거냐!"

황제는 칼론을 불러 크게 화를 냈다.

"죄송합니다, 폐하. 제가 로버트에게 밀린 나머지 너무 안달이 났습니다."
"뭐? 이 못난 놈이……."
"제국민들은 다들 로버트만 찬양하고, 폐하께서도 로버트에 대한 신임이 두터우시다 보니……."
"……."
"폐하께서는 제게 언젠가부터 냉담하셨지요. 그래서 자꾸 쫓기는 느낌이 들었습니다. 정말 면목이 없습니다."

칼론은 황제의 죄책감을 자극하는 법을 알고 있었다. 은근히 그를 차별하는 부모로 몰아갔던 것이다. 다행히 황제는 떨떠름해하며 유야무야 넘어갔다. 칼론이 로버트 때문에 마음고생을 해서 서류를 조작했다고 생각하는 듯했다.

칼론 역시 연회 이후 황급히 급한 것들을 수습했기 때문에 아주 심각한 지경까지는 가지 않았다. 하지만 로버트는 강력하게 재무부 감사까지 요구했다. 돈 문제는 직접 메우지 않으면 수습이 불가능했다.

"아무래도 마음이 불편합니다, 폐하."

로버트가 떠난 뒤, 칼론은 조심스럽게 황제에게 청했다.

"흑마법처럼 중요한 사건에, 로버트에게 모든 것을 맡기고 저는 숨어 있는 것이 말입니다."

황제는 한숨을 쉬며 어쨌든 적자이자 황태자인 칼론을 바라보았다. 특별한 사건 없이, 로버트의 공이 크고 제국민들에게 인기가 좋다는 이유만으로 황태자를 바꿀 수는 없었다. 어차피 칼론에게 갈 황위라면 황태자의 권위를 세워 주어야 했다.

"그래서 어떻게 하고 싶은 것이냐."

"저도 로버트를 따라가고 싶습니다. 이번에는 저도 로버트의 힘이 되어 주고 싶어요."

"로버트는 이안 웨이드로스와 아나벨 레인필드를 모두 데리고 있는데……."

"제 호위도 실력이 상당합니다. 연회 날 직접 보시지 않으셨습니까."

황제는 잠시 망설이다가 고개를 끄덕였다.

"그래, 다녀와라. 로버트가 행선지를 말하지는 않았지만, 규모가 있는 이동이니 뒤쫓기는 쉬울 것이다."

그는 칼론의 말을 그냥 숟가락을 얹겠다는 의미로 여겼다. 나름 '이번에는 칼론도 함께 흑마법을 퇴치했다'라는 명분을 위해서 말이다. 물론 칼론의 속내는 절대 그것이 아니었다. 그에게는 선택의 여지가 없었다.

원래는 검술 대회 날 어떻게든 세 번째 흑마법의 기원을 얻어 내려고 아론의 납치를 미뤄 왔다. 이안과 아나벨이 인생 마지막 검술 대회를 포기할 리가 없었기 때문이다. 하지만 벨리녹은 끝내 흑마법의 기원이 뭔지 알아내지 못했다. 대신 아나벨이 흑마법의 기원을 알아볼 수 있다는 사실을 알아냈다. 검술 대회까지 날짜를 질질 끈 보람은 없었지만, 어쨌든 결국 선택지는 하나였다.

'아나벨이 흑마법의 기원을 알아낼 때까지 기다렸다가 라기안을 시켜 죽이면 될 일이지.'

심지어 스마호 숲이라니. 황족을 동반해도 한 명씩밖에 들어갈 수 없었다. 아나벨은 로버트와 함께 올 테고, 자신은 라기안과 함께 가면 된다. 연회 때처럼 다른 변수가 없이, 그들 둘만 붙으면 된다는 뜻이었다. 심지어 황후가 불법 약물까지 구해다 두지 않았는가. 그런데 아나벨과 로버트는 무슨 일인지 꽤 늦게 출발했다. 대회 날에 겹치도록 말이다. 이유는 알 수 없었지만 그래도 칼론은 그들을 쫓아갈 수밖에 없었다. 세 번째 흑마법의 기원을 포기하기에는 그역시 막다른 길에 몰려 있었다.

"그럼 다녀오겠습니다."

칼론은 그렇게 라기안과 황실 기사단 몇몇을 데리고 요란하게 수도를 떠났다. 아나벨을 죽이고, 가능하다면 로버트까지 죽일 수 있는 좋은 기회였다. 증인 없는 스마호 숲에서 무슨 일이 벌어지든 누가 어떻게 알겠는가. 흑마법의 기원과 싸우다가 목숨을 잃었다고 하면 그만이었다. 로버트의 행적을 굳이 뒤쫓지 않아도 괜찮았다. 어차피 스마호 숲에서 만날 것이기 때문이었다.

우리는 검술 대회 날 아침에 딱 맞추어 바나파림 해안에 도착했다.

이안은 우직하게 그때까지 바나파림 해안을 떠나지 않고 있었다.

'바보같이.'

나는 저 멀리 바닷가에 앉은 이안의 뒷모습을 보면서 생각했다. 파도가 삼켜 버릴 것 같은 바위 위에 그가 조용히 앉아 있었다.

'내가 부담될까 봐 수도에 연락 한 번 안 하고, 그냥 내 연락만 기다리고 있는 거잖아.'

그것도 검술 대회 당일까지 말이다. 딱 봐도 아직 오리안스는 일어나지 않았고, 이안은 시끄러운 속을 잠재우느라 아침 낚시를 나온 것 같았다. 간이의자에 앉아 있는 그의 앞에 낚싯대가 하나 놓여 있는 것을 보면 알 수 있었다.

'심지어 왜 저렇게 위험한 곳에 있는 거야.'

파도가 넘실대고 있는 가파른 바위였다. 아무래도 자신의 마음을 다스리기 위해 가장 위험한 곳을 택한 듯했다.

"황자님."

나는 로버트와 뒤에 늘어선 기사들을 바라보며 말했다.

"저, 잠시…… 다녀올게요. 혼자 가도 될까요?"

로버트는 옅은 한숨을 쉬며 대답했다.

"다녀와, 아나벨 양."

그는 내가 이안에게 고백한 뒤 바로 그를 수도로 보내 버릴 것이라는 사실을 알고 있었다. 그리고 나를 위로해 줄 만반의 준비가 된 얼굴을 하고 있었다.

"마음 정리 잘하고."

고백을 응원하는 게 아니라 장렬하게 차일 것을 예상하고 있는 표정이었다.

"네, 그럼 잠시만요."

나는 로버트에게 짧게 예를 표한 뒤 말에서 훌쩍 뛰어내렸다. 그리고 저 멀리 낚싯대를 드리우고 있는 이안에게 달려갔다. 어느 정도 내 기척을 느낄 수 있는 사정거리에 들어오자마자 이안이 귀신같이 뒤를 돌아보았다.

나는 그에게 달려가면서 그의 놀란 얼굴을 눈에 담았다. 바닷바람에 흩날리는 결 좋은 금발을, 예상외의 일이 벌어져서 커다랗게 변한 붉은 눈을, 살짝 벌어진 입술을. 마지막으로 보는 그의 반가운 표정인 걸까. 다음번에 마주하면 그는 다시 경멸하는 눈빛으로 나를 무심하게 바라볼지도 모른다.

"……아나벨?"

원래라면 지금 우리는 검술 대회에서 참가자 등록을 하고 있어야 했다. 수도에서 꽤 떨어진 바나파림 해안에서 마주 보고 있는 현실이 꿈만 같았다.

"여기는 어쩐 일……."

이안은 황급히 자리에서 일어났다. 그때 그의 낚싯대가 크게 요동쳤다. 흔들리는 낚싯대를 본 나는 본능적으로 외쳤다.

"저, 저기! 물고기가! 낚싯대 잡아!"

이안의 몸은 순간적으로 두 가지 명령에 부딪힌 듯했다. 첫 번째는 내게 와야 한다는 것이었고, 두 번째는 내가 말한 대로 낚싯대를 잡아야 한다는 것이었다. 나를 맞이하고 싶다는 본능과 내 말은 무조건 들어야 한다는 이성이 부딪힌 결과는…….

"이안!"

가뜩이나 미끄러운 곳에서 그가 발을 헛디뎠다. 순간 그의 몸이 기우뚱했다.

'어디 부러지면 안 되는데!'

이안은 부상에 익숙하지 않았다. 부상을 입어 본 적이 없었기 때문이다.

내가 새된 소리로 외쳤다.

"안 돼!"

심지어 그의 뒤로 커다란 파도가 몰아치고 있었다. 그가 애초에 가장 위험한 자리에서 낚싯대를 드리우고 있던 탓이었다.

'곧 검술 대회에 가야 하는데, 컨디션 망하면 안 돼!'

나는 지금 바로 그를 검술 대회 현장으로 보내 버릴 생각을 하고 있었다. 검술 대회 우승이 분명한 그를 바닷물에 쫄딱 젖은 채로 보낼 수는 없었다.

"위험해!"

나는 훌쩍 뛰어 그를 꼭 끌어안고 파도가 치지 않는 안전지대까지 굴렀다.

'이 자식…….'

나는 얌전히 내게 안겨서 바위 위를 구르고 있는 그를 의식하며 순간적으로 속으로 혀를 찼다.

'충분히 일어나서 피할 수 있는데 가만히 있는 거 봐라…….'

어쨌든 순식간에 일어난 일이니 뭐라고 할 수는 없었다. 나 역시 본능적으로 그를 끌어안고 구른 것이기 때문이었다. 조금이라도 그의 몸에 흠집을 내면 안 된다는 생각에 말이다. 하지만 어쨌든 내 판단은 옳았다. 우리가 굴러 들어온 높은 바위 위에 파도가 부서졌다.

"아나벨."

그를 안고 굴러온 참이라, 이안은 바닥에 등을 대고 있는 상태였다. 나는 그의 어깨를 붙잡고 위에 올라탄 자세였고 말이다.

'예전에 이런 자세였던 적이 있었는데…….'

그러니까 책갈피를 빼앗기 위해 그의 침대에 막무가내로 그를 넘어뜨렸던 때였던가. 그때 이안은 너무 놀라서 속수무책으로 내게 잡혀 있었던 것 같은데. 지금의 이안은 선물이라도 받은 표정이었다.

내 밑에서 이안이 피식 웃으며 말했다.

"검술 대회 우승 대신 이런 이벤트를 준비한 거야?"

나는 황당해서 반문했다.

"……그 와중에도 네가 우승한다는 건 기정사실이니?"

"아직은?"

그 말에는 꽤 많은 뜻이 내포되어 있었다. 내가 세 번째 흑마법의 기원을 없애면 어떻게 될지 모른다는 의미. 우승을 뻔히 예상하고 있으면서도 여기서 내 연락을 기다렸다는 의미. 우승만큼이나 나와의 만남이 좋다는 의미. 지금 충분히 나를 제압할 수 있으면서도 이런 자세로 얌전히 있는 것이라는 의미…….

"……."

나는 지척에 있는 그의 눈을 가만히 바라보았다.

이안이 조용히 다시 한번 내 이름을 불렀다.

"아나벨."

그의 짙은 시선이 아득했다. 숨이 섞여서 세상이 멈춘 것만 같았다. 아무도 없는 이른 아침의 바닷가, 그 누구의 시야에도 닿지 않는 커다란 바위 뒤. 우리의 머리 위로 파도의 잔해인 물방울들이 하얗게 별처럼 흩어졌다.

이안이 나를 빤히 바라보며 말했다.

"유혹이고 직진이고 뭐고 나는 이제 다 모르겠어."

느릿하지만 또렷한 목소리였고, 더 이상 타협은 없다는 의지가 느껴졌다. 그리고 그 단호함에 심장이 아프도록 뛰었다.

내 밑에 느껴지는 그의 체온이 뜨거웠다.

"나 더 이상 못 참겠어."

파도 소리 사이로 그의 속삭임이 섞였다.

"나는, 너를……."

"이안."

나는 손가락을 들어 그의 입술 사이에 갖다 대었다. 그의 말을 막은 채 나는 가만히 말했다.

"할 말이 있어. 내가, 내가 말할래."

바닥에 닿아 있는 그의 손을 잡았다. 그가 천천히 내 손을 고쳐 잡아 깍지를 꼈다. 느릿하게 손가락 사이로 들어오는 그의 온기에 숨마저 막힐 지경이었다. 이대로 그냥 모든 것을 숨기고 입을 맞춰 버릴까. 근시안적인 아나벨 나디트라면 그렇게 했을 것이다. 하지만 나는 아나벨 레인필드니까 순간적인 충동을 이겨 냈다. 생계 앞에서 어려운 결정을 한 부모님처럼, 앞으로 나아가기 위해 과거의 잘못은 인정해야 했다.

"이안, 나 고백할 게 있어."

이안이 뭐라고 대답하기 전에, 나는 내 손에 끼워진 워프 반지를 의식하며 말을 꺼냈다.

"사실…… 예전에 리어드와 같이 너를 정말 해치려고 했어."

"……뭐 새삼……."

"정말 심각하게. 온갖 불법 약물을 동원해서."

오랫동안 준비해 왔던 말들이라 거침없이 이어져 나왔다.

"대신관님 행렬에서의 독침, 히비스커스 테러, 책갈피 폭발 사건, 모두 다 너를 해치려고 우리가 준비한 거였어."

"……어?"

"그런데 어차피 안 될 걸 어떻게 알아채서 무마시키려고 그때 내가 그 난리를 쳤던 거야."

"……."

"혹시나 그때 내게 호감을 느꼈다면 처음부터 잘못된 감정이야. 나는 네게 진짜 심각한 범죄를 저지르려고 했다고. 널 지키려고 한 게 아니고 그냥 무마하려고 했던 뻘짓들이야."

"아나벨."

"그런 주제에 그걸 숨기고 네게 이런저런 부탁까지 했어. 리어드까지 죽은 와중에 알아챌 리 없다고 생각해서, 다 무마된 것 같아서 뻔뻔하게 곁에 있었지. 미안해."

"알아챌 리 없고, 다 무마된 일을 이제야 말하는 이유가 뭐야."

그의 낮은 목소리에 많은 감정이 꾹꾹 눌러 담겨 있었다.

나는 차마 그의 눈을 보지 못하고 대답했다.

"……그건…… 내가 너를 진심으로 좋아하기 때문이야."

이 말만은 정말 멋지게 하고 싶었는데, 눈물이 날 것처럼 목소리가 가늘게 떨렸다. 그렇게 나는 하나도 멋지지 않게, 불쌍한 어조로 덜덜 떨며 고백했다.

"너무 좋아서…… 너에게만큼은 비밀이나 거짓을 갖고 싶지 않아서 그래."

내 고백에 이안의 몸이 뻣뻣하게 굳었다.

나는 빠르게 말을 이었다.

"물론 이런 사실까지 알게 되었는데, 또라이가 아닌 이상 아직도 내가 좋지는 않겠지. 다 예상하고 고백한 거니까 굳이 대답하지 않아도 돼."

그리고 씁쓸하게 덧붙였다.

"내 마음은 보답받을 자격이 없어."

나는 이안이 뭐라고 대답하기도 전에 검술 대회 경기장을 생각하며 다른 쪽 손으로 반지의 보석을 꽉 눌렀다. 워프를 시도한 것이다. 애초에 함께 워프하기 위해서 그의 손을 붙잡은 것이었다. 그리고 눈을 잠시 감았다 뜬 순간 우리는 아무도 없는 경기장의 복도에 그대로 널브러졌다.

"너, 이거…… 여기는 어디…….."

이안은 이 상황이 얼떨떨한지 잠시 할 말을 잃은 듯했다. 하기야 정상적인 사람이라면 갑자기 워프할 것이라고는 생각지도 못할 것이었다.

"좀 이르지만, 검술 대회 우승 축하해. 넌 아무것도 희생하지 마."

나는 그에게서 손을 재빨리 뗐다.

"세계 평화는 내가 이루어 줄게. 널 위해서."

그리고 그 어떤 말도 듣지 않고 다시 워프 반지의 보석을 꾹 눌렀다.

다시 바닷바람을 맞을 때, 나는 이제 혼자였다. 그러니까 경기장에 이안을 데려다 놓고 나만 다시 바나파림 해안으로 돌아온 것이었다. 나는 비척비척 일어나 천천히 발걸음을 옮겼다.

'잘한 거야, 아나벨. 잘한 거야.'

이안과 잘되더라도 평생 불안해하며 살 것이다. 나는 이안에게만큼은 비밀을 가지고 싶지 않았다. 며칠 동안 고민한 것치고는 아주 개운했다. 다만 이안에게 욕먹을 마음의 준비는 되지 않아서 별다른 말을 할 새도 없이 도망쳐 오고 말았다.

나는 그대로 혼자 저 멀리 기다리고 있는 로버트와 기사들에게 돌아갔다. 로버트는 나를 빤히 바라보더니 기사 중 한 명에게 심부름을 시켰다. 오리안스에게 이안은 떠났다고 전하라는 것이었다. 나는 조용히 내 말에 올라탔다.

"아나벨."

로버트는 조심스럽게 내게 말을 걸었다.

"계획대로…… 이안은 수도에 잘 보냈나?"

"예. 경기장에 떨궈 놓고 재빨리 왔어요."

나는 씩씩하게 웃으며 말했다.

"아마 이번에도 아론은 이안에게 패배하겠죠. 8년 전처럼 말이에요. 대신 결승전에서 패배할 테니 괜찮겠죠?"

"그렇겠지. 아나벨, 그런데 정말 괜찮아?"

"보통 '혹시 차였어?'라고 물어보는 게 순서 아닌가요?"

듣자 듣자 하니까 너무 기본적인 단계도 생략해 버린 것 아닌가.

내 불만스러운 질문에 로버트는 머쓱하게 대답했다.

"하지만…… 뭔가 고백이 받아들여진 표정은 아니라서."

"이안이 제정신인 이상 제 고백을 받아 주겠나요. 저도 그 정도는 알아요."

나는 말고삐를 잡으며 짐짓 쾌활하게 말했다.

"자, 그럼 슬슬 스마호 숲으로 가 봐요. 황태자님은 잘 따라오고 계시겠죠?"

등 뒤로 바나파림 해안을 두고 오는 길은 후련했다. 아마 이안은 검술 대회에 출전할 수밖에 없을 것이다. 수도에서 스마호 숲이 가깝긴 하지만 내일까지 올 수 있는 거리는 아니었다. 게다가 그는 흑마법의 기원이 스마호 숲에 있는지도 몰랐다. 우리의 행선지를 남들이 알고 있는 것도 아니고 말이다. 쫓아오려야 쫓아올 수도 없었다. 또, 스마호 숲이라는 걸 어떻게 알아챘어도 들어올 수 있는 방법이 없었다. 황족과의 동행이라는 조건을 만족시켜야 하기 때문이다.

'그리고 이안이 미치지 않은 이상…… 나를 왜 따라오겠어.'

아마 지금까지 느꼈던 모든 감정을 부정하느라 바쁘지 않겠는가. 아무리 그동안 좋은 감정을 쌓아 왔어도, 처음부터 숨겨 왔던 범죄 사실을 알고 나면 혼란스러울 것이다. 아니, 혼란스러운 게 아니라 굉장히 꽤씸하지 않을까. 온갖 악질 범죄를 기획했으면서 입 싹 씻고 같은 편으로 오랫동안 지낸 것 말이다.

'하지만 나도 애초부터 그러려던 건 아니었는데…….'

원래 얽히지 않으려고 했는데 어쩌다 보니 이렇게 되었다. 딱히 말할 생각도 없었는데 그가 너무 좋아져서 어쩔 수 없었다.

'당장 웨이드로스 저택에서 가족들을 쫓아낼 수도 있겠지. 그 전에 얼른 칼론부터 퇴치해야겠다.'

나는 심란한 마음을 애써 누르며 말고삐를 힘껏 잡았다.

이안은 아무도 없는 복도에서 잠시 허탈하게 서 있었다. 아나벨이 이토록 자기 말만 하고 떠나 버릴 줄은 몰랐다. 워프 반지라니, 이건 너무 불가항력이었다. 그가 아무리 검술의 최강자라고 해도 그녀를 잡을 수 있는 방법이 없었다.

"하……."

이안의 심장이 쿵쿵 뛰었다.

아직도 아나벨의 체온이 몸에 닿아 있는 것 같았다.

"이성을 뒤엎어 버리는 말만 골라 해 놓고, 이렇게 도망가 버리면……."

하나부터 열까지 모두 이안을 휘두르는 말들이었다. 그를 진심으로 좋아한다는 말. 굳이 알려질 일은 없지만, 그와의 관계에 떳떳하고 싶어서 드러낸 치부. 그를 위해 세계 평화를 지켜 주겠다는 고백.

"그래도 자신의 약점을 이해하고 있는 건 중요한 일이오. 예상치 못한 순간에 눈이 뒤집힐 수 있거든."

"입 다물고 있으면 아무도 모를 잘못을 굳이 솔직하게 고백하는 사람들이 있죠. 저는 그냥 본능적으로 그런 이들을 좋아했던 것 같습니다."

이미 아나벨에게 넘어갈 만큼 넘어간 마음이라고 생각했다. 더 반할 여지조차 없다고 생각했는데 그 또한 오만이었다.

"그대가 이렇게 소유욕을 대놓고 드러내는 것은 처음인 것 같소. 그런 여인이 나타나면 천하의 이안 웨이드로스 소공작도 정말 눈이 뒤집히겠구려."

이안은 지금껏 아나벨의 말에 모두 따라 주었다. 정말 떨어지기 싫었지만 다른 남자와의 염문설이 도는 수도에서 홀로 떠나 주었다. 그녀의 뜻이었기 때문이다. 검술 대회 당일까지 얌전히 바나파림 해안에서 기다릴 만큼 그녀의 의견을 맹목적으로 따랐다. 하지만 지금은 아니었다. 지금 당장 그녀가 보고 싶었다. 특히나 위험할 수도 있는, 마지막 상황에서는 더욱더.

"그 '사정'조차 상관없이, 앞뒤전후 보지 않고 그 사람에게 달려가 매달리는 것을 우리는 '눈이 뒤집힌다'라고 말하는 거요. 이성을 잃었으니 배려할 여유조차 사라지는 그런 광기 말이오."

그도 이렇게 자신의 눈이 뒤집힐 수 있다는 것을 처음 알았다. 검술 대회고 뭐고 하나도 중요하지 않았다. 그는 사람이 있는 곳으로 뛰어나갔다. 그가 모습을 드러내자마자 많은 사람들이 그를 둘러쌌다.

"이안 님! 여기 계셨군요!"

"어머, 경기장에 미리 와 계셨습니까? 저택에 돌아오지 않으셔서 모두 다 걱정했습니다."

"혹시 아나벨 님은 안 오셨어요? 흑마법을 퇴치한다며 로버트 황자님과 함께 가서 아직 감감무소식 아닙니까."

이안은 그중 아무나 붙잡고 물었다.

"아나벨과 로버트 황자님은 어디로 간다고 했나?"

"예? 행선지는 안 밝히셨는데요."

이안에게 지목당한 기사 지망생이 흥분해서 숨을 몰아쉬었다.

"이안 님이 제게 말을 걸어 주시다니…… 정말 영광입니다."

"행선지를 안 밝혀? 대략적으로라도 이야기하지 않았나? 혹시 바나파림?"

"당연히 보안을 지켜야 할 사안이라고 생각해서 아무도 더 이상 캐묻지 않았습니다."

기사 지망생은 성실히 대답하고 부들부들 떨었다.

"제국에서 가장 완벽한 남자, 이안 웨이드로스 님과 두 마디 이상 나누다니…… 세상에."

이안은 그대로 인파를 헤치고 주위를 둘러보았다.

"이안!"

그다음으로 그에게 달려온 사람은 다름 아닌 브레이든이었다.

"언제 온 거니? 지금 왔어? 너도, 아나벨도 공작저로 안 와서 지금 모두 혼란스러워하고 있다. 그런데 왜 네게서 바다 냄새가 나지?"

브레이든이 그의 차림새를 살피며 질문을 쏟아 냈다.

"아나벨은 아론의 랭킹을 알고 싶다는 황당한 이유로 일부러 안 온다고 하는데 사실이냐? 그럼 넌 왜 왔어?"

이안은 브레이든의 말에 대답하지 않았다. 다만 눈을 번득이며 물었다. 아나벨의 행선지를 알 수도 있는 사람의 이름이 나온 것이다.

"아론 레인필드는 지금 어디 있습니까?"

〈4권에 계속〉

최강자 남주의 라이벌을 그만두었더니 3

초판 1쇄 인쇄 2023년 5월 15일
초판 1쇄 발행 2023년 5월 24일

지은이 유나진
펴낸이 김선식

경영총괄 김은영
IP개발 김현미 **상품개발** 신효정
엔터테인먼트사업본부장 서대진
웹소설1팀 최수아, 김현미, 심미리, 여인우, 장기호
웹소설2팀 윤보라, 이연수, 주소영, 주은영
웹툰팀 이주연, 김호애, 변지호, 윤수정, 임지은, 채수아
IP제품팀 윤세미, 신효정, 정예현
디지털마케팅팀 김국현, 김희정, 이소영, 송임선, 신혜인
디자인팀 김선민, 김그린
해외사업파트 최하은
저작권팀 한승빈, 이슬
재무관리팀 하미선, 윤이경, 김재경, 안혜선, 이보람
제작관리팀 이소현, 김소영, 김진경, 양지환, 이지우, 최완규
인사총무팀 강미숙, 김혜진, 지석배, 박예찬, 황종원
물류관리팀 김형기, 김선진, 한유현, 전태환, 전태연, 양문현, 최창우
외부스태프 gnoey(디자인)

펴낸곳 다산북스 **출판등록** 2005년 12월 23일 제313-2005-00277호
주소 경기도 파주시 회동길 490
전화 02-702-1724 **팩스** 02-703-2219 **이메일** dasanbooks@dasanbooks.com
홈페이지 www.dasan.group **블로그** blog.naver.com/dasan_books
종이 신승지류유통 **출력·인쇄** 북토리 **코팅 및 후가공** 제이오엘앤피 **제본** 다온바인텍

ISBN 979-11-306-4240-6(03810)

· 책값은 뒤표지에 있습니다.
· 파본은 구입하신 서점에서 교환해드립니다.
· 이 책은 저작권법에 의하여 보호를 받는 저작물이므로 무단 전재와 복제를 금합니다.

다산북스(DASANBOOKS)는 독자 여러분의 책에 관한 아이디어와 원고 투고를 기쁜 마음으로 기다리고 있습니다.
책 출간을 원하는 아이디어가 있으신 분은 다산북스 홈페이지 '원고투고'란으로 간단한 개요와 취지, 연락처 등을 보내주세요. 머뭇거리지
말고 문을 두드리세요.